恶意的构图
侦探的委托人

[日] 深木章子 著　　邢利颉 译

MALICIOUS COMPOSITION

台海出版社

◇千本櫻文庫◇

◇前言 PREFACE

文库，原本是指收纳书物的仓库和书库，也指收纳书与记事簿，以及不常用物品的小箱子。以前者为例，京滨急行线的"金泽文库站"就是以前镰仓时代北条氏用来收藏汉书用的，"金泽文库"名字的由来便是如此。东京都的世田谷区也存在着收集着珍贵汉书的"静嘉堂文库"。后者则更多地被称为"手文库"。

江户时代以来，可以放入袖袂的小开本书籍逐渐流行起来，被称为"袖珍本"。明治三十六年（1903年），富山房发行了小开本的丛书，起名"袖珍名著文库"。随后，明治四十四年（1911年），讲述战国时代的猿飞佐助和雾隐才藏系列故事的讲谈社"立川文库"发行出版。讲谈是日本民间艺术，以口语化的方式讲述历史故事的形式。而"立川文库"则是将讲谈收录成册集中出版的丛书，据统计，当时刊行量为200册左右。从那时起，文库就脱离了原本的释意，逐渐演变成了现在的类书集丛。

文库说法借鉴了日本出版业界的传统说法。而千本樱源自日本奈良县吉野山樱花盛开的奇景，世人皆称"一目千本樱"来形容樱花美景。千本樱文库的纳入作品皆为日系作品，题材包括推理、悬疑、幻想、青春、文化等类型，正如千本樱满山盛开的绝景。

现代日本，以"文库"命名刊行的丛书系列有 200 种以上，所谓"文库本"只不过是统称而已。日本传统的"文库本"常用的是 A6 尺寸的 148mm×105mm，也叫"A6 判"。千本樱文库的所有书籍将在"文库本"的基础上提升，达到 148mm×210mm 的开本标准。追求还原的前提下，力图带给读者更清晰的阅读体验。

从 20 世纪 70 年代以来，日系推理小说逐步进入中国读者的视野。随着时代更替，涌现出一大批不同风格的作家。日系推理能够长久不衰的原因之一在于设立的各种奖项，这些奖项能为日本文坛输送新鲜血液，不断地创作优秀作品。2010 年，深木章子凭借《鬼畜之家》荣获"第三届蔷薇之城福山推理小说新人奖"。2013 年出版了第二部小说《衣更月一族》，2014 年推出第三部小说《螺旋之底》，连续两年入选"本格推理小说大奖"的候补作品。

《恶意的构图：侦探的委托人》是继《鬼畜之家》《衣更月一族》之后"榊原侦探系列"的第三作，也是该系列的完结篇。以一桩冤案为开端，引出前后一连串混乱复杂的悬案……在因婚姻牵扯出的一整张由恶意所构成的图画中，究竟隐藏着怎样的真相？榊原侦探孤狼般的身影也将在本作中清晰浮现。本作将颠覆读者的所有预想，呈上令人惊叹的结局！

千本樱文库编辑部

MULTI-NEW ROUTES OF MYSTERIES

推理的多元新航路

  如今，推理已经成为全世界都非常热衷的娱乐元素，冠以推理概念的动漫作品、影视作品、游戏作品更是层出不穷。

  随着这些娱乐形式深入到生活的方方面面，作为原生土壤的推理小说却日益被边缘化。为了适应不同时代读者的需求，推理小说也会进行相应调整，因此，世界各国的推理小说都在探索新的内容与形式。

  不同的时代会涌现不同风格的文学作品，推理小说也无法脱离时代背景。在经济全球化愈演愈烈的现在，推理也在多元化的大航海中不断开辟着新的航路。所以，我们不仅要挖掘深埋于历史中的名作，也要竭力推广优秀的新作品。

  从某种程度来说，奖项和销量是衡量一部作品的重要指标，获奖作品与畅销作品代表着所处时代的文化趋势。但是，任何时代都有很多充满创作热情的作者，他们的作品或许没能满足当时市场的需求，却同样富有个性与魅力。

  "推理的多元新航路"旨在敢为人先，在发现、传播新人佳作，为推理文化注入活力的同时，我们也想将埋藏于历史的杰出作品传递给热爱推理文化的读者。宛如大航海时代一样，联结古今文化，共享推理盛宴。

千本樱文库

目 CONTENTS 录

序　章 …… 001

第一章　案件的始末 …… 007

第二章　各名女性的故事 …… 123

第三章　对决 …… 235

尾声 …… 301

主要登场人物

峰岸岩雄…………峰岸家的户主

峰岸悦子…………岩雄之妻

峰岸朱实…………岩雄与悦子的长女

峰岸谅一…………朱实之夫，入赘峰岸家

峰岸暮叶…………岩雄与悦子的次女

今村启治…………悦子的亲弟弟

今村久子…………启治的前妻

今村启太…………启治与久子的长子

今村佳苗…………启治的后妻

今村美土里………佳苗的女儿，启治的养女

井出大佑…………美土里的恋人

衣田征夫…………律师

榊原聪……………私家侦探

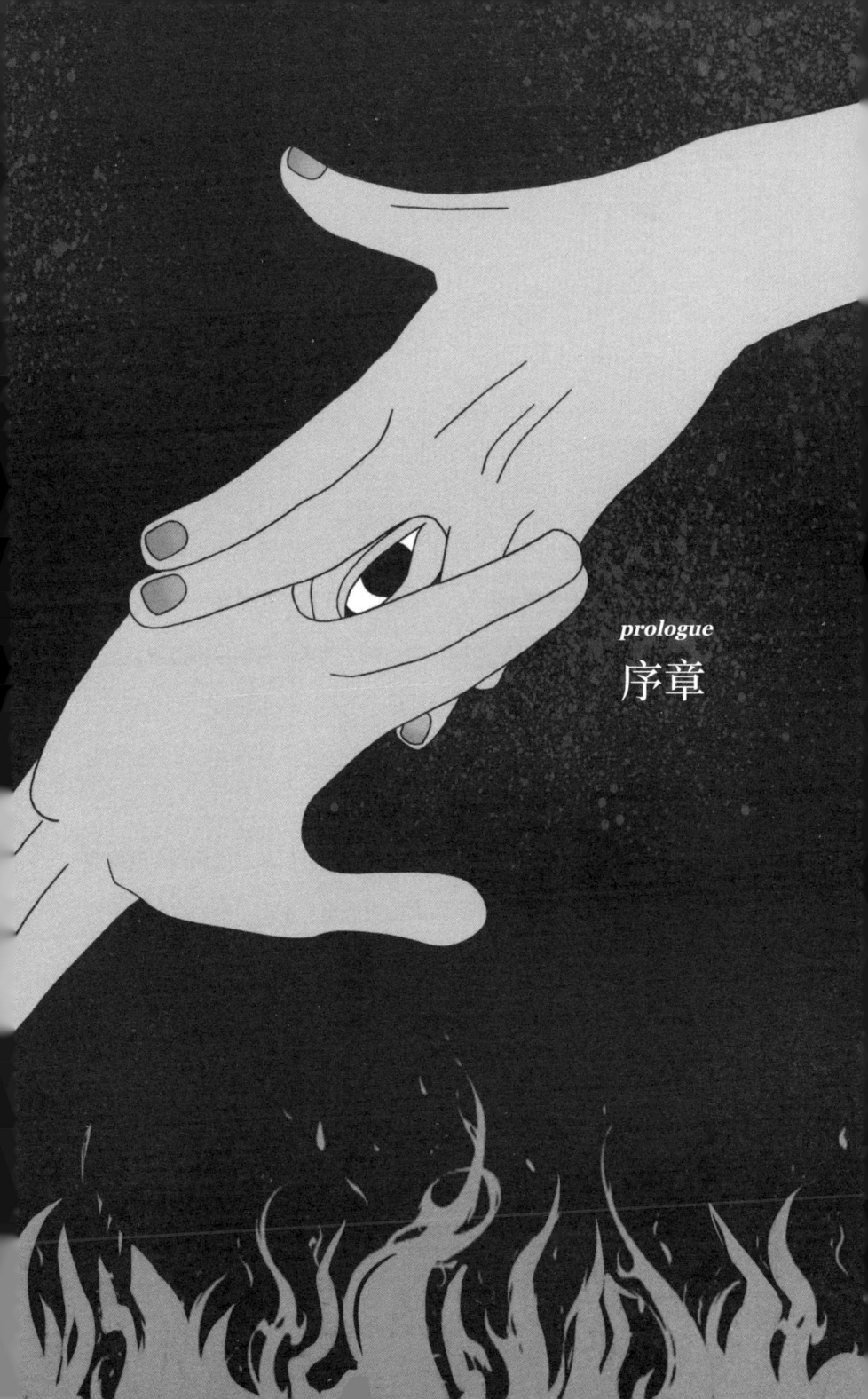

一切都是从一通委托电话开始的。

榊原聪是一名年近五十的私家侦探。织田信长[1]有诗云："人生五十载，往事如梦似幻。"即使是在国民平均寿命已大幅延长的现代社会，但凡活到这把岁数，人也依然会对岁月心生感慨。

不过他虽顶着"私家侦探"的头衔，却未设立侦探事务所，名片上只印有姓名、手机号码和邮箱地址。当然，他也没给自己安排助手和事务员，是一个彻头彻尾的"独行侠"。但只要有人找他，他便会不远千里地赶赴全国各个角落。

当人们与罪案产生直接关联时，若选择雇用私家侦探而非联络警方，那么他们的问题必定比表面上更为严重。不安乃至恐惧驱使着他们做出这番行为。至于"侦探"，则是一份把深不见底的泥沼铲除干净的工作。一旦察觉到委托背后潜藏着秘密，即便结局与委托人的期待相反，即便那会给侦探本人带来烦恼，也只得将其"打捞"出来。

---

[1] 织田信长（1534年6月23日—1582年6月21日），幼名吉法师，出生于尾张国的胜幡城（另有生于那古野城一说），日本战国时代到安土桃山时代的封建领主，"日本战国三杰"之一。——译者注

榊原此次收到的正是这样一份委托。

自从他接下这桩案子以来,已经过了四周。今天他也照样不辞辛劳,忙碌了一整天。幸好调查工作终于进入了最后阶段。

关上电灯,躺倒在硬板床上之后,他依然睁着眼,出神地凝视着眼前的黑暗。

他住在一栋称不上公寓的老旧建筑之中,共有四层楼,其中二楼朝西的那套1LDK[1]住房便是他的"城堡"。

他的卧室内只有一个嵌入式衣橱,一张便宜的单人床,一套桌椅和一个书柜。反正他单身,这些家具即已够用。十几年前,他挥别了与妻女共同生活的日子,在这里一直住到了现在。尽管他没有和女儿断绝关系,也有其他的熟人,不过能够踏足这间卧室的唯有他自己一人。

色彩缤纷的窗帘也好、乡村风格的餐桌餐椅也好、装修得一片粉色的浴室也好,这些看似温馨的元素都不是家庭幸福的标志。他不知道妻子在丈夫身上索求的究竟是什么。说真的,先不论他身为丈夫是否足够温柔,至少他从未背叛过妻子;虽然确实很少照顾女儿,可他其实是爱她的。不过,他知道前妻不会给出回答,所以很早就打消了问个明白的念头。

---

[1] LDK是户型配置的简称,L指客厅(living room),D指饭厅(dining room),K指厨房(kitchen),1LDK即指一室一客厅一厨房一饭厅。——译者注

榊原曾是一名警察，曾认为刑警的工作是自己的天职，可对他的小家庭而言，他并不是一位称职的丈夫与父亲。也罢，反正每当男人们为社会与家庭的安宁而拼命工作时，就会被打上"罔顾妻小"的标签。

不，不对，其实他们多半是想要活出自己的人生，只不过从结果上看，他们的行为给社会和家庭带来了安宁。仅此而已。

换句话说，这单纯是为了自我满足。

但世上总有些事需要亲身经历过才会明白。当他意识到问题的本质时，前妻已经离开了他们的家，独留他一人在空空荡荡的房子里。

他在前妻送来的离婚协议书上签了名，盖了私章，又于次日提交了辞职报告。这下，警察队伍和家庭之中都不再有他的栖身之所。之后，他便不属于任何组织，靠些零碎的私家侦探工作谋生。所幸他并没有就此沦为败者。在付出了巨大代价后，他从这份营生里找到了自己人生的真谛。

回想到这里，榊原的眼睛已经适应了黑暗的环境，能朦胧地看出四周物品的轮廓，耳中也只听得见自己规律的呼吸声。整个世界都仿佛静止了，唯独大脑正在高速运作。

——集中精神！好好动动脑子！

他对自己说道。

自打与委托人见面那天起，他始终精力充沛地工作着，用自己的双眼观察，用自己的耳朵聆听，用自己的头脑思考。无论是过去的从警生涯,还是如今的侦探事业,他总是秉承着这样的作风,从未改变。这就是他工作的全部。

这段时间以来的调查内容逐一在他的脑海中重现。通过相关人士的证词,一部分事实浮出了水面,可还有一部分则是他们绝对不会提起的。尽管如此,只要把这一幕幕场景组合在一起,就肯定能看到一幅全新的画面。

他再次目不转睛地盯住了黑暗的环境。当那一桩又一桩的命案、一重又一重的疑惑被有机地编织在一起,由恶意组成的构图便会冲破层层的波涛险阻,清晰地自幕后显现到台前。届时,即意味着调查完毕。

然而,之后还有一项更为重要的任务。那就是如何找出仅剩的一块拼图,揭晓所有的真相。

他明白,自己每时每刻都越发接近那最后的一瞬间。

Chapter One

第一章

案件的始末 _

1

无论罪状多么轻微,"冤案"都会给当事人的心灵与人生留下不可磨灭的伤痕。

被人扣上凭空捏造的罪名,其中的痛苦与屈辱简直罄竹难书,更伴有无法估量的时间、经济及人力损失。蒙冤的被告人如果拒不认罪,便将受到"犯罪"与"抵赖"的双重谴责。而尤为悲惨的是,哪怕获得无罪判决,正式摆脱了嫌疑,他们也往往会继续受到世人的蛮横对待。这就是真实的社会。

诚然,在"审判"这一程序中,被告人将被赋予"战斗"的武器和机会。尽管只有律师可以直接算作是他们的"战友",但至少从理论上看,还有名为"法律"的正义在保护着无辜的人们。不过,当法庭把冤案的被告人扔回社会之后,他们其实徒有"无罪释放"的头衔,却赤手空拳,根本无法对抗来自世人的白眼。

因为绝大多数人都打心眼里认为,警方不会无故逮捕良民。就算被告人没有实际犯罪,也不代表他们是清白的。肯定是他们平日的言

第一章　案件的始末

行举止有问题，这才被误会成了犯人。

而人一旦遭人举报犯罪，即使是盗窃或性骚扰这种情节较轻的罪行（而且只有一次），即会直面毫不留情的现实。

请设想这样的一个场景，邻里间正在闲话家常：

对了，你知道吗？听说××家的儿子骚扰住在同一栋公寓的女孩子，被抓起来了！虽然被判无罪，但人家爸爸是有名的大律师，所以他确实做了坏事吧？都是靠爸爸才脱身的。不然警察怎么可能抓他呀？和这种变态做邻居真讨厌！

如何？是否很生动形象？

当然，把话题的对象替换成甲太太的老公、乙小朋友的爷爷，也是同样的情况。只要听到此类传闻，便没人能坚称自己信得过对方。哪怕苦主决心堂堂正正地面对一切，然而"敌人"却是谣言，既无形无相，又不会从正面来袭，让人无法应战。

违反《强行猥亵及骚扰行为防止条例》[1]的下场尚且如此，至于夺人性命的杀人行为，其性质之严重更是"一骑绝尘"。

1　《强行猥亵及骚扰行为防止条例》是日本针对性骚扰行为及犯罪的一系列法规条例，最初制定于1962年，并在全国推广。规定性骚扰行为可被判6个月以下的拘留或50万日元以下的罚款，屡犯者会加倍处罚，处以1年以下监禁或100万日元以下的罚款。——译者注

在经历了漫长的审判，取得无罪释放的胜果后，杀人冤案的被告人被大声称快的支持者们所包围，一方面难掩安心之感，而另一方面又通常会流露出严肃的表情。理由不单单是积压在他们心头的重压尚未彻底消散，还因为他们切身感受到了自己往后的人生绝对不会安稳。

由于无罪判决，被害人的遗属们失去了愤恨的对象，因此大多无法心悦诚服地接受这样的结果。他们仍会憎恶着被告人。其实按理说，真正可恨的是不知躲在何处暗笑的真凶。可这对坚信被告人即是凶手的他们而言，却不具备任何说服力。更不用提社会上的普通人会抱着怎样的想法了。说白了，媒体便是民心的集中体现。假如没有肉眼可见的"活祭品"，世人是不会满意的。

此外，冤案会给相关搜查人员的职业生涯留下污点，视具体情况，还可能毁了他们的前途。所以他们在一般情况下绝不会故意制造冤案。只不过，人们真正害怕的并非犯罪本身，而是"真凶未被捉拿归案"的事实。这下子，即使冤案对任何人都没有好处，来自国民的恐惧和压力却会化作孕育它的土壤。虽说人与人之间难免出现误会，但冤假错案无疑是刑事司法中最为可恶的病态现象。

事实上，这是人尽皆知的常识，可在奉行"科学搜查"的当今社会，冤案依然未能绝迹。

眼下就有这么一桩冤案。

时值四月下旬，东京的樱花花期已过。被告人峰岸谅一终于被下达了无罪判决。

九个多月前,他因涉嫌纵火杀死自己的岳父而被捕并遭到起诉;如今,他的不白之冤可算是等来了昭雪。

其实他从一开始就坚持否认犯罪行为,而且法庭也直接采信了他的不在场证明,整场庭审以辩方的完胜告终,不像大多数无罪判例那样,以"疑罪从无[1]"那种暧昧不明的结论收尾。连资深的司法记者都不曾料到这桩案子会在耗时大半年之后迎来如此突变。

换作平时,自然不难想象"恢复清白"的被告人有多么安心与喜悦。而辩护律师身为见证人,其心情同样无以言表。尤其是这种为杀人嫌疑人辩论的法庭,很可能是从业一辈子只会遇上一次的舞台。唯有经历过,才会懂得被托付一条人命时,自己肩上的担子究竟有多重。倘若律师漂亮地打下了胜仗,禁止他们快乐洋溢简直是不人道的。即使他们连续几天都沉醉在胜利的美酒之中也不足为奇。更何况峰岸谅一的案子没法参考过去的任何判例。无论是审判的过程,还是那不可思议的后续发展,一切均远超世人的想象。

可这几日来,完美地拿下了无罪判决的辩护律师——衣田征夫始

---

[1] 疑罪从无是指刑事诉讼中,检察院对犯罪嫌疑人的犯罪事实不清,证据不确实、不充分,不应当追究刑事责任的,应当作出不起诉决定,是现代刑法"有利于被告人"人权保障理念的具体体现,能够有效减少和避免冤假错案的发生。——译者注

终在欢欣雀跃的同时独自烦闷着。

究其原因,当然是发生在前几天的某桩案件。峰岸家那桩震惊世人的弑杀岳父案已经尘埃落定两周多了,媒体相关人士的采访攻势也总算快要告一段落,这时,一条意外的新闻却冒了出来。让人不禁好奇,究竟是谁,为了什么才做出了那种事?

衣田不是刑事律师[1],而是"街坊律师[2]",主要客群为中小企业主、个体户经营者、当地居民等,用医生来类比,就相当于过去的"小镇医生",因此基本接触不到能上新闻的大案。这是他生平第一次为杀人案的被告人辩护,岂料还是一桩天大的冤案。于是在打赢官司的当天,他甚至亢奋得一宿无眠。如果有一名新人棒球选手,在首场比赛中突然打出了一击制胜的"再见本垒打[3]",想必也会是他这样的心情。

可是,这桩冤案的被告人居然会以如此方式退场,这当然超出了他的想象。苦涩的感觉涌了上来,他心里翻来覆去只有一句话:这不可能!

---

1 刑事律师是指以办理刑事案件法律服务为主要业务的律师。——译者注
2 街坊律师是日本司法圈"行话"之一,指以中小企业的法务及事务所所在区域的住民的家务事为主要业务的律师,大多独立经营着小规模的律师事务所。——译者注
3 再见本垒打(walk-off home run)指在棒球比赛里,进攻球队在平手或落后的情况下,由该队打者击出的反败为胜且为比赛画上句号的制胜本垒打。——译者注

第一章　案件的始末

他深深地叹了一口气。至今发生的种种如走马灯般在他脑中盘旋。

仔细想想，本案其实从头到尾都满是特例。

衣田为人冷静、客观。尽管成为律师已经二十多年，别人对他说话时，也总会加上"律师""老师"等尊称，可他对自己的能力实在是再清楚不过了。在通过司法考试之前，他已多次体会过挫败的滋味。而在他考试合格，又结束了为期两年的司法修习[1]后，日子也绝对算不上顺风顺水。

事实上，他真正的梦想是成为法官，但他知道只有在大学毕业后迅速通过司法考试，且成绩名列前茅的年轻人才有机会在法官之路上出人头地，所以便将志愿改成了律师。可结果，想要进入著名律师事务所工作，接待一流企业与名流客户，也必须拥有相应的学历。他的希望就像一只气球，本已膨胀到了极限，然后又因现实而明显地萎缩了下去。

话虽如此，他刚执业时依然赶上了好时代。由于社会高速发展，律师行业也需要吸纳新人以补充"血液"，他成功在镇子上的律师事务所就职了。那里规模不大，工作也不算特别辛苦。四年后，他独立

1　日本司法界有司法修习制度，有志成为法官、检察官或律师的人，在司法考试合格之后需要经过一定时间的"司法修习"期，取得合格证书后方可申请相关从业资质。司法修习期的长度也在不断变化，2006年以前的"旧司法考试"制度中，1998年4月前的修习期为两年，随后逐步缩短，直到2006年"新司法考试"方法颁布，修习期统一缩短至一年。——译者注

出来，成立了自己的事务所。

当然了，在他初出茅庐之际，既没有形成自己的业务圈与人脉圈，又没有实战经验，只得先进入他人的事务所，从上班领薪水的律师（俗称"挂靠律师"）做起，一边积累经验，一边为独立创业存储资金。尽管他努力地发展着客户，但筑起全新的城池果然不是易事，必须兼备与梦想匹配的勇气和机会。因而也有不少律师在工作多年后依然没能独立。

而他创业的契机则是大学时代的朋友给他介绍了一个医院倒闭的案子。某位欠有高额债务的牙医去世了，他接下了其遗属的委托，通过办理任意整理[1]手续，顺利解决了对方的困难，避免了破产清算。其实有些债主态度非常强硬，可他那实事求是的办事原则、充满耐心的沟通劝说还是奏效了，虽说委托人的牙科医院不复存在，但至少那些债主们都成了他的潜在客户。他很快就收到了其中几人的委托，为他们解决其他问题；还有人向他送去了合同，希望由他担任自己的法律顾问。

如此一来，衣田终于圆梦，开创了自己的事业，其名为"衣田征

---

[1] 任意整理指律师根据委托人实际状况，为其设计力所能及的还债方案与期限，并与债权人沟通，希望即刻停止超过法定上限的非法利息，尽可能扣除尚未偿还的合法利息或滞纳金，从而达到减少债务的目的，最终办理成几乎无利息的还款协议。还款期限通常为三至五年。——译者注

夫律师事务所"。它设在新桥[1]地区一栋旧建筑的四楼,虽然办公场所面积还不满四十平方米,可那的的确确是属于他的国度。接着,他便忘我地投入到了工作之中。

开业之后,他稳扎稳打地获得了镇子上的工厂、个体商店、房产公司等客户,为他们提供法律顾问服务。说实在的,这些客户比起中小型企业更接近于个体户,谈不上"优质",不过他的事务所也总算是即将步入正轨。然而,世间不如意之事十之八九。就在此时,传统的司法考试制度发生了革新,结果法律行业的从业者大幅增加,律师的数量也增长了二至三成。可这还只是小意思,按照当初的改革计划,新制度将会让考试的合格人数扩充到原先的六倍,可谓是相当极端的政策。

供给量急剧上升,需求量无疑会跟不上。由于经济大环境长期不振,委托案减少,每个律师手头的任务也有所下降。找不到工作的新进律师当然会一个接一个地出现。因为没法靠当律师糊口,甚至有人浪费了好不容易取得的律师资格,放弃注册进入律师协会。

对律师而言,律师协会是强制性加入的社会团体。不然即使资格在手,也无法开展工作。但它的年会费高得吓人,包括衣田在内的成员们都切实盼望将年会费控制在二十万日元左右,只不过它毕竟不是政府旗下的法律机构,不像法院、检察院那样有国家预算的支持,必

---

[1] 新桥(Shinbashi)是日本东京一处地名,靠近银座,属于东京开发历史中的繁华区域之一。——译者注

须自行负责律师会馆的所有建设及维护费用，还有各种活动所需的经费等，因此成员们的请愿并不顺利。

总之，整个行业都越发艰难，而衣田之所以还能将事业经营下去，原因之一是因为他运气好，早早地稳固了自己的"地盘"，另一方面则很大程度取决于他的性格。无论面对怎样的客户，他都不会甩脸色，遇到麻烦多、收益少的委托案也从不怠慢，收费也十分合理。久而久之，即便他不刻意宣传拉客，良好的口碑也广为人知。离婚委托、财产继承委托等"家务事"都接踵而来。拜此所赐，他那钱少事多的日子就没停过，至今仍工作不断。

就这样，他在平日里处理了大量的民事案件，对自己积累下的经验颇有自信。而刑事案件虽与民事案件同属法律范畴，但却是两个不同领域，无法套用既有的经验。再加上他为人本就非常慎重，因此从不对陌生的刑事类业务佯装精通。包括峰岸谅一的那桩案子，也绝不是他毛遂自荐争取来的。

于是在他看来，要说那桩冤案异常在哪里，排在第一的正是找上了像他这样的律师来做辩护。

现在时过晌午，正好没有客户上门，倦怠的气氛弥漫了开来。然而这也没什么好奇怪的。他的事务所开在一栋小小的旧楼里，只有地理位置良好这一项可取之处。顾客盈门的企业才不会租用这种办公场所。

十七年前，他的孩子们长成了少年，不再需要大人片刻不离地照顾着，他的妻子初子便来到事务所，成为他的事务员。可实际上，工作内容只是接打电话、端茶送水，以及用电脑制作一些简单的文书，而提交诉状等需要外出的工作依然是他亲自处理。这般经营模式简直像是个体商户，缺乏律师派头，但现状不容许他们追求虚荣，节省经费才是第一要务。外加初子去年才做了子宫肌瘤手术，身体状况不佳，经常没法在事务所工作，这也给他造成了很大的心理负担。

不过这间朴素又狭窄的事务所就相当于他的住宅，最靠里的办公室只有七平方米左右大，算是他的后院，除了初子，谁都不能进去。从过去开始一路囤积下来的审理文件堆满了办公桌和三面墙，只留下能供他一人坐下的空间。完全就是前线基地的储藏库。

他深深窝进了自己心爱的扶手椅，静静闭上了双眼，陷入了回忆之中。

2

九个多月前，正值梅雨季节，连日阴雨不断。居住在东京都三鹰[1]市的退休"上班族"——峰岸岩雄的家中却发生了火灾，木制的二层住宅被烧了个精光。当人们从房屋的遗迹中找到户主岩雄那焦黑的尸体时，已是七月五日（周日）的拂晓时分。

1　三鹰（Mitaka）市是日本东京都多摩地区最东边的城市。因武者小路实笃、太宰治等许多作家居住而闻名。——译者注

　　峰岸岩雄老人享年六十四岁，报案人是和家人一起住在附近的学生。火灾当天晚上，他出门去便利店买夜宵，却发现峰岸家陷入了一片火海，于是直接用手机拨打了消防电话。

　　那一带的土地在房地产泡沫大盛之前便已被分块出售，每户住宅的地皮约有两百平方米，比如今的分售式住房大多了。而相应的，居住者的平均年龄也偏高，古旧的二层木制建筑静静地成排分布着，还带有精心打理过的庭院，风格极为统一，就仿佛家家户户都约好了一般。

　　现场火光冲天，周围充斥着焦臭的味道，但当时已过了深夜两点半，四下静悄悄的，周围的住户们都安然入睡了，没有人意识到出了大事。可话又说回来，火势是那样的猛烈，即使峰岸老人在家里发出凄厉的呼救声，人们也只能听到烈火燃烧建筑时所发出的噼啪巨响，压根儿发现不了他。

　　报案人知道峰岸老人独居，因此尽了全力大声呼喊老人。怎奈火情实在严重，他根本无法靠近救人。邻居们也被陆续吵醒，但同样束手无策，只好焦急地等待着消防车到来。

　　幸运的是，眼下正处在梅雨季节，空气非常湿润，也几乎不起风，看样子没有延烧的危险。只不过峰岸家难免被彻底烧毁。而且火已经那么大了，房子里的人怎么可能安然无恙。想到此处，聚集在周围的人群脸上都露出了焦虑之色。

　　"峰岸老先生今天是不是去别墅了，不在家？"

某位邻居一边注视着峰岸家紧闭的房门，一边猜测道。

"不，我今天下午还看到他在家门前走动呢。"

很快有人否定了这一美好的希望。

这时，第一台消防车终于抵达，众人纷纷发出了安心的吁声，但想必没人认为老人还能得救。而事实上，就连英勇的消防战士们也不得不早早地放弃了救人的念头。毕竟在他们接近二楼的窗户之前，赤红色的火焰已经从铝合金的窗框中直蹿出来，揭晓了室内那如炼狱般凶残的光景。

再说回峰岸岩雄这位老人。他已经六十四岁了，无疑属于老龄范畴，不过健康状况倒是尚可，只是性子孤僻了些。

据说很多不爱交际的人都仅仅与伴侣处得来，他当然也不例外，老两口的感情十分融洽。他比妻子悦子年长四岁，以前就常有人看见他照顾患病的妻子，两人一起购物，一起散步；哪怕后来悦子住院了，他也在病榻边忘我地照料着她，周遭人士都称赞他是个好丈夫。但在与病魔斗争多年之后，悦子最终于去年岁末撒手人寰，死因是重度糖尿病并发症。

其实他年轻时似乎也和其他男人一样，把家里的上上下下都交给妻子打点，只是自从老伴病倒之后，他整个人为之一变。不仅做饭、打扫、洗衣样样拿下，甚至能熟练地熨烫衣物。这是因为他的性格极为认真，凡事都不会浅尝辄止，一旦做了就要做到最好。不过事物总有两面性，精通家务、拥有自己的主张固然是件好事，可他也因此看

019

不上别人喂食、挂毛巾的方式等，常常为一些琐碎细节而与护理助手和医院的护理师发生不必要的冲突，闹得他们苦水不断。

峰岸老人有两个女儿，其中长女的丈夫还是入赘的，但眼下他并不需要靠家人照料，大概也没觉得特别寂寞，所以依然独居。

他的生平经历十分简单——出生于长野县信州市，是家里的长子，有一个妹妹。从老家当地的高中毕业后，他进入了东京的著名大学深造，堪称是一名"秀才"，而后，他又就职于某家有名的一流企业。由于生性正经，他从未引发过任何社会问题。和妻子悦子则是通过上司介绍而相识、结婚的。

他在总公司工作了很久，原本走在晋升为高层的"康庄大道"上，但或许是严肃耿直的脾气令人望而生畏，他被渐渐排除出了升职的队伍。此外，也许是考虑到悦子的健康状况，他到六十岁时便正常退了休，没有接受返聘去子公司担任领导的工作。

而职场的挫折也对他造成了持久的影响，他退休后的交际圈极为狭窄，前同事们自不必说，连学生时代的朋友都几乎断了来往，对邻居们也只有礼节性的问候。妻子过世后，他那天生的挑剔脾气便更胜往昔，连亲生女儿都拿他没辙。

在他的生活中，还能算得上"兴趣爱好"的，即是从在职时期一直坚持下来的股票投资。他在老家买了一所别墅，除了去那里，他就窝在家中，过着隐士般的日子。可实际上，他好像每天都寸步不离地守在电脑前，从早到晚地收集情报，买卖股票。

第一章 案件的始末

他为人虽慎重，但也有攻击性强的一面，非常适合当投资家，而且"战绩"相当不错。当然了，在"泡沫经济[1]"崩塌的时候，他也遭遇了重创，不过后来又把当时的损失全部追回来了。比如位于三鹰市的自有土地与住宅，虽是他一结婚就贷款购入的，然而在他突然死亡之后，警方查明了他名下拥有的资产（即存款、股票、不动产）总额之巨大是普通工薪阶层绝对无法企及的。

说实话，假如那场火灾的起因单纯是漏电或用火不慎，峰岸老人的资产种类及总额，警察也无从调查。警方之所以会重点关注老人的财产及人际关系，原因便是，那并非失火事故，而是一桩纵火案。更进一步说，他们认为这不是随机行动的"愉悦犯[2]"行为，而是针对峰岸家住的人，具体来说就是针对峰岸岩雄的蓄意纵火！

经调查，起火点在一楼客厅的飘窗附近，那里被人洒了汽油。这是警方能够迅速断定有人纵火的首要根据。

1　泡沫经济指日本泡沫经济，是日本在20世纪80年代后期到20世纪90年代初期出现的一种经济现象，是日本战后仅次于20世纪60年代后期经济高速发展之后的第二次大发展时期。这次经济浪潮受到了大量投机活动的支撑，因此随着90年代初泡沫破裂，日本经济出现大倒退，此后进入了平成大萧条时期。——译者注

2　愉悦犯指是由犯罪行为引发人们或社会的恐慌，然后暗中观察这些人的反应以取乐的犯罪者。由于犯罪没有针对特定目标，且犯人与被害人可能无利益关系，所以警方较难依照犯罪动机追查嫌疑人。——译者注

峰岸家的地皮和邻居们的一样，整体呈长方形，周围建有一圈围墙，朝向南侧公路的铝制院门和住宅大门都锁得好好的，然而围墙顶端并没有安装防盗遮栏，因此只要存了心思，便能轻易翻墙而入。

成为案件焦点的那处飘窗位于住宅的北侧，不存在被人从公路上看到的风险。纵火者应该是将汽油灌在一只两升装的塑料桶中，带进院内。烧剩下的塑料桶残骸就在距离住宅稍远的草丛里，附近还有疑似纵火者在点火时使用的打火机。可见这无疑是一桩经过策划的纵火案。

峰岸老人的卧室在住宅二楼，他就死在自己的床上。从死状观测，他当时正在睡觉，但由于火烧得实在太过迅猛，他在熟睡之中吸入了烟雾，最终死于一氧化碳中毒。现场丝毫不见他尝试逃跑的痕迹。

如此一来，警方当然会倾尽全力找出纵火者。

可事后回想，那其实是一桩由各种偶然堆积而成的冤案。只是在搜查初期，所有条件都很难让人往"流窜纵火者随机作案"的方向去考虑。

首先，对不挑对象的流窜纵火者而言，只作一次案是无法满足的。此类犯罪者常常会混入看热闹的人群，通过"观赏"熊熊的烈火和集合起来的消防车，获得生理与心理上的快感。而瞄准女性或幼儿的变态犯罪者也是同理。因而他们必定会以相同的手法再次犯案。但不论既遂案还是未遂案，三鹰市及其周边地区在那阵子根本没有任何使用桶装汽油的纵火案件。

其次，警方在现场找到了打火机。它极有可能是纵火者遗落的重要物证，但那并非一百日元上下的便宜货，而是世界知名品牌C牌的产品，材质为贵金属钯[1]，价格不下七八万日元。纵火者仇视整个社会，将自己的满腔郁闷都寄托在烈焰上，怎么可能使用这种高档打火机？虽说警界有一条办案宗旨，即"预断乃搜查的大忌"，可事实的确有违常理，也难怪搜查阵营会抱有这般疑问。

既然不是无差别随机纵火，那么警方接下来自然考虑起了结怨放火的可能性。然而此时又出现了新的问题——峰岸老人已退休，交际范围非常狭窄，即使把被付之一炬的记事簿、信件等书面资料都囊括进去，也找不出任何人际纠纷问题。反观他那离群索居的生活，连股票交易都在互联网上进行，基本不可能有人恨他恨到欲杀之而后快的程度。

综上，搜查工作只剩下最后一条思路了。警方很快得出结论，认为这是一桩谋杀案，动机是直接利害关系，换言之，凶手是峰岸老人的家人。

根据警方的经验，常年的密切接触所酝酿出的爱憎情仇总会在家庭成员们的心中越积越多，利益之争也极为尖锐。亲爱的家人之死，

1　钯（Palladium）是一种贵金属，元素符号Pd，质软，有良好的延展性和可塑性，能锻造、压延和拉丝，在1803年由英国化学家武拉斯顿（William Hyde Wollaston）从铂矿中发现，是航天、航空等高科技领域以及汽车制造业不可缺少的关键材料。——译者注

将直接关系到遗属们以"继承"之名一夜暴富的机会。由此，他们深知，"家庭"才是杀意滋长的巨大温床。

而峰岸老人的长女婿——峰岸谅一是一位入赘女婿，时年四十一岁。案发一周后，他便因涉嫌纵火而遭到逮捕。

3

在谅一被捕三天后，他的妻子——峰岸朱实趁中午时分拨通了衣田征夫律师事务所的电话。她希望委托衣田担任谅一的辩护律师，这也是谅一本人的意愿。

最开始接到电话的当然是初子。

"峰岸谅一的太太来电话了，说要找你。"

在向衣田传达信息时，她一反常态，语气有些僵硬。

这也是理所当然的。谅一曾多次来过衣田的事务所，此刻居然因涉嫌杀害岳父而被捕。当看到刊登在报纸上的相关报道时，衣田甚至怀疑过自己的眼睛，而初子到底是女性，在不知情的情况下接待过杀人犯一事让她受到了很大的惊吓。

衣田是律师，他的主战场自然是以东京地方法院为首的各地法院。此外，他还有和同行交涉、预习官司等需要外出的任务，因此很多时候都不在所内坐班。如果在外的耗时比预期得久，则势必要劳烦客户在事务所等他回来。其实他已经尽量和一些品行不端的人约在外面见面，可初子依然经常在密闭空间里单独接待素不相识的男性客户。这么想想，确实后怕。

"您好，我是衣田。"

刑事案件不等人。他从妻子手中接过电话时，就已经做好了思想准备。

他原计划拜访客户（他担任对方的法律顾问），但眼下他取消了约会，把下午的时间腾给了朱实，想先听听她的说法，再决定是否要接下辩护委托。

峰岸朱实时年三十六岁，毕业于某所音乐大学的钢琴系，在母校当非专职教师，不过实际上她还是更接近于家庭主妇。

她和丈夫谅一没有孩子，之前也没和衣田碰过面。或许是因为她既是犯罪嫌疑人的妻子，又是被害人的女儿，立场相当微妙，所以丈夫被捕后过了三天才前来求助。不过那桩案子的性质非常严重，就算谅一本人指名要求衣田为自己辩护，她也该去委托更有名的刑案律师才对。对此，衣田难免心生疑惑，摸不清她的真实想法。

而事实上，他和谅一也没有多深的交情。谅一确实找他咨询过几次问题，不过交流的内容不外乎生意上的麻烦。因此，他并不认为谅一对自己的信赖如此之深，甚至足以在面临人生最大的危机时，将性命托付给自己；并且当初为他和谅一牵线的介绍人已不在人世，他也不用再看谁的面子而出手帮忙了。

衣田有一位名叫今村启治的挚友。不，准确说来，是他曾经有这样一位挚友。

启治在某家制造业从事技术工作，今年二月，他从JR[1]线的站台上跌进轨道，被驶进站来的电车当场碾死。根据目击者的证词，看不出他到底是因贫血而失足，还是自己纵身跳轨寻死。而谅一当年正是通过启治找上衣田的。

想起逝去的挚友，衣田至今仍觉心痛难当，胸中满是悔恨，总惦记着自己作为朋友，本该再多帮帮他才是。

他和启治从小学到高中都在一起。后来因为他念文科，启治念理科，两人在高中分科时去了不同的班级，不过他们都喜欢画画，初高中时期一同加入了学校的美术社团。

启治为人认真、态度亲和，是个"好好先生"，可不知为何，他的家庭生活过得并不顺利。先是妻子久子罹患精神分裂症[2]，反复住院，他得一个人负责照料妻子与独生子启太。后来他与久子离婚，和另一位带着孩子的女性再婚了。尽管衣田见证了他那充满艰辛的第一段婚姻，按说该支持他寻找新的幸福，可在他娶后妻时，仍提出了严

1　JR线是日本铁路公司（Japan Railways）运营的大型铁路路线。——译者注
2　精神分裂症（Schizophrenia）是一组病因未明的慢性精神疾病，多在青壮年缓慢或亚急性起病，临床上往往表现为症状各异的综合征，涉及感知觉、思维、情感和行为等多方面的障碍以及精神活动的不协调。患者一般意识清楚，智能基本正常，但部分患者在疾病过程中会出现认知功能的损害，有反复发作、加重或恶化的倾向，但有的患者经过药物治疗与心理治疗后可保持痊愈或基本痊愈状态。——译者注

肃的意见,竭力劝说道:

"你的妻子并不希望自己生病,而且对孩子而言,即使生母患有精神疾病,也照样无可替代。更何况启太那么温柔、那么为母亲着想,肯定无法接受。你至少等启太高中毕业再考虑个人问题吧,这是为人父母的责任。之后你离婚也好,再婚也好,我都不会说什么。"

然而,启治并未被说服。

结果,衣田的不安成为现实。出于对父亲和继母的反感,启太上初中后开始学坏了,成了混混们的跑腿,一直发展到偷窃和威胁他人,之后自然被送上了少年法庭。衣田拼尽全力帮他避开了进少年监狱的下场,可这下别说上大学了,他连高中都没法毕业。

然而,启治的苦恼并不止于此。"半路夫妻"组成的家庭内部不断出现新问题。后妻佳苗带来的孩子——美土里在上高中时恋爱了,男友却出身于某个被警方记录在案的暴力组织。她还离家和男友同居,闹得鸡飞狗跳。启治夫妇努力想把女儿带回家,可对方家并不是省油的灯,结果还得靠衣田给他们收拾烂摊子。

衣田在司法修习时有个同届的律师朋友,对方是检察官出身,辞职后转行当了律师,能在检察官时代结识的暴力组织面前说上话。于是他拜托那位友人出面与美土里男友的父亲沟通。当然,商量到最后总归是"钱"的问题。启治为了筹集高额的分手费,被逼得身心俱疲。而从借款交涉开始,一直到制作公证书、办理担保手续等,全程都是衣田自掏腰包办妥的,不过他终究不可能把启治的债务一并揽下。但启治只是一介"上班族",因为受钱所困,整个人都憔悴得令他不忍直视。他确信,启治的英年早逝绝对是再婚所导致的恶果。

说起来,峰岸老人的妻子悦子是启治的亲姐姐,谅一则是峰岸家的入赘女婿,因此他和谅一之间虽无血缘关系,在法律上却是舅甥。据说,他的外甥女朱实对双双出轨而结合的舅舅夫妇颇为不满,不过谅一倒是无所谓,和启治家保持着往来,还帮游手好闲的启太物色过工作,启治也把他介绍给了衣田。

这就是谅一找上衣田做法律咨询的契机,衣田会为他写内容证明函[1]、处理一些简单的调停工作。而既然对方是自己挚友的外甥女婿,衣田在费用上也给了折扣。对方或许正是对这份亲切铭记在心,这才会拜托妻子前来求助吧。

谅一原本是某家大型化学品制造企业的销售人员,独立创业之后开设了一家小型企业,名叫"全国零售商店协会股份有限公司",听上去来头大得不得了,可实际上那只是他个人的公司。个体经营的零售店和规模庞大的超市、连锁药店不同,商品的品类和数量都很少,对批发商也没有什么话语权。因此,谅一充分利用了他一路积累下来的人脉,通过"全国零售商店协会"统一采购,以更低的价格采购畅销商品,再将它们批发给成为会员的各个零售商。

---

[1] 内容证明函是能够证明当事人曾在何时向何地的何人寄送过何种文件的信函,具有法律效力,虽无法强制收函方按函所示内容行动,但有"如不照做,我方或采用法律手段"的警示含义。——译者注

这主意确实不赖，起步阶段也很顺利，但随着会员数量不断上升，业务规模不断扩大，这家公司开始引人注目，导致部分老字号的批发商出手阻挠。此外，谅一最大的失算在于——从大企业辞职之后过了几年，至关重要的人脉逐渐萎缩。换言之，他曾经受到的好评并非因为他的个人能力突出，而是大企业的"光环效应"。不久后，他的公司经营状况就亮起了黄灯，而危机信号由黄转红也不过是时间问题。

尽管从客观角度来看，干干脆脆地放弃业绩不佳的生意固然正确，可会轻易产生这种想法的人，估计压根儿就不会去开公司。因此对资金周转出现问题却不愿认输的中小企业主而言，高利贷是个极具诱惑力的陷阱，能缓一时之急。但准确说来，他们其实也很明白其中有诈，不过别无选择。当然，这只是他们在"病急乱投医"，误以为自己还有救。

谅一也不例外。他越是挣扎，还款的利息就越高，似乎已无法脱离泥沼。然而，衣田也是听了朱实的说明，才第一次了解到他快要山穷水尽了。

朱实是一位标准的日式美女，给人以受过良好教育的感觉。她身上的套装与首饰都是高级品，看样子生活品质不错，整个人却仍透出一种寂寥之感，瘦窄的面庞也多少带着几分严肃。但她毕竟是启治的外甥女，相貌和不幸去世的舅舅颇为相似。或许正是出于这一点，衣田对她颇有好感，但同时也无法抹去心头的那一丝不安。

他和朱实是初次见面，而且她还是工作上的委托人。每当接触新客户时，他都会在进入正题前先不着痕迹地观察对方。因为律师也属于服务业，常年下来便养成了这样的习惯。所以，问候与闲聊等环节虽和案件没有直接关系，可绝不是浪费时间。

结果，他发现眼前的朱实正散发出强得离谱的颓丧感。尽管她正处在困境之中，可平日里生活富足、对人生充满自信的人，才不会有她那般的面相。因此他瞬间就下了判断：不仅是这次的纵火案，她恐怕凡事都信不过自己的丈夫。换作是深受丈夫疼爱的女性们，即使丈夫是犯罪者，她们也依然会由内而外地释放出坚定的力量。

在第一次倾听委托人的话语时，所有律师差不多会采用同样的模式，先请对方概述情况，稍后再仔细询问确切的日期、时间、场地、人物关系以及具体数字。总之，最要紧的是把握事件全貌。

朱实按着要求，淡淡地叙述了案件的全过程——她的父亲峰岸岩雄家中起火，老人因此丧命，而根据警方的调查，她的丈夫被当作纵火嫌疑人被逮捕了。

这份简明扼要的说明，充分展示了她那冷静的性格和聪明的头脑。

衣田询问了她案发当时的行动，只见她咬着嘴唇，满脸懊悔地答道："起火当晚，我和两个大学时代的朋友正一起住在京都的某家酒店里。第二天天刚亮，妹妹就联络了我，说父亲被烧死了。于是我立刻搭新干线[1]回到了东京。"

当时,她和友人碰巧参加了某家旅游公司推出的"京都游"女性旅行套餐,行程为三天两夜。案发前一天(即周六)上午,她们乘坐新干线从东京出发。尽管休息日的车票较贵,不过这也是为了配合那两位朋友的工作安排。

她的丈夫谅一每天都在为事业奔波,根本不分休息日与工作日,不过除了出差从不外宿。包括这次,至少直到深夜为止,他应该都在家看家。

"但我丈夫好像外出了。听说火灾之后,我妹妹和消防人员都往我家打了电话,可就是没人接听。后来我也用手机联系他,还发了短信,照样没有收到回复……结果等我到家时,已经过晌午了。"

他们夫妻租住在涉谷区的一栋公寓内。既然家里没有孩子,丈夫趁妻子不在家时,好好放松一下也很正常。

"然而,他坚称自己周六累坏了,难得一整天都窝在家里。不管是我问他,还是警察问他,他都这么回答,还说自己晚上先泡了个澡,接着喝了点兑水的威士忌,就不知不觉地睡着了,所以八成没听到电话铃声。他一直到周日早上七点才起床,然后直接去了公司。因为睡得迷迷糊糊的,他忘了开手机。"

很明显,朱实本人都不认可这套说辞。她精心打扮过,用化妆品

---

[1] 新干线(Shinkansen)是日本的高速铁路系统,也是全世界第一个投入商业运营的高速铁路系统。——译者注

抹得雪白的脸庞正因屈辱感而扭曲着。

"他撒谎了？"

既然警方已经以涉嫌纵火为由逮捕了谅一，那么他肯定说了假话。但保险起见，衣田还是问了一句。朱实则微微点头，表示肯定。

"其实，我丈夫周六晚上在三鹰市。他上我父亲家去了。搜查人员把附近的邻居们问了个遍，据说找到了好几个目击者。这下子，他好像也放弃抵赖了，终于交代自己那晚去见了父亲。"

说完，朱实暂时住了口。

"可他不承认自己放了火吧？"

听到衣田的话，她低下了头，答道："是的。我外出旅行，他肯定得在外面吃饭，于是寻思着趁这机会去问候一下我父亲。反正按他的说法，他下午五点左右抵达我父亲家，和他老人家一起吃了路上买的寿司，晚上七点就离开了，然后直接回了家，之后一整宿都没再外出。当然了，我也无法想象他会放火。"

"那么，他根本不必隐瞒自己的真实行踪啊，为什么要谎称自己周六一直在家呢？"

"这个嘛……"

朱实再一次沉默了。随后，她轻声说道："应该是怕扯上纵火嫌疑吧？"

"您丈夫有受到怀疑的理由吗？"

"有。"

第一章 案件的始末

朱实承认了。

警方不会师出无名就胡乱抓人,只是律师得先了解背后的原因,方能判断它是否真的毫无反驳余地。

"起火点在客厅的飘窗附近,听说我丈夫的打火机就掉在那边。刑警们表示,它虽然被烧坏了,但那是C牌的,物主绝对是我丈夫无疑。"

"他本人也认了?"

"嗯,他解释说,那是他周六去拜访我父亲时,一时粗心忘了带走的。"

"警方认为您丈夫用那只打火机点了火,是吧?"

"对。毕竟起火点周围没有明火设备,而且从现场痕迹来看,纵火者提前洒了汽油,装汽油的塑料桶就被扔在院子里。"

说到这里,她叹了口气,又继续道:"还有一件尤为不妙的事,虽然纯属偶然——我丈夫的胳膊和脸上有烫伤。这其实是有理由的,我们租住的公寓比较老旧,厨房用的不是电磁炉,而是老式的煤气灶。他从烧着火的煤气灶上把水壶拿下来时,不小心脚下打滑,脸和右臂扑到了火上。好在他的烫伤并不严重,只是皮肤上起了泡,眉毛也被烧焦了一块。不过这在警方看来,就是另一种情况了。他们认为他在准备纵火的瞬间,打火机的火苗一下子蹿得太高,他一时惊吓,扔下打火机便逃跑了,身上的烫伤也肯定是这么来的。可要真是如此,他的手掌和手指应该同样被燎出水泡才对。然而他们根本不听我丈夫的解释，甚至说，那是因为他在放火时戴着手套……"

"他是什么时候被煤气灶上的火烫伤的？当时您就在他身边吗？"

"这……事实上，他是在我父亲家着火的前一天晚上，也就是周六晚上受的伤。虽说他平时不会进厨房，但那时我正好出门了，他便打算自己去烧水泡茶。"

这次，轮到衣田叹气了。在这种情形之下，警方不觉得谅一可疑才有鬼。

他准备从其他角度来攻克难关，追问道："关于作案动机，警方是怎么说的？"

闻言，朱实的表情越发黯淡，"想必您也知道吧？我丈夫经营的公司最近状况非常不好。他在家时从不提工作，因此我并不了解具体情况，但刑警们告诉我说，他被债务逼得很紧，要是我父亲不帮他一把，他的公司肯定会破产。"

尽管峰岸老人表面上性情孤僻，不过为人父母者，到底还是心疼孩子的。据说他瞒着长女朱实，给了谅一五六千万日元先应急。这个金额远超老人家的退休金，他是靠炒股存钱才拿得出这笔巨款。可这些钱也没能撑多久，全都用在返还高昂的利息上了，对谅一的欠款而言简直是杯水车薪。而警方的行动也非常迅速，不仅搜遍了谅一的住所，还调查了他的公司，稳稳地扣下了账簿。

至此，衣田已经在一定程度上把握了案件的全貌。他不禁暗暗自问：警方都查到这个地步了，居然还没确定谅一杀害岳父的动机？

照常理来看，谅一趁妻子不在家时拜访了岳父，目的当然就是厚着脸皮向他寻求资金支持。可岳父拒绝了他，于是招致了他的恨意……又或者，他抱着更为极端的想法，一开始就计划要杀死岳父以继承遗产。毕竟他入赘了峰岸家，尽管小姨子暮叶会分走三分之一的遗产，但剩下的三分之二便都归谅一两口子了。衣田并不知道峰岸老人到底有多少钱，但数额肯定庞大，甚至足以令人产生杀意。

"公司都困难成这样了，为什么不跟我说？！我心里真的很不舒服……"

朱实已经说不下去了。

"唉，这不怪您的丈夫。他大概是不想让您担心。而且男人在妻子面前总是要面子的，他努力维持着自己的尊严呢。"

衣田的话其实连安慰都算不上。

"假如我再早些去求父亲，在公司的资金流恶化到这个地步之前，多少能有点办法，我丈夫也不会受到不必要的怀疑。警方现在已经彻底把他当作犯罪嫌疑人对待了！"

她好像再也忍耐不住，眼泪都涌了上来。

她从皮包中取出一块崭新的手帕，轻轻拭了拭眼角。那只皮包似乎是鸵鸟皮质地的，看起来价值不菲。

衣田暗自叹息着，心想：谅一岂止是被"当作"犯罪嫌疑人。其实在警方看来，嫌疑人就是犯人。"在法官下达有罪判决之前，'无罪推定'原则[1]适用于所有嫌疑人"仅仅是一句"漂亮话"罢了,根本不能当真。

不过他没有把这些想法说出口。

话说回来,这桩案子基本找不到突破口。即使还没听到关键人物——谅一本人的辩白,他也很清楚根本制订不出辩护方针。

"唉……这案子不好办啊……"

他不禁感慨道。

"衣田律师,您也觉得很棘手吗?刑警们说我被丈夫骗了。我家对面有一栋公寓,我们两栋楼之间只隔了一条马路。住在对面的学生给了证词,表示周六一整晚,我家所有窗户都是暗的,一丝光亮都没见着。难怪警方和消防人员联络我丈夫时,家里一直没人接电话。而且……"朱实有些胆怯,说着说着,便顿住了,片刻后又继续开口道,"而且,在我从京都回到家里时,周日的早报还原封不动地放在邮箱里。我丈夫说自己周日一早就出门了,连咖啡都没喝,可实际上他每天早上干的第一件事就是看报。这一点,警方也找我确认过了。"

"嗯……"

1　无罪推定原则是现代法治国家刑事司法通行的一项重要原则,指任何人在未经依法判决有罪之前,应视其无罪。它是国际公约确认和保护的基本人权,也是联合国在刑事司法领域制定和推行的最低限度标准之一。——译者注

衣田发出了轻哼声。

确实难办。

"刑警们说他绝对是在外面有女人了……您觉得真的是这样吗？"朱实的表情非常严肃。

但衣田怎么可能知道这些。就算知道，也不能傻乎乎地抖出来。只不过，他能够理解对方的不安。

他决定在这个当口把话问明白："夫人，您是怎么想的？您相信您的丈夫是无辜的吗？或者是——您觉得保不准真的是他干的？"

朱实垂下了头，没有回答。不知是正在扪心自问，还是早已有了判断，只是单纯地说不出口。

尽管她仍将真实的想法埋藏于心间，可她那低垂着的纤细脖颈，已经传达出了她的心声：她想将一切都托付给律师处理。

衣田琢磨着，或许是时候该把话说开了。

"您可能会觉得我太苛刻了，但您要是打算委托我来给您丈夫辩护，就必须明确委托的宗旨。也就是说，先不管实际情况会如何发展，您到底希望获得怎样的结果？虽然我得看您的具体诉求，并且跟谅一先生本人对话之后，才可以确定自己能否接下委托，不过若您只接受无罪判决，那么，律师是负不起这个责任的。"

也许是被衣田强硬的语气给吓到了，朱实慌慌张张地抬起头来，双手紧紧交握在胸前，辩解道："不是的！我没有这种想法！这几天连我自己的脑子里都是一团乱……我当然想要去相信自己的丈夫……

不，其实我是相信他的，可我也不觉得刑警在胡说八道。从案发一直到我丈夫被捕，其间得有整整一周了吧？在那段时间里，我问了他好几次，到底发生了什么事。他却只会说他什么都没做，周六晚上一直待在家里……接着，他的第二句话就是，'万一我被捕了，你就去衣田征夫律师事务所，拜托衣田律师为我辩护。他是我唯一信得过的律师。随便别人怎么说，都不要受他们影响。'总之，他没再多说其他的。"

如果朱实所言非虚，能获得这份信赖便是身为律师最大的幸福。但衣田却总觉得心里不踏实，这种感觉甚至压过了被人信任的满足之情。

"正如医生有内科、外科之分，律师也分不同类型。虽然不像医生分得那么细致，但大家同样有各自的专业领域。我是以一般民事案件为中心开展业务的，几乎没办过刑事案件。"

他如实答道。

说实话，他对那桩纵火杀人案确实不感兴趣，但上面的说辞绝不是在胡编乱造以求推脱。因为在律师眼里，法律问题不是靠不惧任何挑战的勇气即可轻易"战胜"的。

不过，既然已经担任了对方的法律顾问，那么无论擅长与否，当律师的都只得接下刑事案件的辩护委托。比如前阵子，他有一位当社长的客户开车时不慎撞到了行人；又比如十年前，他碰上了另一位客户手下的员工肇事逃逸。而除了交通事故，他也处理过不少因盗窃被捕的案件，还有些委托人由于孩子沾染了违禁药品（大麻或兴奋剂等）而来找他解决……

可在上述案件中，案件最核心的"犯罪事实"皆没有任何争议。这一点很重要。即使同为"刑事案件"，也存在嫌疑人"供认不讳"与"拒不认罪"两种情况，结果堪称天壤之别。民事案件也是如此。以经济纠纷案来举例，嫌疑人A坚称自己从未借入过一分钱，嫌疑人B承认借了钱，但还要再过一阵子才能清偿。在面对这样两桩案件时，法官的审判方式自然完全不同。

在嫌疑人"供认不讳"的情况下，辩护方针可以被概括为"尽力减轻量刑"，律师会奔走于庭外和解交涉中，倾尽全力申请保释，只为让嫌疑人早一天离开看守所。面对审判时，律师也会把嫌疑人的家庭状况、平日里的生活态度、反省之情整合为书面材料，争取到尽可能多的情状证人[1]（他们会提供善意的证词）。而在嫌疑人"拒不认罪"时，辩护律师则需要挑战检察官，因此肯定会采用另一套辩护方针。

"假如谅一先生抱着'坦白从宽'的想法，争取酌情判决的话另当别论，既然他对犯罪行为予以否认，还是交给擅长处理刑事案件的律师来办比较妥当。俗话说，'专业事找专业人'。更何况是这么

---

[1] 情状证人是日本司法体系中的一个概念，属于辩方证人，一般由被告人的妻子、丈夫或父母出庭作证，表明被告人本质不坏，犯罪属于偶然情况等，有时也会由被告人的上司充当情状证人。——译者注

重大的案子。说得明白点,这副担子对我来说太重了。我有检察官出身的律师朋友,要是谅一先生真心坚持自己无罪,我可以把对方介绍给您。"

衣田试图说服朱实,可她只是摇了摇头,内心的困扰在脸上表露无遗。

"您的意见或许是正确的,但我丈夫只接受您啊。我也趁这个机会跟您老实说了,其实我一位友人的父亲也是律师,而且原本在高等法院当法官,据说曾判过好几起出名的刑事案件。当我得知我丈夫被警方怀疑时,便建议他不妨找那位伯父谈谈,他却责备我,说我是不是打算把峰岸家的家丑宣扬出去……"

"这倒是挺麻烦的。但您丈夫也不会因此就考虑国家指派的辩护律师[1]吧?"

"嗯,绝对不会。"

朱实用力地点了点头。

"不仅是他,包括我也特别不乐意。毕竟得等到国家指派之后,我们才能知道对方到底是怎样的一位律师。而对方也只是接受国家给的任务,未必会拿出真心对待我们,不是吗?"

她边说边打量着衣田的神色。

---

[1] 指派辩护律师是一种法律援助手段,当被告人因经济困难或由于聋哑等其他原因而无法委托辩护人时,本人及其近亲属可以向法律援助机构提出申请,国家应指派律师为其提供辩护。——译者注

很多委托人都会用这套说辞,衣田不打算回话。

的确,有些国家指派的辩护律师出于志愿者精神或研究者心态,真诚奉献,不辞辛劳,但也不能因此就一概而论,认为他们都会认真勤恳,毫不敷衍。事实上,吃律师这碗饭的,什么人都有。包括委托人自己找律师时,也同样会面对这一问题。

"衣田律师,求您了!费用不是问题,哪怕您只去探视一次都行,总之您能先接下我的委托吗?不然的话,就算我想去跟我丈夫说明情况,也没法见到他,连寄信都不行。根本没有能和他取得联络的法子。"

说着,她突然站起身来,深深鞠了一躬,动作幅度相当之大,衣田甚至能透过她那垂下的领口看到里面的衣服。看来她是真的被逼急了,要是再次遭拒,就只能下跪哀求了。

被人拜托到这份儿上,身为律师实在无法拒绝。于是衣田下了决心。

在纵火杀人这般重罪之中,嫌疑人若否认罪行,便会受到"禁止探视"的处罚。除了辩护律师,任何人不得以任何方式与其联系。尽管可以接收家人送去的衣食、现金等物资,不过所有用于沟通的途径都是不被允许的,即是说,全面禁止探视、电话、书信、手机短信息,以防有人帮忙销毁证据和串供。家人即使有要向嫌疑人交代的事、有要和嫌疑人商量的问题,也只能通过辩护律师的口信来实现。

总之,如果衣田再不接下委托去探视一下谅一,那么朱实就太可怜了。

于是他露出了微笑,说道:"明白了。您的案子,我接了。"

4

总的来说,峰岸谅一是个难以捉摸的人。可他为人圆滑,长相也不赖,这让朱实至今仍迷恋着他。

其实,他俩的婚姻是峰岸老人的老同事撮合的。朱实的妹妹从男女混合制的公立高中考入了药科大学,而朱实则不同,初高中念的都是女子学校,之后又进入了音乐大学,可以说是个"养在深闺"的姑娘。因此,她温顺地应下了父母建议的婚事。

既然峰岸老人能把女儿嫁给他,还让他入赘到自己家来,可见他一定是入了老人家的法眼。事实上,他确实头脑灵活,似乎还是从法学专业毕业的,具备一定程度的法律知识,找衣田做咨询时,也从未有过离题万里的问题或毫无常识的发言。基于上述情况,即使警方认为他是纵火嫌疑人,也很难令人相信。诈骗或渎职等"高智商犯罪"另说,至少杀人这种凶蛮的行为根本不符合他的为人与行事风格。

话说回来,他总给人一种揣摩不透的感觉。即使衣田正式担任了他的辩护律师,与他交谈了好几次,这种印象依然没有改变。

这一天也是如此。衣田迈着沉重的步子,前往M公安局的探视间。谅一还没被正式移送至看守所，暂时被刑事拘留在公安局内。

时间过得很快，距离朱实首次拜访他的事务所已经过去两周多了，事态却几乎没有任何进展。他明明是谅一的辩护律师，可对方在面对他时，也只是重复着对搜查人员说过的话，强调火灾当时，自己正在位于涉谷的家中熟睡，由始至终都没做过任何坏事。因此，他并不认为谅一会在今天突然改变态度。

他不禁怀疑自己到底在为了什么而奔忙，难道不是在浪费时间吗？

尽管各个公安局的建筑外观新旧不一，但一旦踏入其中，便会发现它们内部的氛围惊人得相似：女警们行事干脆又利落；老练的刑警们一身简便西装，收起浑身的机警，摆出悠闲的姿态；还有那些身着制服的警察们，整副体魄都散发出强大的力量感以及严明的纪律感[1]。

每次来这里，衣田总会陷入一种安心与警戒混杂的奇妙感受之中。从守备的角度来说，世上估计没有比公安局更安全的地方了，可刑案被告人的辩护律师真的能在这里放松警惕吗？更何况，他并不是

---

[1] 日本警察因为警种不同，着装也会有所区别。一般说来，刑警为了外出查案，通常不穿警察制服，而是选择西装、风衣等，便于行动且能够降低他人的警惕。——译者注

无奈遵从国家命令的指派律师，而是被拒绝认罪的嫌疑人雇来的，因此在搜查人员眼里不过是犯罪者的同党罢了。要是觉得自己很受他们欢迎，那可是大错特错。

辩护律师和嫌疑人能够在探视间里直接见面。每一所公安局的探视间都相当狭窄、简陋，大约四个半到六个榻榻米大小，房型四四方方的，从正中间被分隔成两部分。隔离墙的下半部分是半人高的实心墙，上半部分则是内嵌了铁丝网的透明亚克力板，所以律师和嫌疑人可以看到对方，却无法发生实质性的接触；两边空间也各有一扇门，以供他们分别出入。因此双方从入室到离开，始终处于被隔开的状态。此外，那面亚克力板的中央区域是双层的，每一层上都有一小块开着许多小圆孔的区域，且两层之间的孔与孔微微错开，既保障了说话声能传到对方耳中，又保障了无法充当传递物品的通道。当然，衣田没有尝试过从小孔中塞东西，不过想必连一根火柴棒都送不过去。

事实上，但凡没有探视方面的禁令，在刑事拘留期间，家人、朋友、熟人也都可以与嫌疑人见面，只是不能脱离见证人的监视自由交谈，对话内容限制颇多，时间也相当之短。一切都旨在防止他人对嫌疑人施加压力，或与嫌疑人商量违法事宜，甚至为嫌疑人逃亡做准备。

而辩护律师享有刑事诉讼法赋予的探视权。换言之，唯独他们有权在不受任何人打扰的前提下，单独与嫌疑人进行私密谈话。因此，最终成为嫌疑人的支柱,听取他们真心话的角色只有辩护律师。

衣田听说过,有些拒不认罪的嫌疑人会找自己的辩护律师商量,说案子其实是自己犯下的,并询问接下来是该继续抵赖,还是该坦白罪行。

既然如此,所谓的"辩护律师"到底是为了谁、为了什么而存在的?他们的工作究竟还有无"正义"可言?一想到这里,他便无法确定自己能否坚信谅一是无辜的。

然而,这终究还是取决于谅一本人的意愿。如果嫌疑人不愿对辩护律师敞开心扉,那么他也无计可施。

——这种时候,换作是刑案经验丰富的"老手"会怎么做呢?

他轻轻摇了摇头,把纷乱的思绪从脑海中驱逐出去,随后伸手拧动探视间的门把手,走了进去。

衣田才刚坐到亚克力板前的折叠椅上,隔离墙另一边的门就被打开了。负责看守嫌疑人的警官在门口打量了他一番,接着让谅一独自入内,同时提示他们只有二十分钟时间,说完便带上了门。

"衣田律师,很抱歉让您在百忙之中抽空赶来。"

谅一在入座之前,先郑重地对衣田鞠了一躬。他穿着朱实送来的深蓝色运动套衫,言行举止都很机灵,看起来完全不像犯罪之人。

家属可以给嫌疑人送吃的,不过不是直接送去食物,毕竟其中存在隐患,比如有人会在食物中混入毒药、刀具等物品,因此只能付钱给公安局指定的店家，为嫌疑人点一些固定的便当和点心。当然，看守所和公安局的刑事拘留室都禁酒，也没有车站便当之类的特色菜品，那些奢侈惯了的人肯定会由此出现强烈的不适。然而谅一或许和他们不同，并没有为这些小事而沉不住气。其实他的情况极不乐观，即使免于死刑，也仍将面临长期的牢狱生涯，眼下却仍能保持镇定，可谓是相当有胆色了。

"您近况如何？有什么烦恼或者特别不方便的地方吗？"

衣田采用了和平时一样的开场白。

对嫌疑人而言，看守所和刑事拘留室里的日子也说不上有多压抑。和纪律严苛的监狱不同，这些地方会给嫌疑人一定程度上的自由，但无论是看守所还是监狱，衣物、书本、周刊杂志、书写用品、洗漱用品等都是自备的，所以人与人之间的贫富差距一览无余。而一旦谅一想要什么，朱实就会立刻为他送去。

"感谢您的关心，我妻子很照顾我，我没有感到任何不便。"

谅一再次客气地鞠躬行礼。

他就像是一个讲究社交礼仪的销售人员，然而此刻可由不得他这么慢慢腾腾的。衣田瞟了一眼挂在墙上的时钟，心想着必须抓紧时间。

日本的法律规定，从逮捕嫌疑人起，直到决定刑事拘留，间隔不得超过七十二小时，而刑事拘留时间不得超过二十天，因此自逮捕到起诉，整个过程最长共计二十三天。由于谅一始终坚持自己是无辜的，衣田就必须在这二十三天内不懈努力。

俗话说，"立场决定想法"。被捕的嫌疑人会认为这段时间漫长得令人快要昏厥，可公检法部门的人（尤其是检方）则只觉得这二十三天不过弹指之间。

既然基于某种嫌疑而抓了人，那么检方便横竖都要在规定时间内查问所有的相关人士，收集到必要的证据，并根据上述结果完成起诉书[1]。而有了起诉书，就意味着检方已经掌握了足以支撑起诉内容的证据。因此若刑事拘留期满后还无法起诉嫌疑人，即说明证据不足，必须即刻将其释放；之后，检方虽然还能再次起诉该名嫌疑人，却不得因同样的嫌疑重新对其实施逮捕与刑事拘留。

这在处于检方对立面的嫌疑人辩护律师看来，是相当严苛的约束。搜查工作完全变成了与时间的较量。搜查人员根本没有周末与休息日，尤其是在嫌疑人拒不认罪的情况下，审讯必然耗时巨大。实际上，一天虽有二十四小时，可法律禁止在清早和深夜进行审讯。当然了，嫌疑人吃饭、洗澡、运动的时间也必须得到保障，再加上还需在公安局的刑事拘留室和检察院之间来回奔走……总之，可用于查案的时间真的太少了。而辩护律师本就已经算是"妨碍搜查工作"的一

---

1 起诉书指检察机关对刑事被告人提起公诉，请求法院对刑事被告人进行实体审判的法律文书。具体格式各国不一，但均包括被告人基本情况、案由和案件来源、犯罪的事实和证据、起诉的理由和法律根据等项内容。——译者注

方,这么一来,搜查人员更是无法容忍他们连续多日且长时间地探视嫌疑人。

当然,嫌疑人有权接受辩护律师的探视,检方不得禁止这一行为,因此,在时间吃紧时,检方就会限制辩护律师的探视日期、地点以及时长,比如规定"每天仅限一次"和"每次时间极短"。这便是所谓的"探视限制"。处理刑事案件的律师都很熟悉这一套。

衣田也理解这背后的逻辑,只是说一千道一万,"一天一次、每次二十分钟"的规定还是太离谱了。他不断去公安局,虽不至于要求面谈两三个小时,但短短二十分钟能说些什么?这下他总算体会到了成千上万的律师们都曾经历过的不满与愤怒。

"来这里之前,我先去了一趟检察院,和负责本案的检察官聊了一下。照目前的情况来看,您大概还是会因涉嫌杀人和纵火而遭到起诉。"

衣田迅速进入正题,谅一的脸色沉了下来。

"是吗?但我真的什么都没做。明明没有直接证据,光凭状况证据[1]就能起诉老百姓吗?"

他的表情很认真,衣田却不由得提高了音量,强调道:"所以我已经说了很多次,您的打火机掉在火灾现场,脸上和胳膊上也都有烫伤。要是您不对这两个问题作出令人信服的解释,即使没有直接证据

---

1 状况证据指只能间接证明犯罪事实的证据,例如口头证据、存在作案动机、环境证据等。——译者注

第一章 案件的始末

也没法安心。"

"可我受伤纯属偶然,确实给不出服众的解释啊。那天我妻子出门旅行,我平时又不干家务,难得自己动手,反而被煤气灶上的火给烫伤了。至于打火机,我猜都猜得到——当时我把它忘在客厅里了,之后肯定是被我岳父从窗口扔了出去,结果掉进了院子。其实他老人家倒也不是不讲道理,但就是脾气暴躁。那天我去求他借点钱应急,他怒不可遏。等我回去之后,他发现了我的打火机,一时来气,便拿它撒气。绝对就是这么回事。"

同样的对话已经在两人之间重复过好几次。

衣田再也压制不住翻涌的怒意。

"那您一开始就该把这些都告诉警方。为什么不实话实说呢?您隐瞒了案发当天曾去过岳父家的事实,真是太要命了。在这种无益的谎言之后,警方便不会再相信您的话了。更何况,检方已经掌握了很多状况证据,表明您那晚并没有待在自己家里。就连我也没法给您做辩护。

"当然,我不会劝您干脆认罪得了,不过若您不愿对自己的辩护律师坦白事实,说出案发的那段时间内您究竟在干什么,那么我只好辞去委托。毕竟有更擅长处理此类案件的律师,您不妨委托他们。"

谅一垂下了眼睛,仿佛被衣田的气势压倒了。他大概没料到这位向来温厚的律师会如此气愤。

但很快,他又抬起了头,眼中满是哀求之色,说道:"万分抱歉，我那晚一步都没离开过家门。我说的是真话，我也编不出其他故事啊！"

"唔……"

衣田头疼得几乎是在呻吟了。

亚克力隔板前有一个架子，充当桌面。他把纸笔放在上面，抱着胳膊一动不动。

不管是什么样的律师，在成为辩护律师之前也是个社会人，具备社会人应有的常识和感情。若不管嫌疑人的说辞多么荒诞无稽，都要他们照单全收，那简直是强人所难。而另一方面，若辩护律师信不过嫌疑人的自白，也无法做出充满魄力的辩护。至少衣田就是这样。

他陷入了沉思，谅一却还在继续哀求他："衣田律师，拜托您了。您是我唯一信任的律师。因为您很诚实，只要委托人真的犯了罪，您便会照实说出来，才不像那些电视新闻里常见的讼棍。我以前看到过有个小女孩被杀害了，辩护律师却满口胡扯，说被告人并不想杀人，是受到被害人拜托才行凶的……像那种只会诡辩的律师，哪怕再精通刑案官司，我都拒绝委托他们。

"无论审判结果如何，我都绝对不会把责任转嫁到您身上。别人可能会嘲笑我，可即使我被起诉，我也不认为自己会被判有罪。我相信法官不可能因为这么一丁点证据就给无辜者定罪。这是一桩彻头彻尾的冤案，正义必胜！"

衣田听得阵阵胸闷——什么叫"这么一丁点证据"？在日本，法院凭更薄弱的证据下达有罪判决的案例要多少有多少,他是真不懂还是装不懂?!

想到此处,他抬起了头。谅一则不失时机地赶紧从椅子上站起身来,对着他深深鞠躬,说道:"衣田律师,我要说的就是这些!"

他的头几乎要蹭到地面,如果回复不当,他大概只能下跪表示诚意了。

衣田吓得慌忙挥动双手,赶紧劝道:"谅一先生,您别这样!我明白您的意思了,请您先坐下吧!"

他不由得暗自叹息,心想这对夫妇在求人时居然如此相似。

同年八月,峰岸谅一因杀人及纵火而遭到起诉。

一旦进入起诉环节,嫌疑人的身份就会转变为"被告人",本人也会从俗称"临时监狱"的公安局刑事拘留室被移送到法务部指定的收容设施(即看守所)接受羁押管理。等审判结束、量刑确定之后,他们将继续待在看守所,直到被送进监狱服刑。只不过与被起诉前的刑事拘留期不同,羁押期是没有时长限制的。虽然陪审员制度[1]缩短了审理时间,但判案还是很花时日。根据具体情况,有人甚至会被羁押长达数年。如果被告人最终被判实刑,那么判罪前的羁押期可以部

---

[1] 陪审员制度指国家审判机关审判案件时,吸收从市民中选出的非职业法官作为陪审员,与职业法官或职业审判员一起审判案件的一种司法制度,于2009年在日本正式实行。——译者注

分抵充刑期。故而有些被告人虽然服从判决，却非要上诉，就盼着留在看守所抵刑期，毕竟这里的日子比纪律严苛的监狱要来得方便、轻松多了。

但话说回来，被起诉之后也不会立刻开庭。像纵火这样的大案、重案，在初次公开审判之前，将由法官、检察官、辩护律师三方一起完成材料整理手续，讨论并梳理应当调查的证据与存在争议的地方。因此，需要挑他们都不上法庭的日子，以非公开的形式进行。这项工作本就要占去好多天，更何况在这一步之后，还得再等上相当长一段时间才可以把陪审员找齐。

总之，在种种准备工作都办妥后，衣田总算是在次年二月迎来了第一次公开审判。而那时距离谅一被起诉已经过了半年。

"刑事案件真是折腾人。"

初子大概也意识到了衣田有多么操劳。她平时几乎不会开口评价丈夫的工作，但眼下刚过中午，没有客人上门，她见他在会客室里把文件摊开，便端来刚冲好的咖啡，接着随意地坐在了对面的沙发上。

反正没有外人，他们就换上了夫妇对话的口吻。

"不，那桩案子比较特别。"

衣田满脸都透着疲倦。

"峰岸谅一先生会被判死刑吗？"

"我觉得不至于……但是啊，估计也不会判得轻。"

经过半年的充分学习，衣田颇有收获，他现在已经相当精通刑事案件的审判知识。但问题是，职业法官虽然重视过往的判例，陪审员们则不然。他完全预测不到他们的想法。

"你确定他会被判有罪吗？他不是说自己绝对没有做坏事吗？法官为什么能肯定他就是犯人？"

初子似乎无法理解，而衣田连解释的力气都不剩了。

这不仅仅是因为他不习惯处理刑事案件，而被告人又否认了罪行。更是因为他头一次负责世人瞩目的案件，精神已经疲惫到了极点。

第一次公开审判想必会挤满了旁听者和媒体人。无论他如何准备，结果都只能感受到压力。如果主审法官提出让人无法回答的问题该如何是好？要是答得不妙，说不定会遭受巨大的耻辱……光是想象，他就一身冷汗。于是这几天来他憋着一口气，一心努力准备官司，大部分时间都待在自己的律师事务所里，连看守所都很少去了。

换作是普通的案子，被告人被起诉后，仍可申请保释。但按法律规定，本案属于"可处五年以上有期徒刑、无期徒刑和死刑"的重大罪案，不存在保释的可能性。除此之外，由于被告人仍无法与辩护律师之外的人会面，因此谅一最近也难掩憔悴。尽管他的态度依然强势，可随着材料整理手续的推进，检方的证据逐渐揭晓，辩方越发向失败的方向倾斜。

检方找到了两位目击证人，是住在峰岸老人附近的一对母女，其中母亲已经上了年纪，在家里当主妇。她们压根儿不认识谅一，所以不会故意陷害他。

她俩表示，在案发前一天傍晚七点前，有一名男子站在被害人住宅的大门前，长得和谅一很像。

其实谅一最终也承认自己确实在那天傍晚拜访了岳父，可问题在于，证人还指出了当时那名男子口出恶言，对着紧闭的大门叫嚣着："死老头！给我记好了！老子要宰了你！"

关于这一点，他是这么对检方解释的——

岳父拒绝借钱给我，我的确气昏了头，但我绝对没有叫他"记好了"，没有威胁说"要宰了他"。

而我之所以站在大门前，没有立刻回去，是因为我很犹豫，不知道是否该再去求他老人家一次。

我不记得当时是不是有两名女性结伴经过。

此外，就算有个男人大喊大叫，吵得连过路人都听见了，那个人也肯定不是我。至于目击证人说对方和我很像，我想应该是她们看错了。

不过七月的傍晚，天色还不算暗。既然两名证人一致断言自己看到的就是谅一，那么只能说，认错人的可能性其实很低。

与此同时，检方还找到了另一位有力的目击证人，证明了从案发的周六傍晚开始，直到次日凌晨三点，谅一家全程没有亮过灯。鉴于该名证人是住在谅一家斜对面的男学生，从他的房间望出去，即可看到谅一家的每一扇窗户，因此其证词的可信度同样很高。

谅一夫妇住在涉谷某公寓的四〇一号室，房型是2LDK，位于楼层的转角处。证人说，每当入夜，他们家的窗户就会透出醒目的光亮。可案发那天，他从傍晚起便一直趴在窗前的书桌上赶报告，对面的窗户却整晚都暗着，给他留下了深刻的印象。

对独居的男学生而言，不装窗帘也没什么不便。虽然他当晚曾离开过书桌两三次，但他十分肯定，只要谅一家的灯亮了，他绝对会注意到。由于周一是提交报告的截止期，他不可能搞错日期。再加上他本人又是一名认真的好学生，和峰岸家当然没有利害关系，估计很难通过反询问[1]来推翻他的证词。

检方还得到了很多关于谅一公司的资料，其破坏力堪比那些在一夜之间传遍大街小巷的爆料文章，不愧是顶尖人才会聚的机关。而衣田作为辩护律师，可没工夫佩服检方。眼见谅一瞒到现在的坏事都一件件地被揭露出来，他也只得接受事实：根据具体情况，即使谅一能免于被判纵火杀人罪，却可能因欺诈及贪污而再次遭到逮捕。无论峰岸老人生前再掏多少钱出来都救不了他，难怪会拒绝继续提供资金援助。想不到女婿竟然恩将仇报，老人真是死不瞑目。

1　反询问是一项辩论技巧，通过对证人提出质疑性、反驳性或诱导性的询问，来找出证词中的破绽，或者揭露证词中的不真实之处，以贬损或降低其证词的可信性。——译者注

反观自身，辩方手里的证据少得可怜，简直和纸屑似的又轻又薄。而且这还是"美化"过的结果，实质上等同于没有任何证据。

法律规定，在刑事案件的审判中，举证的责任在于检方，辩方无须自证清白。可话虽如此，仅凭否认是无法带来胜利的。"进攻是最好的防守"这句话同样适用于打官司。其作战方案和那些为了争取减轻量刑而坦白认罪的案子有着根本性的不同。

被告人的打火机碰巧落在了纵火现场，被告人在案发当天碰巧被烫伤了……要让审判人员们接受这些"偶然"属实困难。说真的，连衣田自己都不明白真相。要不是身为辩护律师的责任感对他发出警告，提醒他主观断定被告人有罪是极为危险的，他说不定就直接请辞，甩手不管了。

没有弹药，如何开炮？在如此孤立无援的窘境下，衣田独自陷入了苦恼之中。

"请问，这种日子还要持续到什么时候？我已经撑不下去了。"

距离开庭是如此遥远，朱实刚开始时还能坚持，如今也被拖垮了。

由于禁止探视，她始终不能与丈夫见面。而她原先还经常跑来衣田的事务所，围绕审判问东问西，可最近却日益沉默。毕竟问多少次，答案都是一样的。

在这种情况下，耗费精力与别人打交道当然十分难熬。衣田一打听，才知道朱实已经辞去了音乐大学非专职讲师的工作，也不上美容院了，曾经精致的妆容与发型都乱七八糟的。

衣田真的很担心她是否能熬到案子判完，但她还是凭借想要亲眼确认丈夫安好的意志力，支撑到了第一次公开审判当日。

"我不能在法庭上和我丈夫说话对吧？"

她等在法院入口处，眼神里满是依赖。即使明白这一规定，她还是出于保险而多问了一次。

"嗯，这确实不太现实。但等审判结束，法官们离席之后，您可以趁着您丈夫走出法庭之前跟他说上一两句。只是打声招呼的话，管理人员应该会睁只眼闭只眼的。"

衣田回答得颇为含糊。

其实，这已经和法律没有关系了。所谓"默许"，很大程度上都取决于检察官和看守所管理人员的人性。

"我能亲眼看到丈夫就已经很安心了。"

她的眼角早已蓄满了泪水。

开庭时间越来越近，谅一总算出现了，然而坐在旁听席上的朱实则低着头，不与丈夫对视。毕竟谅一原本一直衣冠楚楚、昂首阔步的，眼下却正以阶下囚的模样暴露在兴趣盎然的媒体阵营及旁听者面前。虽说法律禁止媒体播出被告人的录像，可电视上或许还是会出现速写画面或者影像片段等。其实在进入法庭前，被告人的手铐会被法警摘走，只是那份屈辱感仍紧紧地黏着在他们身上，无论如何虚张声势都无法将之隐藏。

朱实忌惮着法庭的严肃性，因此没有高声号哭，但低低的呜咽声却漏了出来。

而难过的不仅是她。对谅一来说，只能与妻子短暂重逢，似乎也相当遗憾。他很明显比见面前更加不舍。

他在法庭上坚决否认了检方的一切起诉内容。当然，衣田也阐述了同样的意见。他们两人已经提前交谈过多次，确定了作战方案——既然无法进行积极的反驳与反证，那么只能耿直地倾诉自己清白无辜的事实。

衣田回想起了在公开审判前的最后一次探视。当时的谅一保持着坚强的姿态，毫不动摇。他说："我相信陪审员制度。在日本，人人都明白'疑罪从无'的道理。假如遭到起诉就等同于有罪，那么，这种将普罗大众的良知反映给法官的制度还有什么意义？"

听到这套观点，衣田索性也把话挑明了："可是啊，'疑罪从无'只是说得好听。确实，从理论上说，只要被告人没有认罪，法庭就不该自信地下达有罪判决。但法官其实都是凭'可疑与否'来决定审判结果的。毕竟法官也好，陪审员也好，大家并不在犯案现场，也不是全知的神仙，所以他们怎么知道什么是真、什么是假？包括物证、DNA鉴定结果等，也保不准是蓄意陷害。说得再极端一些，没人能否认搜查方捏造证据的可能性吧？反正判个'替罪羊'了事的情况也是存在的。没有任何一条线能够清楚地划分灰色和黑色地带。"

"您或许是对的，而且您是专业的法律从业者，能从批判的角度去看待事物。但我只是一个普通百姓，既然世人都说'疑罪从无'，那么我便会老老实实地去相信。陪审员们想必也都和我一样。"

衣田已经如此苦口婆心，谅一却依然故我，真不知道究竟是什么在支持着他的心灵。

结果，第一次公开审判才刚结束，他的表情就突然发生巨变，证明了他的内心果然被不安所折磨着。再加上他久违地见到了妻子朱实，发现坐在旁听席上的她是那样憔悴，肯定大为震惊。

衣田再次去探视他，只见他露出了从未有过的黯然神色。

"对了，衣田律师，我想拜托您一件事。"

聊着聊着，谅一改变了话题，而且内容与审判无关。

"其实，我有句话，希望您能务必帮忙捎给我妻子。我之前听您说，朱实还挺有精神的，一直都在努力，所以比较放心，但刚才在法庭上瞥了她几眼，却发现她病恹恹的……"

他的语调中似乎带着恨意。

"是啊，我也觉得您的太太今天有些憔悴。不过好不容易等到开庭审判，连我都觉得紧张，您太太晚上睡不着也在所难免。"

朱实的病态绝非衣田的责任，可他还是条件反射般地为自己辩解。

闻言，谅一又改变了语气，仿佛等的就是这番话一般。他说道："嗯，也是。话说，三月三日是我和我妻子的结婚纪念日。"

"哦？原来如此。您二位结婚几年了？"

"到这次纪念日就满八年了。"

谅一的目光变得悠远,接着开口道:"请您转告她说,难得的纪念日,我没法和她一起过,真的很抱歉。我心里特别懊恼,却没有办法。但就算只有她一个人,我也希望她和平时一样好好庆祝,和平时一样好好生活,不要有任何包袱。我一定会被无罪释放,并回到她的身边。看到她那脸上无光、瑟瑟缩缩的样子,我已经忍不下去了……"

他至今从未示过弱,此刻眼中居然隐隐泛起了泪光。

"我明白了,一定给您传达到位。"

衣田特别不擅长应付这种凄惨的场面,答完便匆匆结束了探视。

事实上,朱实正在外面的走廊里等着衣田出来。开庭当天,辩护律师在审判前后都可以前往法院地下室的临时探视间与被告人对话。只不过其余人等当然不得入内。

接着,衣田带着朱实一起回到了他的事务所,计划围绕今后的作战方针深谈一番。可若是在这时把谅一的话转述给她,她或许会当场号啕大哭。

这么一想,他的心情就更加沉重了。

但不久之后,他便收到了朱实意外身亡的消息。

5

峰岸家在信州[1]的上田市有一栋别墅。朱实的尸体就是在那栋别墅里被人发现的。那天是三月十日,距离朱实和谅一的结婚纪念日刚好过去一周。

她死于溺亡。别墅地下二层的浴缸和洗脸池中有大量的水漫出,几乎淹满了整个楼层。而她对此一无所知,直接搭乘厢式电梯去了那里,看来是在踏出电梯时被困在了水里。

已故的峰岸老人在距今约十二年前购入了那栋别墅。前任屋主是相当出名的流行小说家,将它建得颇为奢华,风格也十分雅致,很符合文人墨客的身份。它位于一处斜坡上,共有三层楼,一层在地上,两层在地下。因此大门虽开在地上那层,但通过后门也可直接出入地下二层。别墅背后是一片山崖,灌木丛生,杂草繁茂,虽不适合散步,风景倒是绝佳。

别墅的客厅和厨房(兼饭厅)在一楼,卧室(兼书房)与浴室在地下一层,这两层楼的面积均有四十平方米左右,地下二层则一下子收窄,只有一间供客人使用的卧室(含卫浴)。尽管建筑本身不算特别宽敞,不过整体还是相当宜居的。再加上前任屋主腿脚不好,别

---

[1] 信州(Shinshu)位于日本长野县,历史悠久,上田是信州最古老的温泉地区之一。——译者注

墅内部甚至装备了可以运载轮椅的厢式电梯。综上，这里看着就很适合患有糖尿病的悦子静养，所以一听中介人员介绍，峰岸老人当即决定买下它。或许是因为别墅中有着他与亡妻的回忆，即使在悦子去世后，他仍经常前去小住。

可是，谅一的公开审判才刚启动不久，为何偏偏发生了这种事故？在听到朱实的死讯时，任谁都会觉得自己听错了。然而经查证，这其实是由一连串的意外相互叠加而造成的事故，可以说特殊极了。

地下二层的客卧大约六个榻榻米大小，装潢非常朴素，附带有一套独立浴室。据说前任屋主在住时，会让从东京远道而来的编辑或熟人在客卧过夜。而峰岸老人买下别墅后，几乎就不再理会它了。

除开朱实，别墅的最后一名使用者当然就是峰岸老人。他是去年七月去世的，在那之前，即六月的时候，他独自跑去那里待了三周。他在照顾病妻时练就了一身厨艺，下厨可难不倒他。而别墅的院子里种有梅树，每到六月就会结出梅子，因此他每逢这时就会酿梅子酒。这是他为数不多的爱好之一。然而，他八成是在回东京时粗心大意，忘了关地下二层的水龙头。

不同于大城市，信州冬天的早晚都严寒彻骨，所以必须注意防止水管冻结，其中必不可少的一项做法就是关闭水阀，拧开龙头，保持水流直到将残留在水管内的积水排空。当然，夏天没有这个担忧，只是峰岸老人凡事都一丝不苟，想必是为了保险起见，才会在暂住期间依然开着水龙头。

不用说，等管道内不剩积水之后，最重要的便是重新关上水龙头。一旦忘记这个动作，那么等下次打开水阀时，势必会有大量的自来水喷涌而出。

但即使如此，一般情况下也不至于导致这么严重的事故，充其量不过是费点水。而朱实的运气差就差在，谨慎的父亲还用橡皮塞把浴缸和洗手池的下水口给塞上了，估计是怕老鼠和害虫从下水口爬进房子里来。结果，去往别墅的朱实打开水阀的瞬间，房间里就开始积水了。

既然它是一间客房，那么当然有窗户和可以直接出入的门，只是信州十分寒冷，为了抗寒，别墅的气密性极高，整个地下二层就只在靠近天花板的地方开了气窗，整体和一座巨型浴缸没什么区别。再加上前任屋主坐轮椅，别墅外侧虽有楼梯，但在内部只能通过厢式电梯来上下移动。总之，这栋钢筋水泥建成的坚固建筑不会漏水。

悲剧便正是因此而起。

根据警察的调查结果，朱实是在三月二日（周二）早上八点前后从涉谷的住所出发的。

其实自从丈夫谅一被捕后，她就几乎不再与邻居们接触，不过到底还是不能一声不吭地"消失"好几天。于是她在动身前，向左右两户邻居说了一声："我要外出三四天，麻烦您帮忙留意一下我家。"

"您是要去旅行？"

"嗯,稍微去几天……"

她没有把目的地告诉邻居们,但在出发前一天还打电话给报纸营业点,拜托他们停送三月二日到三月五日期间的早晚报。这一情报是确凿无误的。

她想必是从东京搭乘长野新干线抵达了上田市,接着在上田站坐上了巴士或出租车。途中无事发生,警方也没有追踪她的行迹,看样子差不多在三月二日的正午时段便到达了别墅。

不难想象,她进了别墅后的第一件事就是去打开水阀,随后,地下二层那些忘记被关上的水龙头便开始大肆喷水。

然而,朱实人在一楼,水声并没有传到她的耳中,更不走运的是,对她而言,客卧完全派不上用场。在水位不断上升的同时,估计她压根儿没想起来地下二层还有那么一间房间,自然也就不会下去查看。

要花多少时间,才能在那个不满二十平方米的密闭空间内蓄上深逾两米的积水呢?衣田原本从没想过这个问题,但按照他听来的情报,耗时虽然和水龙头的出水大小有关,不过少说也得超过整整一天一夜。因此,朱实最大的不幸,正是遭遇了这弄人的造化。是命运让她在蓄满了水的那一刻去往地下二层,就仿佛冥冥中自有安排一般。

厢式电梯门打开的瞬间,她便重重地被卷入了成吨的水中,灯也随之熄灭了。她在黑暗中拼命摁着按钮,电梯的电力系统却因浸水而损坏,没有任何反应。她只得在幽暗冰冷的积水中越发虚弱。

由于被人发现得太晚,外加尸体长时间浸泡在冷水中,警方似乎很难从医学角度去推定她的死亡日期。但是从自来水蓄到一定水位所需的时间来计算，再早也是三月三日下午之后的事了。再根据之后查到的其他事实，几乎可以确认她在三月四日零点之前就已死亡。

朱实的皮包就放在别墅一楼的客厅里，警方在包中找到了她的手机，查明她最后一通电话是打给妹妹暮叶的，时间是三月一日（周一）晚上八点半过后，之后就再也没有任何通话或短信记录了。

峰岸暮叶三十三岁，比姐姐朱实小三岁，持有药剂师资格，在药房工作。她和姐姐不同，是个"行动派"，已经有过两段短暂的婚姻，每段都不超过两年。尽管她没有孩子，还改回了旧姓[1]，然而她好像不打算回娘家生活，只是自在地住在租来的公寓里，照料父母的责任也完全扔给了姐姐和姐夫。

可父亲刚死于火灾，姐夫就被当作嫌疑人被捕，即使奔放如她，想必也会担心自己的姐姐。她对警方说道："我和我姐平时不会频繁联络，三月一日晚上，她却给我打了个电话。我还想着她有什么事，结果她说，三月三日的'女孩节[2]'是她的结婚纪念日，他们两口子每年都会在信州的别墅过，但今年她打算自己一个人去。她没有驾

---

[1] 日本的婚姻制度以"进入户籍"为基础，婚后女方通常会将姓氏改为男方的。而在入赘的情况下，则由男方改用女方的姓氏。——译者注

[2] 女孩节是日本一项传统节日，日期为每年的3月3日，有女儿的家庭通常会给年幼的女儿换上漂亮的服饰，在家中装饰桃花枝，并摆出华丽的人偶等，来祝愿女儿健康幸福地成长。与之相对的是每年5月5日的男孩节。——译者注

065

照，所以会坐新干线。唉，现在都出这么大的事了，她怎么还跑到信州去……不过既然她本人想去，我也没理由阻止她。之后，她就没再找过我了。三月十号早上，我总觉得放心不下她，就给她打了个电话。

"我先拨了她家的电话号码，就是在涉谷的公寓啦，可没人接听。我心想，难道她还在别墅？于是又打了她的手机，却照样没找到人，留了言也不给我回电。其实我姐那人吧，和我不一样，性子可认真了，根本不可能放着留言不回。我不知怎么，突然心里很慌，决定先去涉谷看看。邻居家的主妇告诉我，我姐在三月二日早上去跟她们打了招呼，说要外出三四天。

"我挺纳闷儿的。她老公那案子还没审完呢，她哪可能悠悠闲闲地住在信州？于是我索性往当地的U公安局打了报警电话，当然了，要是她有事的话我肯定会飞奔到现场去的，可是我也要上班，只想确认一下她是不是在别墅而已。好在那边的警察非常亲切，直接赶去了别墅帮我看看情况。"

其实U公安局的两名警察接报时，正开着警车巡逻。他们迅速驶抵峰岸家的别墅，发现窗帘是拉开的，很明显有人住着。接着他们跑到大门前按门铃，还敲了门，然而就是没人应门。他们对此感到蹊跷，因此汇报了上级，请他们先去联系暮叶。

一般发生这种情况，警方会选择破门而入。不过暮叶说邮箱里应该有备份钥匙，他们一看，大门旁的邮箱底部果真躺着一把钥匙。那里作为藏东西的地点，确实显眼了一些，但也没人会把昂贵的东西放在里面。屋主八成充分衡量过，在治安良好的乡间发生窃案的风险，和在远离人烟的深山里忘带钥匙的风险相比，究竟孰轻孰重。

可在警方踏入别墅之后，客厅与厨房（兼饭厅）里都不见人影。鉴于电视机还开着，朱实无疑就住在这里。他们便开始大声呼叫，怎奈无人应答，只得下楼去看个究竟。这时，他们注意到厢式电梯停在了地下二层，且按下按钮也没有反应。

救助工作似乎相当费工夫。毕竟没人猜得出朱实到底出了什么事。等他们查明地下二层已完全被水浸透并把救援队叫来时，已经过了中午。最后也不出意料，他们捞上来的只是朱实的尸体。

她的父亲峰岸岩雄在八个月前才惨烈地被火烧死，而现在她本人又如此悲惨地被水淹死。

"是我杀了朱实啊！要是我不提那些要求，她也不会丢了性命！"
妻子的意外身亡让谅一悲叹异常。

或许是由于不见阳光，他那亮眼的古铜色皮肤眼下就如同橡皮般黯淡无光，眼窝也深深凹陷了下去，唯独一双眸子散发着异样的光芒。那模样简直可怜得令人动容。已经沉在水底的亡妻仿佛化作了一股怨念，死死缠绕在他的肩头。看得衣田遍体生寒。

"三月三日是我们夫妇的结婚纪念日。八年前，我还只是一个销售人员，每天忙得要命，无论如何都抽不出时间办新婚旅行，因此我们就在信州的别墅迎来了婚后的第一夜。"

谅一还在哀叹着。

"那时候，我们约好了，以后每一年都一定要去那里过纪念日，不管发生什么都要去。因为那里是我们两人婚姻生活的原点……当时我们手里又正好有点钱，本来是为了新婚旅行准备的，所以咬咬牙买了有名的法国香槟，是一个叫作'唐培里侬[1]'的牌子……一口气买了整整一打呢，打算每次纪念日喝一瓶……这些年来，我们一直守着当年的约定。"

这些话在差不多五十过半的衣田听来，总觉得怪羞人的，但谅一却说得很认真。

"都是因为我让她像平时一样好好生活，她才会遵守约定，自己一个人去了别墅！这全都怪我！"

他声泪俱下，已经哽咽得说不出话来。

"那是一起事故，不是你的责任啊。"

衣田安慰的话语似乎没有奏效。

"朱实为什么要在三月三日下午特地跑到地下二层去，您知道理由吗？那里只有一间客卧，平时根本没人用，她去那里也没事可干。但是只要不开暖气，那间房间就凉快得很，到了冬天简直跟冰柜似的，我们便拿它替代酒窖，把当年买来的香槟保存在里面。"

---

[1] 唐培里侬（Dom Pérignon）是世界顶尖的香槟酒品牌，由法国修道士唐·皮耶尔·培里侬（Dom Pierre Pérignon）创建于1668年。——译者注

原来如此。衣田原本还想不通，若朱实抵达别墅之后，打算立即开展扫除工作，所以前往地下二层倒也罢了，可为何要在次日下午才去呢？如今听了谅一的倾诉，他总算是明白了。

"朱实一个人也要举杯庆祝我们结婚八周年的纪念日，就去地下二层拿香槟，结果死在了那里……要是我没拜托您传话该有多好……"

谅一再也说不下去了，当着衣田的面痛哭起来。

听说看守所的工作人员将朱实的死讯告诉他时，他陷入了混乱之中，靠注射镇静剂才好不容易睡着，一晚过后总算是恢复了平静。

可话说回来，这虽然是个非常不幸的消息，但他为什么会当场混乱到这般地步？衣田着实有些不解。

在他刚当上律师时，见过一个男人，他的妻子和两个孩子都在车祸中丧生，可他既没有大声哀号，也没有涕泪纵横，只是呆呆地听着律师的说明，像一具空壳子似的。

衣田也正是在那时候知道了，原来极度的悲痛会麻痹一个人的神经。

看守所的探视间和公安局的几乎一样，辩护律师和被告人可以看到对方并进行交谈，只是不能接触，衣田无法伸手拍拍谅一的肩膀以示安慰。毕竟两人之间隔着一道透明的壁障。

自己被监禁着，可靠的妻子又是以那种方式死去的，对于深爱妻子的丈夫而言，肯定是天大的打击，哀叹悲泣都很正常。然而一个大男人哭成这样，还是让衣田感到束手无策。辩护律师到底不是心理咨询师，他不知道该说些什么才好，只能边看着大哭的谅一，边陷入思考之中。

这种时候，辩护律师应该做什么？事出意外，衣田并没有提前设想过。他琢磨着，从常识来看，首先需要处理朱实的葬礼。

朱实是他的实际委托人。如今她已不在人世，作为丧主的谅一又在看守所，所以只能由他来代办了。其实，各类红白喜事都该由亲人负责，根本轮不到律师登场，可这次却是例外。不过他不认为这场葬礼能稳妥顺利地进行下去，因为现在与朱实血缘最近的人就是妹妹暮叶，而她非常讨厌谅一。

回想起来，警方在三月十日下午发现了朱实的尸体，衣田接到联络后便飞奔到了信州的别墅，他也是在那里第一次见到朱实的妹妹暮叶。朱实是一名传统的日式美女，长得像母亲和舅舅那般白皙柔弱，而暮叶则不同，她身材高大，五官深邃，看起来就是一名敢爱敢恨的女性。

他才刚对她报上自己的姓名和身份，就遭到了猛烈的"炮轰"："我理解律师因为工作而不得不站在犯罪者那一边，不过我父母和姐姐都被那男人骗了！如果您还要继续帮峰岸谅一辩护，请您自便。但我准备借这个机会把话说清楚，我压根儿没把他当成自己哥哥，也绝不接受为杀死我父亲的凶手做辩护的人。"

谅一是个"上门女婿"，入了峰岸家的户籍，所以对暮叶而言，

第一章 案件的始末

他不单单是姐夫,更是法律意义上的大哥。眼下朱实死了,连衣田都还没考虑过趁机撒手,她却好像不打算为谅一出一丁点儿力,当然也没有代替姐姐支付律师费的意思。

衣田不知不觉想岔了,不过他的心思很快又被谅一的举动给拉了回来——只见这位刚刚还哭得痛不欲生的被告人已经诡异地冷静了下来,隔着透明的亚克力板,一脸决绝地凝视着他。

"谅一先生,您怎么了?"

重要的委托人就在眼前,自己却走了神,这让他有些惶恐。

可谅一一动不动,只是用利箭般的眼神看了过来,露出了前所未见的认真表情。

"衣田律师。"

谅一徐徐地开了口,语调也为之一变,声音中充满了自信与毫不动摇的信念,足以说服周围的人。在衣田眼中,此刻的他仿佛化身成了一名法官,正在朗声说道:

"下面,对本案进行宣判——本院判决,被告人无罪!"

在这种错觉之下,衣田不由得调整了语气道:"您说。"

"非常抱歉,其实我有事一直瞒着您。但朱实已经不在了,我也不用继续保守秘密。现在我终于可以向您交代一切。我是无辜的,我绝对没有放火烧了我岳父家,绝对没有害死我岳父——"

他并不是演员,可说到此处,却突然摆出一副信心十足的样子,随后严肃地宣称:

"因为我有不在场证明。"

6

"花鸟月"酒店(下称"花鸟月")是一家开在神奈川县[1]汤河原镇的旅馆,向客人们提供高级的传统日式料理及优质的住宿服务。

从东京出发,顺着东海岛线[2]前行,在热海[3]的前一站下车,就到汤河原了。

与沿海开满了大型温泉酒店的热海不同,汤河原虽然也布满了历史悠久的温泉,却是一个宁静祥和的城市,留有昔日风情的旧式温泉

1　神奈川(Kanagawa)县是日本的一级行政区之一,属于日本三大都市圈之一东京都市圈的组成部分,受太平洋暖流的影响,气候温暖,且拥有日本最大的贸易港,给农业、渔业和第三产业的发展创造了良好的条件。汤河原是神奈川的著名温泉乡,历史悠久,在奈良时代的和歌集《万叶集》中也有咏唱。——译者注

2　东海岛线是日本第一条新干线,于1964年通车。——译者注

3　热海(Atami)位于日本静冈县东部,与神奈川县接壤,以温泉而出名,气候适宜,为游览疗养胜地,也是东京圈重要的观光都市。——译者注

旅馆沿着千岁川的山谷分布。早在古老的诗集《万叶集》[1]中,便有诗人歌颂汤河原的美妙,诸多文豪也钟情于它,因此当地并不热衷于打造一般温泉城市所特有的娱乐环境,至今仍有许多名流在此购置宅邸或别墅,只为享受那份风雅古朴的氛围。

"花鸟月"是汤河原众多高级酒店中较为年轻的一家,平时几乎不做宣传,即便是当地居民都对它不甚了解。乍看之下,它就像是私人住宅一般与世无争,前台的接待服务既郑重有礼又兼备舒适自在之感,费用也昂贵,虽然非会员制,但仍满溢着"秘密基地"的意趣。

去年七月四日,一名自称"田中刚"的男性带着一名女伴去"花鸟月"过夜。他提前一周打了预约电话。他不是新客,大约两周前,他也和那名女伴一起住宿过。其实说白了,这类客人本就未必会用真名登记,也不能保证他们会在约好的日子到访,不过这位"田中刚"先生还是如约带着女伴入住了。时间恰好在峰岸老人葬身火海的那晚。

"花鸟月"的卖点正在于对住客隐私的保护以及细致入微的服务。"牢牢地抓住客人"乃其经营之本,所以回头客很多。它的客房都是独立的,且相距甚远,而制胜的"绝招"就是给每套客房都配上

---

[1] 《万叶集》(Manyoshu)是日本最早的诗歌总集,收集了4世纪至8世纪中叶的长短和歌,经多年、多人编选传承,约在8世纪后半叶由诗人、政治家大伴家持(Otomo no Yakamochi)完成,后又经数人校正审定才成今传版本。其中有署名的作品,也有无名氏的作品。——译者注

名为"管家"的专属服务人员。

"管家"们都是男性，而且年轻、时尚，从不把好奇心写在脸上。比起那些身穿统一和服、仿佛一眼就能看穿客人心思的女招待员，一身黑色西装、沉默寡言的男性"管家"据说颇受住客（尤其是女性住客）的好评。而他们作为专业的服务人员，也会牢记每一位客人的长相，因此负责"田中刚"的那位"管家"——江田卓清楚地记得那一男一女。

当衣田表明了自己的身份以及来意，并亮出了谅一的照片后，对方表示照片上的人绝对就是"田中刚"。

同时，"花鸟月"不仅提供了证词，还给出了可靠的物证。尽管"田中刚"登记在住宿卡上的家庭地址是虚构的，可经警方鉴定，那不仅是谅一的笔迹，卡片上更留有他的指纹。此外，他们还向"花鸟月"借阅了住宿记录本（当然是非强制的），结果那里同样留有谅一的笔迹和指纹。

只是那名女伴的身份成谜。

"她在二十多岁到四十多岁之间，身高约一米六二，穿着一件和雨衣差不多的薄款黑色风衣，一头红色的蓬松卷发，乍看之下像是假发。就连在房间里换上浴衣[1]之后，也照样戴着墨镜……反正她从头

---

[1] 浴衣（yukata）是一种日式传统和服，布料较薄，质地轻便，常在夏季或沐浴后穿着，起源于安土桃山时代，到江户时代在百姓中流行，现代则更添加了一些印花与装饰上的时髦设计，得到了年轻人的传承。——译者注

到尾都没有在我们面前说过一句话。"

很明显，对方刻意隐瞒了自己的真实信息。尽管她没有戴婚戒，可说不定只是暂时摘下了而已，因此不能作为判断身份的参考依据，饶是擅长观察的"管家"对此也束手无策，只能给出一些含糊的说明。

谅一带着那女人到达"花鸟月"办理入住登记时，已经是七月四日（周六）晚上九点半过后了，时间相当之晚。怎么看都像是从东京直接乘坐出租车过来的。对忙碌的职场人士而言，这其实并不算稀奇，但江田看到，付钱时居然是女方从自己的钱包中拿出了好几张万元大钞。

由于他们在预约时已经提过入住时间会较迟，因此不需要旅馆准备晚餐套餐，只通过客房服务叫了一些简单的消夜。重要的是，入住之后，两人直接在房里吃了消夜，男方在午夜零点过后去了大浴场，等泡完澡便一直待在酒店里。

其实从东京到汤河原大约一百公里，深夜也无堵车之忧，要是开车快的话，完全有可能在当晚往返，不过在峰岸老人的宅邸着火时，"花鸟月"的工作人员目击到谅一及其女伴都留在客房内。想来，跑到汤河原过夜的男女也不可能在尽情幽会的同时去东京放火杀人。可以说，他们的不在场证明是绝对成立的。

关于这一点，不仅"管家"江田，就连负责客房勤杂服务的员工也给出了充分的证词。要是有人质疑他们如何能断言八个月前的旧事,那么只能说,这其中有着极度特殊的理由——事实上,那晚意外发生了一起烫伤事故。

"花鸟月"的客房服务内线电话整晚都有人值守。住客"田中刚"曾在半夜两点致电,要求工作人员以最快速度提供大量冰块,理由不是为了往威士忌里加冰,而是因为被烫伤了,想用冰水冷敷伤处。

值班人员名叫贝塚俊树,他毫不犹豫地联络了"管家"江田。其实"管家"们在深夜时分可以适当小睡一会儿,不过整体上还是通宵服务的。于是他们两人赶紧赶往"田中刚"的房间,发现室内的双人床虽有使用过的痕迹,可那一对男女正穿着浴衣,等着他们送冰块过来。

幸好烫伤并不严重,"田中刚"的手腕附近起了一些红肿的水泡,眉毛也被烧焦。不知他俩在半夜时分捣鼓什么,总之似乎烧过东西,焚烧纸张后特有的焦臭味直冲鼻腔,烟蒂上叠着一叠烧剩下的纸片,桌上的玻璃烟灰缸都被塞满了还装不下。"田中刚"本人表示,他正打算烧掉报废的文件,结果刚用打火机点着它们时,却一不小心打了个趔趄,右臂和眉毛撞上了火焰。

这说法听着有些可疑,江田和贝塚并没有信以为真,只不过问也是白问,便作罢了。

"说真的,我觉得'田中'先生可能和女伴之间起了冲突,您看时间都那么晚了,他们还不赶紧睡觉……但我毕竟在做这份工作,什么客人、什么乱子都遇到过就是了。

"'田中'先生认为自己伤势不重,不需要叫救护车。保险起见,我们还是用酒店的车送他去了有夜间急诊服务的医院,是我陪他去的。而他的女伴就在酒店客房里等着。到医院后,医生给他做了紧急处理,可出了这种事故,谁还能有心思享受温泉呢?等天一亮——大概清晨五点左右吧,他和女伴就离开了,连早饭都没有吃。"

他们当然是用现金结账的,而且出钱的是女方。"花鸟月"帮他们叫了出租车,目的地是东海道线的汤河原站。

后来警方找给"田中刚"做了急诊处理的医生核实情况,对方的记忆虽然模糊,但对那件事多少还有些印象。关键是,挂号卡上有患者亲笔写下的"田中刚"及家庭地址,依然是谅一的笔迹,他的指纹也清楚地附着在上面。他当时说忘带医保卡了,所以选择自费就诊。其实他只是靠花钱来隐瞒个人信息罢了。

说到底,哪怕"花鸟月"存在包庇客人的可能性,拉拢医院就真是天方夜谭了。所以在查明情况的一瞬间,警方便无法继续怀疑谅一,而辩方则漂亮地反败为胜。

话虽如此,衣田的心情却很复杂。如愿赢得胜利的满足感远不如遭到被告人欺骗的屈辱感。不受委托人信赖,正是律师致命的痛处。即使真相事关重大,能够证明谅一确实不在案发现场,算是一桩喜讯,衣田也依然不能释怀。再加上那个身份不明的女伴,他已无法完全信任谅一。

他甚至开始猜想,当时的谅一虽为钱所困,但总不见得私下做

"小白脸"赚钱……不,说不定确有其事……

"我都说过好几次了,既然您有不在场证明,为什么不告诉我呢?"

衣田没法轻易压下心头的怒火,之后每次探视谅一时,都会忍不住说出这句话。

而谅一只是一味低头向他道歉。

"我有不在场证明。"

无论有什么特殊情况,被告人拖到一审之后才把最重要的事实告诉辩护律师,这实在是疯了。

法官和检察官当然气得不行,辩护律师挨骂也是难免,衣田这阵子总是低头哈腰的。毕竟谅一的不在场证明一经成立,法院、检方、辩护律师三方花了半年时间整合起来的文件材料便大多要付诸东流,因此大大违背了"诉讼经济原则[1]"。法官和检察官虽不能直接对被告人撒气,可辩护律师却得代为受过。

"您的妻子死于突发的意外事故,您才说了实话。不过若是她没有遭遇不幸,您打算怎么办?即使被判有罪也乖乖去坐牢吗?这对您

---

[1] 诉讼经济原则是指国家专责机关进行刑事诉讼时,要在确保诉讼公正的前提下,尽可能采用较少的人力、财力和物力耗费来完成刑事诉讼的任务。一是不宜为了追究犯罪而不惜一切代价;二是为了实现特定的诉讼目的,应当选择成本最低的方法。——译者注

妻子造成的伤害，不是远高于出轨吗？"

衣田跟谅一讲道理，对方则丝毫不为所动。

"我一开始就确信自己不可能获罪。警方和检方的主张都是妄想和猜测，没有任何确凿的证据。要是有人觉得我天真，那就当是这样吧。说实在的，我也想亲眼见证一下当今的日本司法界到底还有没有正义可言。

"当然了，万一法院判我有罪，那我就到时候再考虑对策吧。反正还能上诉。所以我更担心朱实知道我对她不忠后，将受到多大的打击……那可不是离婚就能解决的，她搞不好真的会自杀。"

他居然能如此无耻，对背叛婚姻一事侃侃而谈。

衣田由衷地感到佩服，心想要是自己也这么厚脸皮，肯定早就是个成功的大律师了。

不消说，检方立刻着手调查谅一的不在场证明是真是假。击溃敌方的主张在某种意义上甚至比找出能支持己方的证据更为重要，所以警方和检方势必会倾尽全力，携手调查。因此，尽管距离峰岸老人被害一案已经过去了八个月，他们依然找出了当时载着谅一及其女伴从东京前往汤河原的出租车司机，其工作热情可见一斑。

根据那名司机的证词，他于七月四日晚上七点半后，在JR涉谷站附近的路上被他们拦下。这一结果基本验证了谅一的供述属实。而讽刺的是，这份隐瞒至今的不在场证明反而救了搜查阵营。不然的话，假如在判他有罪之后才查出这些，司法机关只能咬牙闭嘴，任由世人抨击他们存在重大失职。

只是，谅一的不在场证明依然存在疑点。比如说，他在七月五日清早离开"花鸟月"之后，当天下午才返回位于涉谷的自宅，那么在此期间他去了哪里、做了什么？又比如，他的女伴是何许人也？她的身份着实难以查明。包括在归程的出租车上，她同样没有开过口。

"那名女性究竟是谁？希望您至少能把实话告诉我。我会尽可能不给她添麻烦的，只是作为辩护人，我必须掌握事实。"

衣田已经在央求他了，他却顽固照旧。

"对不起，唯独这件事请您谅解。她有她的立场。即使对您，我也只能保密。"

他微微垂头，言尽于此。

照这么看，女方果然已婚。不然根本不必把她的身份隐瞒到这份儿上。

"所以我不是说了，会尽可能不给对方添麻烦吗？而且您妻子已经过世了，我实在不明白事到如今您还有什么好顾虑的。"

衣田终于生气了。

"非常抱歉。"

谅一只管低头道歉，似乎打算就这么不了了之。

"谅一先生，请您分清轻重。这不是游戏，而是纵火杀人案的审判。"

"我明白，不过不管怎样，这一点我都绝不退让。确实，朱实已经不在了,可她还活着啊……即使为了让不在场证明成立,我也无权搅乱她的人生。我和她约好了必须保守秘密。衣田律师,您要让我打破身为男子汉所做的约定吗?"

出轨的男人还想逞哪门子的能?现在是说这种话的时候吗?!衣田抑制住涌上心头的怒火,用力盯牢了谅一。只见之前只会在亚克力隔板对面摆出一张软弱面孔的他,突然换上了一副傲慢无畏的表情。

于是,衣田再次开口道:"这种做法是行不通的,您目前还没得到无罪判决,如果您说的都是实话,就必须把那名女性叫到法庭上来,当着所有人的面给您作证才行。"

"但法律上有'沉默权[1]'一说吧?您帮了我这么多,我实在不愿对您说这种话。不过若您继续逼问她的身份,我只好对您实行'沉默权'了。说起来,她跟我的案子没有关系。医生和'花鸟月'的工作人员都已经给出证词了,我的不在场证明应该很完善了才是。您觉得呢?"

闻言,衣田抱紧了胳膊,无奈地闭上了眼。

照此下去,就需要由检方主动要求法官给出无罪判决。这种案例虽然存在,可无疑是极端的个例。

---

[1] 沉默权是指犯罪嫌疑人、被告人在接受警察讯问或出庭受审时,有保持沉默而拒不回答的权利,是受刑事追诉者用以自卫的最重要的一项诉讼权利。——译者注

他们当然不可能爽快地听从辩方主张的不在场证明。日本的检察官素以无坚不摧的搜查能力为豪，断案的有罪率几乎能达到百分之九十九点九，因此他们绝对会把真相查个底朝天。但是警方和检方显然无法否认，当峰岸老人死于纵火案时，被告人谅一正与一名身份不详的女性在汤河原的"花鸟月"酒店过夜。

搜查阵营大为失态已是事实，不过考虑到抓错人的原因是被告人在供述时撒了大谎，他们倒也值得同情。反正衣田没法毫无顾虑地大声称快。

话虽如此，审判席上的法官们和陪审员们也好、法庭的书记员也好，总之所有的审判相关人员都对衣田发出了无声的谴责，仿佛在怪他们为什么不早点说出真相。衣田有一种芒刺在背之感，而且这八成不是他的错觉。

不过没人料到，由于话题性强，谅一一案一跃成了媒体关注的焦点。那些媒体人认为，这一连串的事态都是辩护律师设计的"花活"。

其实只需动动脑子，就能明白这种战术没有任何好处，可偏偏有些辩护律师喜欢受人瞩目，故意做出高调惹眼的行为。结果，衣田明明是个朴实得稀世罕见的律师，却被世人彻底误会成了那类人。这在他看来一点都不有趣。

有道是"世事难测"，没想到谅一始终顾及妻子的心情和情妇的立场一事还收获了民众的好感。即使被污蔑纵火杀人，他仍坚持不愿伤害妻子，这似乎让世人大为感动。

衣田对此很是不屑，心想既然如此为妻子着想，从一开始就不该出轨！然而，在刑事案件中，常会有男人压榨女性、殴打女性的情节，谅一如此守礼反而得到了正面评价。

"峰岸谅一先生真是耿直得有些憨实了。从某种意义上来说，他也是拼上性命，硬撑到了极点。唉，这次我们确实输了个彻底。"

负责本案的检察官可谓最大的受害者。可就连他都带着苦笑，说出了认输的话语。

事情发展到这一步，一切都已经明了。法官、检察官与辩护律师衣田正聚在空荡荡的法庭上讨论案情，这或许是二审前的最后一次三方集会了。

再次开庭时，已是四月中旬，距离谅一被捕过了九个月。

"本庭宣判——被告人无罪。"

主审法官的声音响彻了整个法庭。

整个法庭上只有一个人面无表情、气定神闲，那就是被告人谅一。但在得到无罪宣判的瞬间，他依然难掩喜悦之情，甚至悄悄地做了一个庆祝胜利的手势。主审法官未必注意到这一细节，衣田却没有看漏，但他随即便下意识地将视线移到了主审法官脸上。

其实无罪判决一经宣读,即使还未下发正式文件,也已说明案件大局已定。然而在多年的律师生涯中,他曾数次受到法官的"耍弄",所以此刻依然无法放松,得时刻紧盯着他们。毕竟审判不同于协调、和解,它就好比一场豪赌,结果非黑即白,当事人需要为之赌上自己的全部财产甚至生命。那种渗入五脏六腑的恐惧感是无法轻易被克服的。

主审法官的说明比衣田想象得更为简短,对被告人的慰问词也相当敷衍,简直堪称冷漠。但他很少处理刑事案件,所以没有可供比较的对象。反正判决理由可以等日后去裁判文书里细查,届时也应该能窥见主审法官的心情。

法律规定,一旦在法庭上获判无罪,被告人便会被当庭释放。而闭庭之后,谅一也没时间和衣田闲叙。毕竟被白白关了那么久,人多少都会反感,只想着赶紧外出透气,哪顾得上聊天。可虽说重获自由的被告人可以前往任何地方,怎奈本案实在太受关注,结果他俩一踏出法庭就立刻就被媒体阵营团团包围了。

衣田认为,无论是哪类案件,负责辩护的律师都不该在法庭以外多嘴。除了无法预测会产生怎样的负面影响,更因为破坏"保密义务"的红线难以界定。再者,律师的言论还可能引发舆情脱轨。总之,衣田平时都避免接受采访,但唯独今天例外。因为他是本案唯一的辩护律师。

在采访中,衣田措辞极为谨慎,老老实实地斟字酌句,慢悠悠地回答着记者的提问，全程没有任何"有趣"的发言，导致这场面向司法记者的记者招待会似乎格外漫长，而且气氛严肃沉闷，完全不同于那些出现过激烈辩论的冤案。在座的记者们原本都期待他会痛批司法机关搜查不当，结果自然大失所望。

再加上正式的裁判文书尚未下发，谅一目前还是被告人的身份，得谨言慎行。所以他既没有感激涕零，又没有怒斥法庭，只是从头到尾都低垂着头，满脸悲痛，即使上了电视也没产生什么效应。

其实这是衣田提前制定好的方案。他好歹长年与结局难料的民事官司打交道，由此一早决定——绝对不能去责难公检法部门的"恶行"。他深知"祸从口出"的道理，一旦驳了对手的面子，对自己没有任何好处，只会招致赤裸裸的"报复"。但刑事案件和民事案件到底不一样，常年追着刑案跑的记者们无法理解衣田的立场，只恨没能得到自己想要的素材，纷纷心头火起，接连抛出带有恶意的问题。

好不容易应付完媒体，衣田已经累到了极点，但这也难怪，因为这几个月来，他每一分每一秒都扛着重担。

他带着谅一坐出租车回到了自己的律师事务所。

一看到出来迎接他们的初子，他便不禁露出了微笑，说道："唉，好累啊！总算是等到无罪宣判了！"

"老公，你辛苦了！峰岸先生，恭喜您无罪释放。"

"非常感谢您。"

谅一也深深地鞠了一躬。

坐在出租车上时,他们两人有意不谈官司,以免被司机听了去。不过谅一可能还沉浸在紧张之中,一路上表情都相当僵硬。因此当他进入衣田律师事务所的接待室后,便猛地坐倒在了沙发上。

他喝完初子沏的焙茶[1],总算展颜一笑,赞叹道:"这热茶真香啊!刚刚在记者招待会上喝的瓶装矿泉水可差远了!谢谢您的茶,我总算'复活'了。"

听他这么说,衣田也深感安心。

从谅一被捕那一天起,已经过了九个多月。如今他终于能回到自己的家了,只是这九个月间,他所处环境发生了剧烈的变化,尤其是他的妻子朱实已撒手人寰,不会再有任何人在家中等他归来。

接下来,他还有很多事要做,但首先肯定是久违地吃上一顿"外面"的饭,然后躺进浴缸好好泡个澡。衣田或许无论如何都想象不出,能再次躺在自己的床上入睡究竟有多么安乐。

等谅一享用完第二杯焙茶,衣田开口了:"今天的判决并不是最终结果,从法律角度来说,正式的文书还得过两周才会下发。总之,这两周您就悠悠闲闲地过吧。之后我再和您讨论申请国家赔偿等流程。"

他暂且先挑了这些说,可他并不是国家指派给谅一的辩护律师,

---

1 焙茶是一种将绿茶进行煎炒而制成的褐色茶叶,该方法古已有之,目的是清除茶叶中的水分,以便更好地保藏贮存。它具有独特的煎焙香气,刺激性也比较低,对肠胃相对温和。——译者注

因此还有收取律师费这项重要工作有待完成。毕竟这九个月来，他都把谅一的案子放在了最优先的位置，一般的民事案件委托几乎全被他往后推迟了。

其实对于他家这种靠接小案子维持的律师事务所而言，确保收入稳定才是第一要务，不过他终究还是不打算在眼下这种场合提钱的问题。

但下一瞬间，衣田脑中便轻轻地响起了警报声。

因为谅一仿佛就等着衣田做完说明一般，急不可耐地点了点头，接话道："说起来，被告人确实无罪的话，就能得到国家赔偿金吧？"

他在看守所里待了很久，却不带有被羁押者特有的苦闷感。多亏了朱实孜孜不倦地给他送去各种东西，他的胡子总是刮得干干净净的，一身套装也穿得妥妥帖帖。

"在看守所时，每天都很闲嘛。我为了打发无聊，就学了挺多东西。记得国家赔偿金的额度是——羁押期间每天不低于一千日元，最高不超过一万二千五百日元，对吧？就是说，我被拘留了大约三百天，可以得到的补偿还不满四百万日元。国家如此残酷地对待我，却只须付出这么一点代价，真是让人啼笑皆非。"

他的法律知识是正确的，看来确实用过功了。

国家机关出了错，导致被告人被羁押，并承受了无可挽回的损失，所以理当由国家向他们支付赔偿金。法律规定，遭到起诉却被判无罪的被告人可以按其被羁押的时长获得国家赔偿，也明确了赔偿的额度及手续，但事实上，赔偿金额其实远不足以弥补被告人受到的伤害。比如说，被告人因法院误判而被处以死刑之后，国家将给予其三千万日元以内的赔偿金。虽然收取这笔钱的并非受害最深的被告人本人，而是其遗属，因此它算不上"买命钱"，更偏向于抚恤性质，但这可是一条人命，这点金额真是让人死不瞑目。

即使是从衣田的角度来看，也觉得法定的补偿金额确实存在问题；但另一方面，因为谅一隐瞒不在场证明，在他被拘留的三百来天里，警方、检方、法院，以及身为辩护律师的自己全都做了大量的无用功，这当然会让人心里不是滋味，暗中埋怨着他没有早点说实话。

然而，谅一突然换上了一副正经的表情，坐正了身子，认真地直视着衣田，说道："衣田律师，我现在才刚被放出来，立刻跟您谈钱的话题确实很难为情，不过我希望先确认一下该怎样向您支付报酬。"

衣田心想，他果然很在意律师费用。刑事案件和民事案件一样，打赢官司时的酬劳都提前写在了书面合同里，但在现实中，案件一经解决，便有不少委托人立刻去找律师讲价。一部分律师会直接拒绝，分毫不让，不过衣田耳根子软，通常立刻就会答应降价。

"我记得，被告人被判无罪时，国家将承担被告人的诉讼费用。所以您的酬劳应该不是由我来出，而是由国家支付。您看对吗？"

衣田不禁叹了一口气。看来他已经打定主意让国家出律师费了。

的确，按刑事诉讼法规定，当被告人获得无罪判决后，国家需要对被告人的诉讼费用进行补偿。可他的理解存在误区。

"国家补偿诉讼费用时,不是直接付钱给被告人自行委托的辩护律师,而是等被告人支付律师费之后,再对被告人作出补偿。此外,补偿金额也被控制在国家认为恰当的范围之内,未必等同于被告人支付的全部费用。我虽然还没有详细研究过,但它恐怕远低于被告人的实际支出。即使是国家指派的辩护律师,国家给予的酬劳也远远抵不上他们为案子所花费的时间成本。遇到'奥姆真理教[1]'那样的大案时,律师费的缺口还是靠其他律师们募资给填上的。而就算把这种特殊情况也纳入考虑,被告人自身依然要承担一定的费用。"

衣田慎重地做出了回答,谅一则明显露出了不满的表情,怒斥道:"太过分了。国家权力真是蛮横,平时收那么多税,结果居然这么办事。明明是自己做错了事,却连一点小钱都不肯出,简直不可饶恕。我绝对无法接受!我是不至于叫公安局局长和检察长给我下跪道歉,但一个不巧,我就得赔上一辈子。难道不该让他们长点教训吗?

"说起来,有人放火杀害了我的岳父,我是受害的一方才对。可他们不仅起诉我,还放跑了真凶。那混蛋现在八成躲在某个地方大笑特笑呢。请问这个责任得怎么算?我甚至想要求警方赔偿我的损失,理由就是他们玩忽职守!"

---

[1] 奥姆真理教(Aum Shinrikyo)是一个鼓吹世界末日论的日本新兴宗教团体,也是一个邪教团体,被联合国认定为恐怖组织。其教主为麻原彰晃(Asahara Shoko)。1988年至1995年期间,该教团在日本制造各类绑架、杀人、恐怖袭击事件,其中就有臭名昭著的沙林毒气事件。——译者注

也难怪他大发雷霆。无辜之人遭到起诉，结果还要自己掏钱付律师费，心中肯定气愤不已。反观相关搜查人员，一旦出现冤案，他们虽会被扣工分，但并不会因此"丢饭碗"，犯错期间该领的薪水照样一分不少。这任谁看了都想骂上一句"胡来"。

可是，衣田脑中再次响起了警铃。

谅一的说法确实有一定道理，但他之所以蒙冤良久，究其根本还是因为他自己撒了谎。尽管他总是摆出一副堂堂正正的表情，实际上却并非如此。

先撇开身为法律从业人员的立场，仅以一个普通人的角度出发看待整桩案子，衣田也照样觉得纳闷。峰岸谅一身上似乎少了某些决定性的东西。而一想到此处，他便意识到，谅一获得无罪判决之后，没有对自己说过任何感激的话语，虽说他不是硬要对方说些好听的话来吹捧他，可辩护律师与被告人好歹是一起经历了激烈战斗的伙伴，一旦案件落幕，双方自然会涌现出"打完仗"后的昂扬感与安心感，会毫不吝啬地称赞并感谢对方的奋勇顽强。不论刑事案件还是民事案件，皆是如此。而这正是身为律师的意趣所在。

可谅一似乎完全顾不上这些，只管目不转睛地凝视着他，并操着一副确认剩余债务般的口气继续往下说："衣田律师，我还想向您确认一下，我以后绝对不会再因为我岳父的案子而扯上官司了是吧？其实我之前总放不下心，便查阅了资料，结果发现了相关的规定，好像是叫'一事不再理'来着？就是说，被告人被判无罪之后，哪怕坦白自己就是犯人，也没有任何人能推翻既有的判决。我理解得对吗？"

"是的。"

衣田努力保持常态。

所谓"一事不再理"原则是刑案审判的大原则，指刑事案件一经判决，检方便无法对同一事实再行起诉。这是为了避免同一被告人因同一案件而反复受到审判。因此，只要法院作出无罪判决，即便搜查人员找到了决定性的证据也于事无补。

但相反的是，若被告人被判有罪之后，出现了对其有利的证据，那么他们则有权申请重审。换言之，法律保障被告人一举翻案的权利。这是因为，检方毕竟行使着强大的国家权力，"一战定输赢"的规则肯定不适用于孤立无援的平民百姓。当然，申请再审的门槛非常之高就是了。

"不过我刚才也说过，您的审判结果还没有确定下来。即便您真的是凶手，也请别急着交代出来。"

衣田终于没忍住，说了一句带有挖苦之嫌的玩笑话。

"真是的，律师您怎么一本正经地说笑话啊。我只是做个假设而已。"

谅一干巴巴地笑了几声，随即又收敛了表情，用严肃的眼神望向衣田，继续道："可是啊，看到警方那种强硬的做法，我真的很担心往后会被他们刁难。就算我有不在场证明，要是他们问我是不是雇人纵火，那我也没辙啊。"

他抱有这份疑心其实很正常，但衣田却下了断言："您不用担心这个问题。真凶是被告人雇来的也好，是与被告人相识也好，其中都不存在隐患。假如警方日后抓到了真凶，那么司法机关肯定会对其问罪，然而已经得到无罪判决的被告人绝对不会作为共犯而再次遭到起诉。这是法律所规定的。"

闻言，谅一轻轻呼出一口气，答道："还好还好。但只要一天不抓到真凶，我就一天放心不下来啊。"

"确实，不查清楚真凶是谁，总归让人不得安宁。"

衣田的声音也越来越小。

明明刚听到无罪宣判，可两人间的气氛却格外压抑。

纵火杀人的真凶到底是瞄准了峰岸老人的家，还是在物色目标的过程中碰巧选中了那里，在现阶段仍是个谜。当得知谅一的不在场证明之后，警方肯定也拿出了真本事重启搜查工作，奈何距离案发已经过去太久了，很难查出新的结果。尽管真凶流窜放火的可能性很高，但至少在峰岸老人遇害之后，三鹰市内没有再出现过类似的纵火案。

不知为何，衣田总觉得那名真凶永远不会落入法网。

7

——话又说回来，在案发当晚和谅一同行的女人到底是谁？

即便不会得到答案，衣田仍在反复自问。

第一章 案件的始末

虽然被告人峰岸谅一已经得到无罪判决，他却还是深陷在疑心之中。不，随着时间的流逝，他的困惑反而越来越深。

那个女人确实用黑色的墨镜掩盖了相貌，可警方集结了整支队伍的力量都查不出她的身份，衣田心里只觉佩服。不过那毕竟是九个月前的事，搜查难度想必很大。再者，没人知道警方到底认真到什么程度。反正他们俩人的不在场证明已经非常明确，不管谅一的出轨对象是何许人也，司法部门都定不了他的罪。因此，哪怕警方并未拼命调查，其实也无可厚非。

"初子啊，家庭主妇搞外遇，瞒着丈夫和其他男人去泡温泉时，会乔装打扮，甚至戴上黑墨镜吗？你作为女人是怎么看的？"

衣田用过午饭，见初子端来了咖啡，便顺口提问道。

"你还在琢磨峰岸谅一先生的案子？真是够执着的。"

初子回答说。

不过她还是放下了托盘，坐到丈夫对面的沙发上，歪着脑袋开始思考。

他们夫妇俩会尽量在事务所吃便当解决午餐。它们价格实惠，营养均衡，最重要的是省时间。但初子身体不好，因此他们吃的几乎全是便利店或地下商业街售卖的便当，而非她亲手烹制的。此外，两人偶尔也会去面包店买三明治吃。

只要没有客户约在午后上门，衣田和初子总会在接待室吃午饭。

今天也是如此，狭窄的接待室内充斥着炸鸡和酱汁的香味。

"黑墨镜？普通的家庭主妇哪会有那东西呀？而且最重要的是，戴上它岂不是更醒目了？"

"我也这么认为。"

衣田点了点头，表示赞同，接着继续道："家庭主妇没必要特意把容貌遮起来啊。就算被酒店的工作人员看到了，人家也不认识她。"

"话可不能这么说……也许是怕碰巧在酒店大堂里遇到熟人。"

"嗯，确实有这个可能……但去那种酒店的熟人，应该和她一样在搞外遇吧？彼此都不会揭穿对方才对。"

"这可未必哦，那家酒店又不是专供男女开房幽会的'爱情酒店'。"

"谁知道呢？"

"像是开同学会的时候，女同学们有时会一起去高级酒店住宿。而且据说服务行业的工作人员记忆力很好，绝对不会忘记自己接待过的客人。要是被他们看到了长相，万一家里的老公摸上门去调查，出轨的事不就露馅儿了吗？"

听到这里，衣田露出了苦笑，"你可真傻啊，服务人员是不能把住客的情报一个劲儿往外说的。再者，如果丈夫都跑到酒店来调查了，就说明妻子出轨的事已经暴露了，怎么着都瞒不下去啦。"

"有道理。要不然，那女人是明星艺人？"

"明星吗？"其实衣田早就如此怀疑过好几次了，可眼下他还是提出了异议，"出租车费、酒店的住宿费都是女方出的。你不觉得这很奇怪吗？假如她真是个靠脸吃饭的名人，即使在和峰岸谅一交往，也不必倒贴到这份儿上吧？"

确实。堂堂女明星怎么会如此迷恋一个濒临破产的已婚中年男性？

"这倒是。虽然峰岸谅一先生长得很英俊，但像他那种程度的美男子在演艺圈里要多少有多少。换作是我，肯定不愿出这酒店钱。还有啊，就算她要保持公众形象，可恋人都因为杀人罪被起诉了，怎么还能狠心在审判期间保持沉默呢？这也太过分了吧？所以我只能认为背后还有秘密。"

看来初子也有同感，回答得意外干脆。

"嗯，是啊。"

衣田放下咖啡杯，抱起了胳膊。

"要再来一杯吗？"

"不用。"

他轻轻摆了摆右手。

不用初子指出，衣田也觉得诡异的不仅是那名神秘女子，连谅一本人都有古怪。他发挥"骑士精神"，舍身保护女伴，乍看的确令人尊敬，然而真相也得分情况讨论。包括他对朱实的态度也值得玩味。毕竟为人妻者，肯定情愿接受丈夫出轨的事实，也不希望他被判为杀人犯。

结果谅一只是一味把出轨对象藏得滴水不漏，即便上法庭都不肯曝光对方的身份。如此一来，衣田自然会认为，问题的关键不在于对方是明星或已婚，而是她这个人本身不可被人知晓。她和谅一之间的关系绝对无法得到朱实以及世人的认同。

"老公，你想到什么了？"

初子果然很敏锐。

"没什么，就是因为想不出个所以然，才会问问你的意见嘛。"

衣田嘴上糊弄，但实际上，通过和妻子开诚布公地聊一聊，他的思路也清晰了起来。在他心中，这已不再是一个朦胧的疑惑，转而成为一张清晰的画面。

趁着初子开始收拾桌子的时候，他完全沉浸在了冥想之中。

他回忆起了三月十日那天，自己和峰岸暮叶初次见面的日子。当时他并没有注意，可如今想来，只能说暮叶的态度当真有些不自然。

那时虽已入春，不过信州依旧严寒。晌午刚过，衣田便接到了朱实去世的消息。于是他取消了下午所有的安排，火速赶往新干线东京站。抵达上田市后，扑面而来的寒气就让他下意识地打了一个冷战。

其实路上只需花费一小时十五分钟，但他在东京的一处工商业区出生并成长，活到这把岁数都没有登山和滑雪的经历，和山多、雪多的信越一带[1]可以说毫无交集，因此这是他头一回去那里。从上田站前往峰岸家的别墅，车程大约二十分钟。尽管可以搭乘巴士，可为了抢时间，他还是毫不犹豫地选择了出租车。

赶往委托人身亡的现场并非律师的本分。身份确认和尸体认领应由死者家属负责，法律从业人员不该多嘴。

但是没有人能够为朱实完成上述流程。暮叶确实是她的亲妹妹，可她们姐妹俩都已从原生家庭独立出来了，虽是亲人，却非"家属"。包括受理了朱实死亡一案的U公安局也是如此认为的。再加上朱实的丈夫谅一还被关在看守所里，他们便转而通知了谅一的辩护律师衣田，也只有他能向无法与外人见面的谅一传达详细情况。因此他才会直接奔赴现场。

峰岸家的别墅建于深深的山坳之中，边上是一条草木繁盛的山道，远离人烟，比衣田想象的更加偏僻。按出租车司机的说法，那栋别墅附近有著名的温泉街，但由于没有近邻，无论发出多大的动静都不会被外人听到。想必峰岸老人正是因此才当场决定买下它的。尽管其建筑风格非常雅致，很符合前任屋主（一名流行作家）的身份，不过在身为都市人的衣田看来，那一带实在是太冷清了。即使是为了过结婚纪念日，女性也不会乐意独自跑到那种地方去。由此，他只得惊叹于朱实对丈夫谅一的感情居然如此之深。

---

[1] 信越一带指日本的山梨县的甲斐、长野的信州、新潟的越后一带。——译者注

不过，只有那天与平时截然不同。警方相关人士及他们的车子占满了别墅门前的道路，前来看热闹的邻居们也聚集在周围。

大门前有身穿制服的警察把守，衣田下了出租车，向他们报上姓名，而他们似乎也正等着衣田，即刻放他进了别墅。

朱实的尸体已经被运走了，但现场的搜查工作仍在继续。搜查人员在狭窄的一楼忙成一团，客厅里满是人和物品，连踏足的余地都不剩了。大门对面的墙上镶着几扇面向阳台而开的玻璃窗。此刻室内温度很低，窗户却大开着，暖气根本不起作用。

现场唯一的亮点是一名身穿大红色羽绒服的女性，正无所适从地站在窗边。那便是朱实的妹妹暮叶。她迅速回头朝衣田瞥了一眼，衣田发现她不仅比朱实年轻，五官还非常漂亮、醒目。尽管她离过两次婚，可无疑是深受男性喜爱的那类美女。

U公安局的刑警为衣田和暮叶双方做了引见，他们才刚开口相互寒暄，暮叶的敌意就表露无遗，甚至直言："我绝不接受为杀死我父亲的凶手做辩护的人！"

不过她的怒火其实是冲着姐夫谅一去的，倒不是针对辩护律师本人。之后衣田与她的协商过程也推进得比较顺利。

她迅速地处理了一个个接踵而来的问题，给人以相当能干的印象。虽然她一开始态度不善，但衣田倒是可以理解她的心情——父亲遇害，姐夫是嫌疑人，姐姐却只顾着包庇丈夫，也难怪她会生那么大的气。

只不过事后回想，衣田又心生怀疑，认为她最开始的那份凶悍着实有些不自然，颇有"演戏"之嫌。

等搜查人员检查完毕，U公安局的刑警带着他们二人从阳台外侧的楼梯前往地下二层，以确认事故现场的情况。

那里的积水已被抽干，但湿漉漉的木质地板依然散发着寒气。他们本就冷得不行，这下更是快冻僵了。

环顾室内，衣田发现这里确实如谅一所说，冷冷清清的，家具只有床和桌椅。房间的一角摆着一只大得夸张的纸箱，纸板被水泡得烂乎乎的，里面随意地放着四瓶香槟。他试着拿起其中一瓶，发现比想象的重得多。

他心想着，朱实就是为了拿香槟才搭电梯下来，最终遭遇了事故吗？

"暮叶女士，这是唐培里侬香槟，产自法国，非常高级。要是继续扔在这里，搜查人员或许会误将它们当成垃圾处理掉。要不——您就把它们当成是朱实太太的遗物带走吧？"

衣田不经意地提了一句，暮叶却撇了撇嘴，答道："这怎么行？这是他俩过结婚纪念日时喝的香槟吧？我要是拿了，我姐说不定会作祟的。她嫉妒心可强了。"

看来，她对姐姐也很有意见。

"这……不过就这么放着也不合适，至少得把它们搬到楼上的卧室里,您看行吗?"

衣田重新提出了建议,可他真正想说的是——谅一以后说不定还会回到这里,他得帮忙保下这批酒。

不过,他心里其实也没底,不知道这一天究竟会不会到来。

他们再次踏上了别墅外侧的楼梯,重新来到一楼。不可思议的是,围观群众撤离了大半,周围刚才还一片闹腾,现在却已恢复平静。

这下他们两人无事可干,便去往了兼作饭厅的厨房。虽然客厅采用了沉静的装修风格,而厨房则不同,既明亮又实用,一如时髦的高级公寓,难怪峰岸老人十分中意这里,愿意长住。

厨房约有四个榻榻米大小,一只玻璃柜占了一整面墙,柜中井然有序地摆放着各种储存容器和酒坛,料理台和水槽也干干净净,看样子朱实继承了父亲认真的性格。不过料理台的一角却有一只容量达四五升的玻璃酒缸,仿佛是被遗忘在了那里,里面盛着透亮的琥珀色液体,有一升上下,大概是梅子酒,底部还泡着一千克左右的梅子。

衣田捧起它,端详了起来。

"您没见过这种酒吗?"

暮叶不知何时也凑了过来,出声问道。

"这是您家自酿的梅子酒?"

"是啊,梅子也是从院子里采来的。"

"是朱实太太酿的吗?"

第一章　案件的始末

"不，我姐那两口子只爱喝，喜欢酿梅子酒的是我父亲。他凡事总是要求做到最好，所以是用白兰地来酿，而不是常见的日本烧酒。您看，这缸梅子酒的颜色和一般的不太一样是吧？"

暮叶解说道。照这么看，她并未对衣田抱有恶意。

"那么，它可是您父亲的遗物啊。放在这里太可惜了，您不妨带回家去。"

听了衣田的建议，暮叶再次换上了嘲讽的口气："哎呀，'遗产继承'还包括这东西？不愧是大律师，真细心。"

话一出口，平和的氛围也随之突变。衣田有些扫兴，暮叶却仿佛毫不介意，接着往下说道："我要是随便对这栋别墅里的东西出手，那两口子什么难听话都说得出来，比如——'你把老头子推给我们照顾，光晓得盯着财产'。"

她好像忘了朱实已经不在人世。

衣田非常惊讶，心想着这位女士到底有多执拗。亲生姐姐都死了，她连一声哀叹都没有，只知道表达自己对姐姐和姐夫的反感之情。但是换个角度来看，就会发现，她的敌意不是冲着姐姐夫妇或姐夫个人而去的。她针对的其实是姐姐朱实。

其实从她离过两次婚这一点也看得出，她无疑是一名性情炽烈的女性，在追求心仪的男性时不会瞻前顾后，哪怕对方是自己的姐夫也不例外。至于她对谅一的反感，很可能只是在遮掩自己真正的心思——想到此处，衣田顿觉清醒。

101

在老父亲因一场大火而殒命的那晚,自己的丈夫偏偏和小姨子去酒店幽会……不管朱实为人有多么稳重,遇到这种事也不可能默不作声。因此谅一把被判有罪的风险和婚姻破裂的风险放在天平上,决定二者相比取其轻。看来他即使与暮叶出轨,却依然不希望失去朱实。而暮叶比任何人都更清楚谅一的想法。

可朱实已经撒手人寰,谅一便没了顾忌,可以亮出自己的不在场证明了。于是,在得知姐姐意外去世之后,暮叶便确信谅一早晚会被无罪释放,那么她自然不准备把香槟和梅子酒带走,只打算等待谅一回来,两人一起在这栋别墅里举杯庆祝……

这一瞬间,衣田的脑海深处又响起了警报声——慢着!慢着!!既然如此,朱实在这个时机去世,难道纯属偶然吗?

他对自己的猜测感到惊愕。

警方似乎对朱实的溺亡下了结论,认为这是一场不幸的意外。衣田不知道他们是否调查过相关人士的动机和不在场证明,但仅从他的所见所闻来看,他们完全没有考虑过谋杀的可能性。这样真的妥当吗?

朱实来到自家的别墅,然后拖到第二天才去地下二层拿酒,活像是在等着积水蓄满一般。然而只要她在抵达当天便去取香槟,就能够避免这场事故。

那么,假如这不是偶然呢?假如有人盼着她去死呢?假如此人提前知道她会去别墅呢?

衣田不觉得自己纯粹是在妄想。

一张特写的人像在他脑海中浮现。画面上，峰岸暮叶正戴着红色的假发和黑色的墨镜，绽出了妖艳的微笑。

他没有证据，可万一这即是真相，始终信赖着丈夫的朱实就彻底成了个笑话。

他半是自嘲，半是认栽般地叹了一口气。

次日，初子在常去的医院预约了例行检查，全程很费时间，还相当累人，因此这一整天都只能靠衣田一人留在事务所里顶着。在送走当天的最后一位客户之后，他开始制作法庭上要用的文件，这时却接到了一通电话。

"您好，我是衣田。"

"嗯？衣……衣田叔叔好，我是启太。"

听筒中传来了令人怀念的声音。那是他已故挚友的遗子——今村启太。

对方似乎有些仓皇，大概没想到接电话的是衣田本人；而衣田也非常惊讶，因为启太的声音和亡父启治十分相似。

尽管启太的语气还是和小时候一样，但毕竟已经到了大学毕业的年纪，声音变得成熟也是理所当然，衣田最后一次见到他还是在去年启治的葬礼上。碍于场合，他们未能好好说上话，可其实启太几乎没有与任何出席葬礼的人士交谈，大概是因为他正从事着某些不算光彩的"工作"。

当时衣田还无法直面挚友的离去。启治很可能死于自杀,他也因此而深陷于懊悔之中,至今仍感到自责,总想着在挚友生命的最后阶段,自己或许是可以再为他做些什么的。

幼时的启太性格坦率,又很亲近人,由于他的母亲久子反复住院,启治便经常带着他来衣田家。而衣田家的孩子们和他年龄相仿,正适合在一块玩耍。

不过事后细想,这只能说明启太当年没有其他的玩伴而已。实际上,在久子病状尚轻时,会常去启太就读的小学,启治则十分大意,从未细想过她在儿子学校里的言行举止。这倒不是因为他缺乏忧患意识,而是轻率地认为,只要多参加PTA[1]活动,就能放松心情,让精神状态稳定下来。

直到启太念小学一年级第二学期时,启治去参加了学校的"父亲参观日"活动,结果老师把他单独叫走,对他说:"非常抱歉,但是您能让您夫人暂时退出家校活动吗?"

闻言,他愕然了。

原来,久子担任着启太班上的"电话联络员",需要在接到班主任的联络后,将内容转达给班级"联络链"上的"第一棒",并等待

---

[1] PTA(Parent-Teacher Association)指家校联合会,是一种家校互动的组织形式,双方经常沟通合作,一起帮助学生学习和成长,家长在其中享有非常大的话语权。——译者注

第一章 案件的始末

"最后一棒"的回复,接着给班主任回电,汇报班上的每一家都已收到通知。而她正是在这项任务上出了问题。有时,她会就同一内容多次联络同一个人;有时,她又会把自己杜撰的内容传播出去;不仅如此,她甚至还会说些毫无根据的话,比如某人欠她钱不还、某人想要陷害她、某人的丈夫来向她搭讪示好……搞得其他同学的家长叫苦不迭,家校联合会的活动也受到了影响。因此,老师希望他这个做丈夫的能够了解到情况的严重性。对方虽然没有把话说得太直白,但核心思想就是:你老婆的脑子有问题。

身为丈夫,启治对久子的病情是再清楚不过了。所以最让他震惊的是,久子连累了儿子启太,害他在班里被孤立了。启太的学习成绩和运动能力都不差,却完全交不到朋友。据说他也极少找老师说话,表情也很阴沉,只会在父亲面前装出开朗的样子。

得知真相后,启治受到了很大的打击。他十分焦虑,寻思着必须为儿子做些什么。衣田确信,他正是为此才匆忙地离婚、再婚,并引发了后续的悲剧。

久子因为离婚而陷入绝境,被娘家人接走了,之后她依然不断住院又出院,最终选择了上吊自杀。她死时,启太才刚升入中学,虽然已经有了"新妈妈",不过还是会不时偷偷探望亲生母亲。久子离世给他造成了旁人无法想象的巨大伤害。

不知为何,启太一直很亲近衣田。在他因为勒索而被关进少教所后,每次一见到前来探望他的衣田,便会立刻收起蛮横的表情,轻轻鞠躬行礼，看起来很是开心。这让衣田一直记忆犹新。

启治尚在世时，启太去某家暴力组织经营的游戏厅做了住店店员。尽管他解释说他只是一个员工，没有加入帮派，但没人知道实际上是怎么回事。

"是启太呀，好久不见了。"

衣田赶紧答道，语调也一下子从工作模式变成了温和的叔叔的声音。

"是的，好久不见！"

"你最近怎么样呀？身体还好吗？"

"还行，就是……我有点事想问问叔叔您，您现在方便吗？"

启太的语气还挺平静的，但却透着一股紧张感，这让衣田起了戒心，他心想着，好不容易才办完一桩刑案，但愿不要再来一桩。

"嗯，怎么了？又遇上麻烦事了吗？"

可接下来，他听到了一个根本预料不到的情况。

他完全想不通，为什么连启太都被扯了进来……

六天之后，衣田收到了峰岸谅一的死讯。

8

谅一的冤案在司法界掀起了巨大波澜，如今总算是告一段落了。可就在这时，他却因坠楼死在了信州的别墅院子里。他的尸体于五月

第一章　案件的始末

十三日（周六）午后被人发现，距离那场充满戏剧性的无罪判决才过了十五天。

发现尸体的是三名小学六年级的学生。他们在放学路上四处游玩，闯入了峰岸家的地盘。

其实峰岸家并未用围栏把自家的院子圈起来。别墅周围虽种着梅子树等适合在庭院里种植的树木，但绕到侧边看的话，便会发现那只是一座坡度缓和的山崖，地上一层和地下二层之间的高低差并不算大。尽管步行上山还是有些吃力，但借着惯性往下滑时却非常顺畅，很适合孩子们玩耍。

这里平时难得有人入住，然而在那天，只需稍稍留心便能注意到别墅的窗帘是拉开的，表明主人正在屋中，外人不应贸然接近。不过孩子们才不管这些，一门心思往山崖上冲刺。

别墅外侧设有一条铁制的楼梯，人们可以从地上一层的阳台出发，走楼梯经过地下一层的阳台，最终到达地下二层。自从内部的厢式电梯因水淹而发生故障之后，那条楼梯便是上下楼的唯一途径。谅一似乎是先来到了地上一层和地下一层中间的楼梯平台上，随后越过扶手，一跃而下，摔死在了那块平台的正下方，尸体呈俯卧状。

"你们看！那里趴着一个人哎！"

顺着斜坡往下滑的孩子们随意往边上瞥了一眼，就看到那里有个男人面部朝下趴在地上，仿佛睡着了一样。他穿着当地难得一见的时

107

髦服饰，可身体却扭曲得十分诡异。

"这……好像出大事了啊！"

三个"小淘气"提心吊胆地凑了过去，发现那个男人一动不动，随即便意识到出人命了。

想到这栋别墅不久前才刚死过人，他们不禁面面相觑。但十多岁的小男孩总是好奇心旺盛，甚至胜过了恐惧感，所以没人打算逃跑。再说了，万一那个男人还剩一口气，那么就必须得救他！

其实他们终究还是没胆量直接触碰他，这时，其中一个孩子鼓足勇气盯着他看了一会儿，十分确定地说道："他果然死了。"

随后，他们三人一致同意去离这里最近的住户家借电话报警。

实际上，谅一的妻子在这栋别墅里意外身亡，接着自身又获判无罪，其相貌已无数次出现在当地的电视报道中。即使整个U公安局都没人直接接触过他，他在局内依然赫赫有名。因此接报赶来的警察们没费多大工夫就确定了死者的身份。这一点对搜查人员而言可谓是相当轻松了。

谅一穿着灰色的休闲衬衫和裤子，外加一件胭脂红的开司米羊绒毛衣；脚上没有鞋子，附近也不见拖鞋。他身上有严重的骨折和撞伤，像是遭受了猛烈的击打；但或许是因为泥地相对柔软，他似乎没有在坠地的瞬间当场死亡，而是一度呕吐过，其嘴部周围的地面上还留有呕吐物。从尸体的状态来看，连外行人都瞧得出他已经死了相当长一段时间。

第一章　案件的始末

警方通过阳台进入别墅内部，发现室内果然空无一人，也没有人在第一时间报警，可见他八成是独自前来的。客厅里随意扔着一些包和纸袋，都还没打开，应该是他带来的行李。照此看来，他大概是准备在这里待上一阵子。

那么，他为什么会从楼梯平台上摔下去呢？警察们检查完现场之后，全都感到困惑不解。楼梯扶手高约一百一十厘米，虽然称不上高，但也不至于低得让人不小心摔下去。

然而，考虑到客厅桌上还留着一杯没喝完的酒，他喝醉失足的可能性也不为零。

桌上没有其他东西，只有那一杯酒。从颜色来判断，它很像是威士忌。不过仔细嗅嗅，便会发现它散发着一股浓郁的梅子香气，估计是梅子酒。警察们又前往厨房，只见餐桌上确实有一只大玻璃缸，里面储存着自家酿制的梅子酒。

缸底还有大量梅子，不过酒已经所剩不多。冰箱里空空如也，厨房的玻璃柜里整齐地摆放着各种威士忌和白兰地，可每瓶都没开封。除此以外，那里没有任何含酒精的饮品，想必他是喝梅子酒喝到烂醉如泥。当然了，虽然让人难以置信，但他也确实有可能是在喝得醉醺醺的情况下抵达了别墅，接着又继续喝起了厨房里的梅子酒。

继朱实溺亡之后，悲剧再一次在此处上演，而且两起事件貌似都是意外。只不过，随着调查工作的进展，搜查人员天真的观点被彻

109

底推翻了。峰岸谅一并非因坠楼重伤导致死亡，而是死于急性的砷[1]中毒。

接下来，他们又发现了另一个惊人的事实——在距别墅约一公里的某条偏僻山路上，谅一的爱车——一辆白色的"皇冠[2]"车被烧成了焦炭。起火的原因貌似是有人往车上淋了汽油，随后放火烧车。

根据司法解剖的结果，谅一的血液、肝脏、肾脏中都含有远超正常水平的高浓度砷元素，胃里的残留物和现场的呕吐物中也同样检测出了一种叫作"亚砷酸"的砷化合物。据此，警方认为，谅一在摄入亚砷酸后，出于某些原因而从别墅外侧的楼梯平台上坠地，并因为外伤而动弹不得，不断呕吐、腹泻，直至丧命。由于尸体被人发现得较晚，因此无法对其死亡时间做出精准的推定，只能判断他大约死于五月十日（周一）半夜零点至五月十一日（周二）上午六点之间。问题在于他是如何摄入毒素的。

不过警方轻易就在客厅中的残酒及厨房的梅子酒中检测到了高浓度的亚砷酸。虽说尚未查明投毒者是谅一本人还是另有其人，但他无

1　砷元素（Arsenic），元素符号As，又称"砒"，是一种非金属元素，广泛存在于自然界。砷元素及含砷化合物被运用在生产农药、除草剂、杀虫剂与多种合金中。其化合物三氧化二砷（As_2O_3），俗称"砒霜"，是一种毒性颇强的物质。——译者注

2　皇冠（Crown）是丰田（Honda）旗下一款著名中大型车汽车品牌，于1955年1月1日在日本问世，已经有超过第13代车型。——译者注

疑是因为喝了那些酒才急性砷中毒。

说实话,通过饮用掺有砷元素的梅子酒来自杀其实相当不可思议,因为这种死法异常痛苦。当人吃下溶在食物中的亚砷酸之后,一开始会剧烈呕吐,接着腹痛失禁、血压下降,随后出现头痛、无力、麻痹感以及认知障碍,有时甚至会伴随痉挛和精神障碍,最终死于急性肾功能障碍。总之,整个死亡过程痛苦且漫长,不像氰化钾[1],能够在极短时间内置人于死地。

尽管妻子朱实不久前去世了,但谅一才刚取得无罪判决,又有情妇,还因为继承了岳父和妻子的财产而还清了债务,几乎不可能自杀。再加上警方未能在别墅中找到沾有亚砷酸的包装纸或容器,看来他果然是遭人毒手了。

查到这一步,警方最关注的自然是投毒者的身份。只不过这个问题很难回答。毕竟他们连投毒时间都无法确定,更何况锁定嫌疑人。

酿造梅子酒时,需要把梅子长时间浸泡在酒与冰糖的混合液中,一直等到梅子被浸透、其精华都被泡出来才行。这个过程耗时约需一年。随着时间的流逝,最初硬而脆的青梅会逐渐失去水分,最后变得皱皱巴巴。而当梅子在酒液中释放精华的同时,美酒的芳香与冰糖的

---

1 氰化钾(potassium cyanide),化学式为KCN,是一种无机化合物,为白色结晶性粉末,有剧毒,在湿空气中潮解并放出微量的氰化氢气体,易溶于水、乙醇、甘油,微溶于甲醇、氢氧化钠水溶液,水溶液呈强碱性,并很快水解,生成苦杏仁味。——译者注

清甜也渗入了梅肉之中，使它们充满了甘甜醇厚的风味。这正是"渗透压"原理[1]发挥了作用，使梅肉内部的含糖度和外部液体的含糖度保持一致。

按说只需遵照这一原理，调查梅肉中所含的亚砷酸浓度，即可推算出投毒时间，然而事实上却没有这么简单。已故的峰岸老人于去年六月酿下这缸梅子酒，现在已经过去了十一个月。析出所有精华的梅子变得又小又瘪，沉在缸底，几乎不再受"渗透压"原理影响。所以只能说投毒者不是去年七月去世的峰岸老人，而投毒者可能在谅一死前一至两个月内的任意一天下手，因此警方极难锁定嫌疑对象。

"提取指纹"这一有力手段似乎也行不通。酒杯上只有谅一一人的指纹，而保存梅子酒的大玻璃缸上则混杂着多人的指纹。经查证，那些指纹分别属于峰岸老人、朱实、谅一这三名死者以及暮叶、衣田。但这一结论对侦破工作没有太大作用。因为朱实在溺亡的前一天来到别墅小住，当然有机会触摸该容器；至于暮叶和衣田，则是在朱实死后赶往现场时接触过它。当然，有嫌疑的也未必只限于他们几人，真正的凶手很可能戴了手套。

同时，警方从别墅内，尤其是客厅内采集到了大量的指纹。峰岸家人的指纹自然到处都是，而在朱实溺亡那阵子，更有大量工程人员出入，留下了许多无法确认身份的指纹。故而他们无法通过这条途径

1　渗透压原理指细胞半透膜两侧的溶液浓度不一致时，水分将从浓度低的一侧向溶液浓度高的一侧移动，最终实现两侧的浓度一致。——译者注

获得决定性的情报。

此外，谅一死了，他的爱车也被烧毁，但这两者之间的关系尚不明朗。尽管警方认为它们彼此存在关联，可这又是谁、出于什么目的而做的呢？如果说，特地在远离别墅的地方放火烧车是为了避人耳目，那么"烧车"这一行为本身又有什么必要？

按常识判断，应该是为了消除指纹等痕迹。然而，警方也未能从车子的残骸中发现线索。这固然是因为车体已经被烧得完全变形，而另一方面，犯人要是打算烧毁某些东西，那么一定会留下相应的痕迹才对。既然眼下找不到蛛丝马迹，只能说，犯人瞄准的就是这辆车子本身。由此，所有搜查人员都联想到了峰岸家的那桩纵火案。幸好这次没有出现焦尸，让搜查人员松了一口气。只是他们也没能破解谜题，就这样把案子积下了。

不过警方还是在一定程度上把握了谅一在案发当天的行动。根据高速公路上的摄像记录，他于五月七日半夜零点前后抵达了这栋别墅。他公寓的邻居们也作证说，他在上午八点过后就驾驶着自己的"皇冠"车出发了。按时间推算，他几乎是直奔目的地去的，一路上都没有任何耽搁。

问题在于——他是否独自出行。

假设他带了同伴，那么对方无疑掌握着解决案件的关键；可与此同时，警方也应该对他的同伴保持警惕。毕竟"投毒"属于有预谋的犯罪。所以凶手很可能找了个理由乘上了谅一的车后座，而且说不定就是之前和他一起去"花鸟月"过夜的情妇。

如此一来,警察们不断地懊悔着当时没能查明那个女人的身份。可这次无论他们多么努力地问话调查,都没有找到目击者。

衣田正窝在自家事务所最靠里的办公室内,一动不动地对着办公桌,凝神沉思。

那是一间四个榻榻米大的小房间,办公桌上摊着一堆文件,都是他眼下要办的案件资料,不过他连一页都没看进去,某个问题反复在他的脑中萦绕。

整件事的起因其实很简单。两名刑警从长野县赶来,将谅一的死讯转告给了他。

他十分震惊,却没有前往信州。毕竟他不再是谅一的辩护律师或代理人,无权决定任何事宜。而且说真的,他也不敢直面谅一的尸体。

事实上,这两名刑警隶属于长野县县公安局刑事犯罪部门搜查一科,而非上田市当地的U公安局。光凭这一点就足以表明谅一的死绝非单纯的意外。只是事实太过惊人,想不到死因居然是急性砷中毒,警方还从峰岸老人自酿的梅子酒中检测出了高浓度的亚砷酸!

衣田已经无法用言语来形容自己的感受。

不过,上述情报目前还属于机密事项,未被公开。从广义上来看,衣田也是相关人员之一,再加上他是律师,所以警方在希望他提供协助的同时还故意向他亮明了调查情况。当然,他们也没忘记叮嘱他务必保密。

他们离开之后,惊讶与疑问便占据了衣田的内心。

——想不到那一大缸梅子酒里被人下了亚砷酸!

——到底是谁干的?!

他翻来覆去地琢磨着,而最后脑海中总是浮现出同一个名字——峰岸暮叶。

"这是您家自酿的梅子酒?"

"是啊,梅子也是从院子里采来的。"

"是朱实太太酿的吗?"

"不,我姐那两口子只爱喝,喜欢酿梅子酒的是我父亲。他凡事总是要求做到最好,所以是用白兰地来酿,而不是常见的日本烧酒。您看,这缸梅子酒的颜色和一般的不太一样是吧?"

按之前的对话来看,暮叶明显知道谅一喜欢喝梅子酒。要不然就是除她以外还有人清楚这一点。

警方目前甚至无法判断谅一是死于自杀还是他杀。他们向衣田说明了现状,请他协助查案,指出谅一是否有自杀的动机,或者有谁对谅一抱有杀意。总之，任何意见都可以，希望他能够直言不讳。

其实谅一来自群马[1]县，家里有母亲、两个哥哥和一个妹妹，如今他们都住在老家。但自从入赘峰岸家之后，他与血亲们的往来就淡了。因此近期与他有过频繁接触的只有衣田。

"我个人不认为峰岸谅一先生会自杀。因为他身上完全没有相关的迹象。说到底，他才刚获得无罪判决，有什么理由选择轻生呢？"

那两名刑警也默默地点头，对衣田的观点表示赞同。

他们刚才已经给他递了名片，但他并不了解警察机构，所以无法判断他们在县公安局中到底处于何种地位，是身居要职还是无足轻重，也不确定自己有没有必要把他们当回事儿。然而，他还是老老实实地补充道："我完全猜不出有谁会恨他。二位想必也知道他在生意上有欠债，不过已经用遗产还清了。"

"嗯，这倒是。所以除了金钱纠纷，还有别的吗？比如和女人纠缠不清。鉴于峰岸谅一先生本人已经身亡，我们只能向您打听他的外遇对象是谁。当然，我们也明白律师有律师的立场和守则，可这是杀人案啊，还请您务必协助我们。"

那位粗野的中年刑警紧紧追问道。看来这才是他真正关注的问

---

1 群马（Gunma）位于日本关东平原西北部，是日本三大都市圈之一东京都市圈的组成部分，各种绿色自然资源与水资源丰富，农业也非常兴旺，还有以制造业为中心的各种工厂聚集，为全日本著名的加工业和先端产业发达的工业县。——译者注

题，而且擅自认为替谅一辩护的衣田肯定知道那个神秘女伴的真实身份。

但即使被如此犀利的眼神所瞪视着，衣田也只能如实交代自己对此一无所知。反正他总不可能说暮叶很可疑，也不打算这么说。

于是他若无其事地试探道："我想请教二位，梅子酒里的亚砷酸分析完了吗？结果怎么说？我之前读过和歌山'毒咖喱[1]'一案的裁判文书，这才得知鉴定技术有了新发展。比如同样是亚砷酸，依靠现在的技术便能测出它们是不是产自同一家工厂、使用同一种原料、属于同一生产批次，再由此去倒查凶手弄到药物的途径。"

警方肯定知道暮叶是药剂师，以前还在制药公司工作过，应该比一般人更容易得到这类药品。

"我们当然做过相关调查了。"

对方冷冷地答道，表情也几乎没有变化。

他们似乎只打算向协助者提供必要的情报，此外一概不予多谈，问完自己要问的情报后便匆匆回去了。

衣田开始思考。既然他们不怀疑暮叶，那八成是从她那里得到了确凿的不在场证据。然而，凶手没必要在谅一死亡当日往梅子酒里投毒，放火烧车或许也是挑了别的日子。且烧车可能不是为了掩盖自己

---

[1] "毒咖喱"案件指1998年7月25日，日本和歌山市发生的一起震撼全国的投毒案。当天正是和歌山市的夏日祭典，由于犯人在祭典中分发的咖喱里掺入了砒霜，导致4人死亡，63人急性中毒。——译者注

留下的痕迹，而是想扰乱搜查。

这时，初子开门进来，手里还端着一杯热茶。

"老公，你又在惦记峰岸谅一先生的案子了？别钻牛角尖啦，稍微换换心情嘛。"

知夫莫如妻。只需瞥一眼办公桌面，初子就明白衣田的工作进展状况了。

"不，我也没只盯着那桩案子。"

他装作不经意地否定了，但初子把茶碗递给他后，却依然站在原地，没有要离开的意思。

"可他好歹算你的熟人，现在他被人杀了啊。"

她大概也十分震惊，一脸严肃地嘀咕着。

"确实。"

"朱实太太去世的时候我很吃惊，不过我从第一次见到她起，就觉得她没什么存在感。谅一先生却不一样，生命力好像很旺盛……"

"是啊。"

"警察居然找你打听消息，看来对凶手的身份心里没底。"

"唉，谁知道呢。"

衣田依然语带敷衍地答道。

"你在担心什么呀？"

初子目不转睛地盯着他，但他丝毫不打算把妻子牵扯进来。

"你多心了。唉，我得赶快把工作都整理出来。"

第一章　案件的始末

他说到做到，立刻转向办公桌，看着眼前的一堆文件。

见丈夫如此表态，初子也不会死缠烂打，转身关门离开了。

衣田听着她的脚步声，等确定她已经走开后，便又一次靠在椅背上开动脑筋。

——如果暮叶是杀害谅一的凶手，那么最大的问题就是她的杀人动机不明。

当然，衣田可以就此做出一些假设。他常年处理家务案子，见证了太多人的内心世界。其中，人在争遗产时是最为阴险顽固的。俗话说"亲兄弟也要明算账"，遗产问题是手足之间最大的矛盾。嫉妒与恨意层层累积，经过时间的发酵，终于酿成了强烈的负面情感，即对近亲的憎恶。结果血脉相连的手足反而因为利益之争成为敌人。

谅一和暮叶之间存在男女之情，但在法律上更是兄妹关系。这一点不容忽视。即使两人一时之间坠入爱河，一旦涉及遗产问题，彼此的利益依然是相悖的。

如果谅一当初没有入赘峰岸家，那么暮叶就能继承父母的一半财产；而如今，她能分到的份额只有三分之一，再加上朱实也去世了，按照配偶优先继承的原则，峰岸家的大部分遗产都会落入谅一这个和他们毫无血缘关系的"外来者"手里。

在当事人因爱欲而不去计较利害得失时，局面倒还太平。然而，烂熟的果实迟早会开始腐臭，甜美而刺激的私情终究会化作痴男怨女间的纠葛，由爱生恨可不是什么稀罕事。就如同潮水退去之后，沙滩

119

上才会清楚地显现出丑陋的碎贝壳、海藻和小石子。届时两人之间又将变得怎样？

衣田继续思索着，有没有什么法子能够一边瞒着警方，一边调查暮叶的行动呢？而且还必须根据调查结果，认真考虑接下来该做些什么。

——不对……

这时，他终于意识到为何之前一直有一种不协调感，简直如鲠在喉。但就在这一瞬间，他脑中灵光一现，幡然醒悟——

——即使往梅子酒中下毒的人正是暮叶，放火烧了谅一的车并把他从楼梯平台上推下去的或许是别人！没错！就是这样！

想到此处，他不禁微微颤抖。

他的眼前仿佛出现了今村启太在少年时期那略带腼腆的笑容。幸好前几天接到启太的电话时，要了他的手机号码。

他当机立断地提起了电话听筒，摁下了那串数字。

"启太，你好啊。"

"嗯？是衣田叔叔吗？您好！请问有事找我吗？"

启太似乎很惊讶，但他对衣田的态度还是那么诚恳。衣田不禁心想，这孩子真的混"黑道"去了吗？

"倒也没什么要紧的。你在新闻里看到谅一先生去世的消息了吧？"

"嗯，看到了……"

启太的声音低了下去。

"启太,我有个问题想问问你。你应该不喝梅子酒吧?"

衣田直击核心。

他顾不上做拙劣的开场白或说明,反正知情人自然听得懂他的话,而要是对方对他的问题一头雾水,那么这场对话自然就到此为止。

然而,电话的那头一阵沉默。

过了一会,衣田才听到启太的答复,而且声音果不其然地带着微颤:"……我不喝梅子酒。"

"哦,不喝就好。不好意思啊,问你那么奇怪的问题。因为我正好有些在意的事。"

他迅速挂断了电话。

这下子,他可以确定,启太果然知道峰岸家的别墅里是什么状况。

总之,通过这通电话,他应该已经把自己的意思传达到位了。最重要的是,启太还平安地活着。万一他当时喝了毒酒,现在可真不知道会是怎样。

——现在只有我能保护这孩子。

他微微一笑,坚定了自己的想法。

Chapter Two

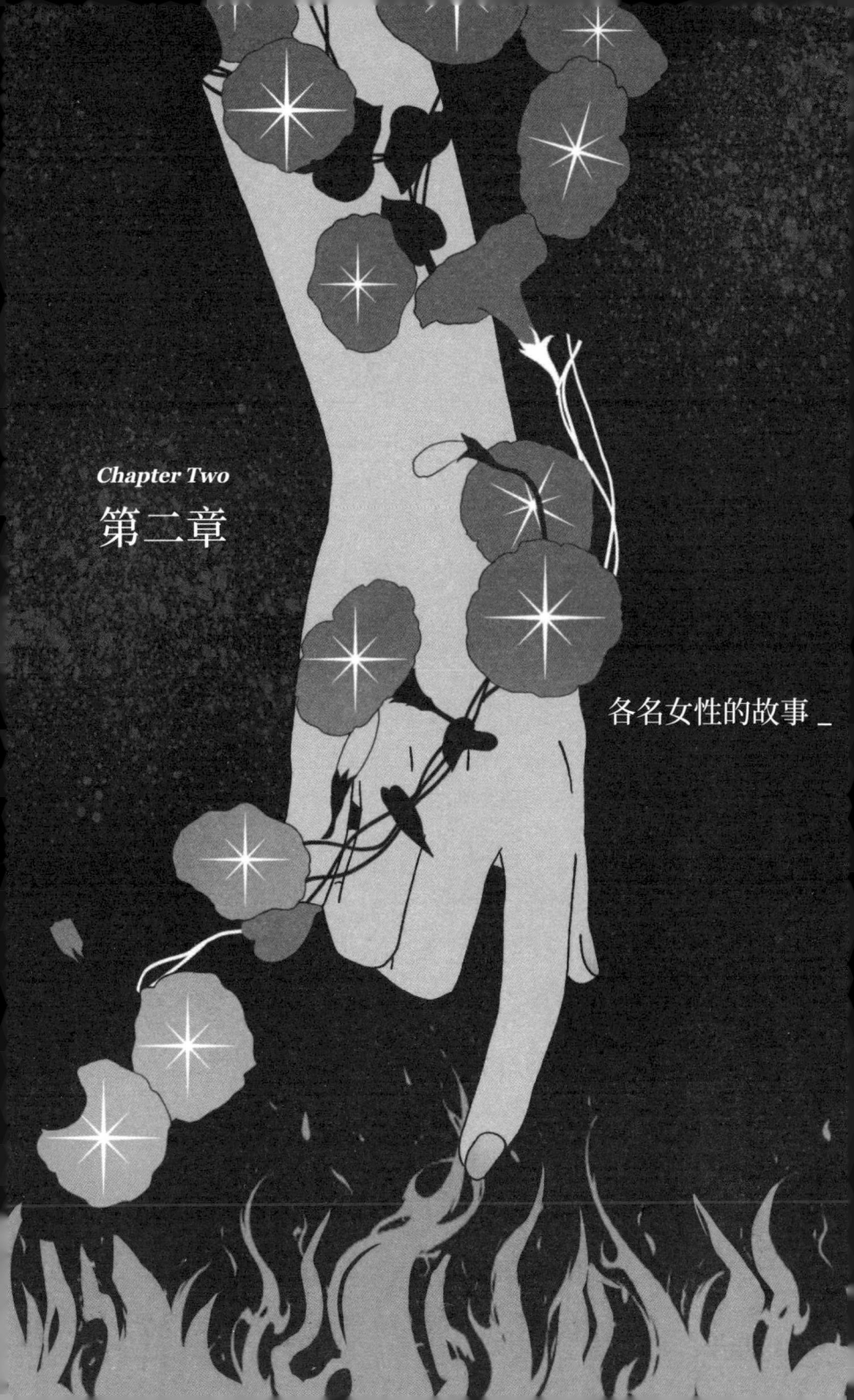

第二章

各名女性的故事 _

暮叶的故事

1

——我跟我爸妈一点都不像。

暮叶已经年过三十了,却还是对此深信不疑。其实她只是陷入了偏执而已。

爱钻牛角尖或许是人类的通病。就算不至于因此而对家人满腹怨怼,但至少她一直把自己看作峰岸家的"异类",无法融入其中。连她本人都不能否认这一点。

她有个年长三岁的姐姐,所以从她出生起,就注定了凡事都要被家人拿来和姐姐比较。虽说生养了姐妹的家庭皆是如此,她也无力改变,可问题是,父母总会站在姐姐朱实那一边,认为长女更加优秀。

"暮叶这孩子到底像谁呀?"

她的母亲悦子常把这句话挂在嘴边。

话虽委婉,不过言外之意即是,朱实像母亲一般白皙漂亮,而暮叶肤色黝黑，相貌也算不上精致。

事实上，朱实遗传了母亲一族（今村家）的长相，而暮叶则遗传了父亲一族的长相。只是悦子始终不肯承认这一点。她觉得既然女儿是自己怀胎所生，就该长得像自己才对，不可能像自己夫家的人。

暮叶可以肯定地说，自家父母的感情极为融洽。但她很早就察觉到，这并不意味着母亲深爱着丈夫。其实悦子虽不像暮叶那么泼辣，可也有自己的主张，称不上百依百顺。然而父亲岩雄很爱妻子，一直为她的美貌而深感自豪。他的父爱或许也因此而扭曲，对容貌酷似母亲的朱实爱屋及乌，却从不关心暮叶。

同时，岩雄对自己的母亲和妹妹抱有复杂的感情。他母亲拥有数学老师的教师资格证，比起孩子，更注重自己的工作和生活。而他的妹妹受到母亲的熏陶，依样当上了中学老师。大概正是出于对她们二人的不满，他才会要求悦子当主妇，以家庭为重，也更疼爱外表柔弱、性格温顺的朱实。只不过，他因为暮叶同样独立自主又长得不像悦子就疏远她，确实是不可理喻。

从小到大，朱实可以穿新裙子，暮叶却只能捡姐姐的旧衣服穿，哪怕不合身也没得选；姐妹俩犯了同样的错，也只有暮叶会挨骂……如此一来，对父母的反感之情（尤其是对父亲的）便成了暮叶成长过程中的精神支柱。时间久了，她自然养成了爱挖苦人的性格。

不过暮叶的整个少女时期并不是暗无天日的。她渐渐长大，进入幼儿园、学校，接触了广阔的外界，明白了家人对她的评价不等于世人对她的评价。朱实凡事都消极以待，而从不怯场的暮叶很快就交到了朋友，成绩单上的分数也很漂亮。总而言之，随着外部生活的比重增加，她越发强势。

反观朱实，她在家中的地位确实更高，然而一出门就意外没有存在感，暮叶则很受欢迎，不仅男生喜欢她，老师、学长学姐、住在附近的叔叔阿姨、商店的店员等都是她的拥护者。

再加上朱实从中学起就在女子学校念书，但暮叶一直上男女混合制的学校，很清楚如何与男性朋友相处，进入高中后，更是能居高临下地"俯视"着不谙世事的姐姐。

高考时，暮叶选择了药科大学。她没有做特别深入的考量，只不过觉得那个方向很适合自己。看到她的选择，父亲岩雄面露不悦，八成是想到了他那个当职业女性的母亲，可她已经决定念理科了，对文学类或者家政类的专业都敬谢不敏。母亲悦子倒是很支持她。但考虑到悦子当时已经患病，所以与其说她是为了女儿的未来着想，不如说是希望家里能有个从事医疗行业的人，好让自己安心吧。

总之，暮叶和学钢琴的朱实不同，她取得了药剂师资格，拥有了能够支持女性自立的实用利器。然而她也由此走上了既定的人生道路，真不知是幸运还是不幸。

她刚从大学毕业，就迎来了第一场婚姻。当时姐姐朱实还单身，父母不乐意让她这个小女儿先嫁出去，不过她才不跟姐姐客气。她的对象是比她高两届的大学学长，仪容清爽整洁，为人毫不造作，很讨人喜欢，还就职于一家大型制药企业。虽说他是家里的长子，但幸好老家远在佐贺县，她不需要住进夫家侍奉公婆，这也是他作为夫婿人选的一大优势。

她在另一家制药公司上班，薪水尚可，这让她底气十足。两人一咬牙租下了一处新建的公寓，像"过家家"一般开始了新婚生活，可是这段婚姻只维持了很短一阵子。原因也很简单——她发现自己怀孕了，却没跟丈夫商量便做了人流手术。

毕竟她的工作才刚刚步上正轨，不可能去生孩子、养孩子。只有女人需要因为怀孕而牺牲事业，这实在是蛮不讲理。而且她坚信"生育"这一行为本身就该由作为母体的女性来决定才对。

但丈夫并不认同她眼中的"常识"。

堕胎当天的晚上，她吃过晚饭，边品尝丈夫冲泡的咖啡，边蛮不在乎地说道："对了，我先跟你打声招呼，这阵子不能跟你过夫妻生活，因为我刚去医院把孩子流掉了。"

对方一下子说不出话来，惊讶地瞪圆了眼睛，愣了好一会儿才问道："你把孩子流掉了？！"

"是啊。"

"什么时候？！"

"今天下午，我请了带薪假。"

"在哪里做的手术？"

"公司附近的医院，那里有妇产科。"

"你怎么没跟我说一声？！"

"我不是说过不想生嘛。"

对方再次无言以对。

也难怪他如此吃惊。但是提前告诉丈夫的话，他肯定会叫她把孩子生下来。

漫长的沉默之后，他终于开口了："那不仅是你的孩子，也是我的。你就没有考虑过我的感受吗？"

说到最后，他的声音甚至忍不住带着颤抖。

"可孩子是我来生啊，和你又没关系。"

"怎么可能没关系？我是孩子的父亲，在你生孩子的时候，我也会尽全力支持你的。"

闻言，暮叶叹了一口气，心想着男人就是这么烦人。

"别开玩笑了！你能替我休产假照顾孩子吗？做得到吗？我才刚进公司，哪能请产假？！光是适应工作就很辛苦了，还要做家务，你觉得我还有这个闲工夫去生孩子？！"

其实这是谁都明白的道理，她的丈夫根本无法反驳，却依然不予接受，回击道："那好，我问你，你什么时候才有空生育呢？往后工作只会比现在更忙，肩上扛的责任越来越多，请假也会越来越难，还不如趁早把孩子生了，你不这么想吗？反正年轻的时候体力好，要是你真的觉得工作和家庭难以兼顾，暂时回归家庭也行啊。"

他很擅长冷静而有条理地阐述观点。

"别说傻话了！"

暮叶气疯了。她挑了今天做手术当然是因为明天是周六，她可以趁着休息日静养。但此刻她的小腹还相当不适，即使歇上两天，下周还是会身心俱疲、艰苦度日。

"什么叫'年轻的时候'？我什么时候说过想要孩子了？别擅自替我决定啊！"

"你不想要吗？"

"一点都不想！"

她的丈夫第三次无话可说。

她确实不打算要孩子，这是她的心声。然而她也是急于回嘴才这么说的。实际上她并不知道自己的心态在将来是否会发生变化，但也不想去预测。

"不想要孩子，那为什么结婚？"

丈夫小声嘀咕了一句，随后彻底陷入了沉默。这下子，两人之间的争执姑且告一段落，可一度闹僵的夫妻关系最终还是没能恢复如初。

一个月后，丈夫向她提出离婚。

尽管她对婚姻生活和丈夫都没有留恋，可感情上还是很难接受。她非常震惊，没想到丈夫认为不生孩子的婚姻是没有意义的。

"你想离婚就离，我无所谓。不过请付给我五百万日元的赔偿金。"

她打算大敲一笔。

说到底，她很清楚丈夫没有存款，根本付不起这笔钱，也没法靠父母。她的公公在老家当地的公司工作，是个工薪族。经济这么不景气，他随时可能被裁员。老两口平日里就公开说，他们能为暮叶夫妇做的只有自己养老，不给小两口添麻烦。

结果，他居然在一周后凑齐了五百万日元现金。当他把钱递给她时，她打从心底感到震惊。毕竟她原本正等着丈夫来苦苦哀求自己改变主意。更何况他也不太可能会轻易去找面向工薪族的高利贷借钱。他到底是如何筹到这笔钱的？

然而，暮叶直到最后都没有问出口，只是在心中感慨着：原来他这么想跟我离婚……

就这样，一年半的婚姻走到了终点。

两年之后，她再一次迈入了婚姻的殿堂。对方是她公司的销售人员，比她年长九岁，同样有过一段婚史。

这次，她没有举行婚礼。

第二任丈夫和前夫不同，"女人缘"相当好，光是在公司就和好几位女同事传过"绯闻"，但他为人识趣，和前妻也已育有一儿一女，所以不需要再生孩子。凡此种种，都与暮叶的需求相吻合。

为了维持良好的生活水准，他俩肯定要一起存钱。但这时就出现了一个十分现实的问题——他每个月都必须向前妻支付数额可观的抚养费。

"孩子真的很可爱，也确实会给父母带来巨大的快乐，不过那份快乐只是暂时的。孩子得从父母那里汲取养分才会茁壮成长。如此一来，人就不得不面临选择，是要把之后的人生都奉献给孩子呢，还是要继续保持自我呢？我最终决定做自己。就算别人批评我任性自私，我也全盘接受，绝不后悔。"

也许是第一段婚姻的败因起了反作用，暮叶被他这番话打动了。她觉得，自己说不定可以和这样的男人建立起洒脱的夫妻关系，互不约束。总之她不希望经历同样的失败。

然而，这段婚姻仅维系了一年零两个月就早早结束了。和上次不同的是，这次怀孕的不是暮叶，而是她丈夫的前妻。

和暮叶结婚后，他还是会每个月去一次前妻和儿女们居住的公寓，把抚养费交给他们。这是他和前妻在离婚时所做的约定。

她曾怀疑过每个月三十万日元的抚养费是不是太高了，但丈夫解释说，当初要是不答应前妻的一切要求，他就离不成婚。这下子她也只好接受现状。

更过分的是，有时他架不住孩子们的央求，甚至让他们住进自己家来。好在她不是那种心胸狭窄的女性，不会对丈夫和前妻保持交流一事诸多挑剔，更不会把父亲从孩子们手里夺走。所以每到这种日子，暮叶便会把家里让出来，和亲密的女性友人或知心的蓝颜知己一起出去吃饭喝酒，其中还包括她短暂交往过的男友，不过他们早已变

131

成了熟不拘礼的朋友，不必心虚避嫌。总之，如此成熟的夫妇相处模式，是她在上一段婚姻中根本无法想象的。

可是，在得知丈夫前妻怀上第三个孩子时，她的自负便直接灰飞烟灭了。她只能接受这个严肃的事实。

虽说世上没有后悔药，不过丈夫出轨的对象若不是前妻，而是公司里的女同事，她应该也不至于愤怒到这个地步。因为这个男人不会为自己搞大了女人的肚子就乱了方寸，以怀孕"逼婚"反而是他最讨厌的手段。问题的重点在于，他已经有了新的妻子，却又被自己一度抛弃的前妻所吸引。

"出了这种事，我真的对不起你。"

他向暮叶鞠躬谢罪，可暮叶提出离婚时，他却既没有挽留，也没有坚决反对。看来由妻子主动开口提离婚，对他来说绝对是再理想不过了。更何况他一丁点儿都不想让前妻堕胎。

这次，她同样要求了高额的赔偿金，总额高达一千万日元。毕竟是对方无情无义在先，这笔赔偿并不过分，然而对方不愿爽快地答应，还找了律师做代理人，跟她交涉讲价。

回头想想，他一开始就把钱看得很紧。包括那每月三十万日元的抚养费，是否真的交到前妻手里都是未知数。只是她察觉得太迟了。

经协商，赔偿金最终定在了五百万日元。听说实际支付律师费用并掏出这笔钱的是丈夫前妻的父母。女儿如此愚蠢，想必父母也会叹息不已吧。

其实，暮叶起初并没有爽快地让步，还去了律师协会做法律咨询。接待她的是一位年轻的男性律师，态度轻率，总是高声说话。

对方告诉她说，即使闹上法庭，也未必拿得到五百万日元。拜他所赐，她明白世上还有很多女性只能忍气吞声，接受更加过分的条件。但她也不会因此就认同现实。她不明白为什么律师不站在她那一边，明明她才是无辜的受害者。

离婚时，她的丈夫是"净身出户"的。反正他们夫妻在金钱方面本就各管各的，住的公寓又是租来的，所以他只需留下那些带不走的家具、电器，直接走人。由于家具都是按照房型来布置的，再加上她很中意这套公寓，所以并不想离开这里；然而一个人承担此处的房租终究有些吃力，结果她还是无奈地搬了家。

总之，她重新恢复了单身，然而悲剧并未就此打住。她和第二任丈夫在同一家公司工作，离婚的后续影响大得离谱。

错的分明就是男方，可公司对男人就是更加宽容，再加上对方是销售干将，结果遭到指责的反而是暮叶。不仅如此，她是在他和前妻离婚之后才与他交往的，却不知为何有谣言说是她介入他人婚姻，抢了别人丈夫。简直岂有此理！

即使辞职，她也咽不下这口气，于是再次前往律师协会咨询。这次是一位穿着土气的西装的女律师接待了她，态度相当冷淡，而且同样没有作出让她满意的回答。

"如果公司强行辞退你，倒是还有为自己争取权益的余地，可他们只是劝你辞职,你也接受了他们开给你的补偿条件,当然没法回头去告他们。"

律师的语气中不带一丝感情,只顾着一一把要点罗列出来。这两次经历让暮叶对当律师的人产生了强烈的厌恶感。

公司给她介绍了一家大型连锁药店的职位,以此为条件希望她主动辞职。她虽然气愤了好一阵子,到头来还是去那里入职了。她的"新东家"旗下店铺众多,还能准时下班,冷静想来确实是个不错的去处。其实就算没有出现婚变丑闻,她也没有自信能一直在原来的公司干到退休。

这是暮叶在二十八岁时所经历的往事。

"单身和已婚、已婚和离婚一次之间确实都存在'质的区别',但离婚一次和离婚两次之间的鸿沟才是无法逾越的。"

事到如今,她才切身体会到了由纪子话里的意思。

由纪子是她高中时代结识的友人,而在她第二次离婚之后,两人才开始频繁往来。由此,她看清了自己所处的社会环境。

暮叶有一个由六名女性朋友所组成的"姐妹团",在大学毕业后的两三年间还经常聚会,但在暮叶结婚后,又陆陆续续有四人成了家。其中两人很快生了孩子,剩下的两人则是夫妻争吵不断。不知不觉间,姐妹们便分化成了始终单身、已婚、离婚三类。

她们的感情还是比较融洽的,偶尔也会聚一聚。可是由于大家

"身份"不同,能外出见朋友的时间段和能自由支配的金钱也各异,更主要的是,她们已经聊不到一块儿去了。已婚的几位总会说孩子、丈夫和婆婆的话题,而这在暮叶眼里纯粹属于另一类人种。

实际上,能够理解她的,只有同样离过两次婚的由纪子。

"暮叶啊,我真羡慕你,每次离婚都能拿到五百万,也算是'失小得大'了,或者该叫'情场失意,存款得意'?就算离婚两次,照样不亏。我那两个前夫可差远了。"

由纪子嘴上说着玩笑话,但真正让她难过的并不是金钱上的损失。

离婚两次的女人总是受到各种有形和无形的责难。就连亲生父母也不会理解和支持她们。他们只在乎自己的面子,却不肯相信女儿是受害者或出于无奈。因此由纪子也明白,像她们这样的女人早已被社会打上了"次品"的烙印。

可是,暮叶并不后悔。正因为和过去的男人分手,才可以遇到下一个男人。她才不想像姐姐朱实那样一辈子都郑重其事地守着同一个男人,把自己的人生过得如同山间小溪般清澈见底,一眼看得到头。

但按说会平凡、安稳且知足地度过一生的姐姐,最后却意外死在了严寒刺骨的水底……暮叶不禁感慨人生无常。

她不认为姐姐是故意不要孩子的。之所以膝下无子,只可能是因为生不出来。而姐夫又对婚姻不忠。可姐姐直到生命的最后一刻肯定仍觉得自己这辈子过得远比妹妹正经。

对此，暮叶不得不认定，把姐姐的人生搅得一团糟的元凶，正是她与谅一的婚姻。

2

暮叶回到家后，先换上了一身居家服，接着却没有打开电视或电脑，而是窝进沙发里，双脚搁在垫脚凳上，全神贯注地思考了起来。她虽本就没有读报的习惯，不过眼下居然连区区两三封信件都懒得去拆，直接把它们扔在桌上了事。换作平时，她可绝不会这么干。

——姐姐是自杀的吗？

现在姐夫谅一也死了，死因也已被警方查清，但这份疑惑在暮叶心里一天比一天强烈，连一刻都不曾停止。

这阵子别说找朋友们小聚了，她甚至没心思和阿勋享受鱼水之欢。

阿勋是她的同事，比她小八岁，他们交往差不多一年了，关系一直很稳定，换言之，两人不会过分亲昵痴缠。她觉得，反正对方绝对不止她一个女友，不妨给他制造一些找别人享乐的机会，便照实对他说最近自己情绪不好，不想行男女之事。这或许就是三十多岁的成熟女性的智慧。

于是今天下班后，她与阿勋一起去了小酒馆吃饭，随后独自回了家。

她的父亲、姐姐、姐夫相继去世，他们死亡的理由众说纷纭，但真相依然成谜。不过退一步说，警方在峰岸老人和朱实死后，姑且对事件性质和凶手身份做出了结论，比如：在资金方面走投无路的谅一找岳父借钱救急遭拒，出于泄愤而放火烧毁了他的房子；而峰岸老人在离开别墅时忘了关上水龙头，导致朱实不幸意外身亡……先不论事实是否如他们所推测，反正总归是个说法。

真正令她心生疑窦的是纵火嫌疑人谅一居然有不在场证明，且该证明涉及一名身份不明的女性。

她对姐夫在外面有女人一事并不意外。反正欺骗妻子对他而言肯定是家常便饭。

在她第二次离婚之后，谅一就立刻瞒着朱实约她吃饭。她没有严词拒绝，想来果然是因为当时的她正陷于自暴自弃的情绪之中。

他们在一家高级餐厅用了晚餐，饭后还一起去了酒吧。不过在自制力的作用之下，她没有做出越轨的事。这也是理所当然的，如果被这种男人乘虚而入，她那两次婚可就白离了。

和谅一一起去"花鸟月"过夜的女人到底是谁？居然能让他不惜蒙冤也要隐瞒不在场证明，只为守住和情妇之间的秘密。而这其中定有解开谜团的关键。

世人似乎认为他是在顾虑妻子朱实。诚然，他是峰岸家的入赘女婿，肯定害怕因出轨曝光而落得离婚的下场。但事实真的如此吗？

光看外表，朱实很容易被人认为是一名贤淑文静的女性，可实际上她绝不傻。暮叶非常清楚，姐姐早就怀疑谅一了，很可能已经在暗中调查他的行动，并且得知了他的情妇到底是谁，这才选择了一条不归路。

而随着谅一的离奇死亡，暮叶那细如针尖的微小怀疑终于化为了确信——有人在父亲生前亲手酿造的梅子酒中投下了亚砷酸，谅一喝下了它，结果死于急性砷中毒。

——这样看来，姐姐果然是自杀。她想办法布下了复仇的陷阱，随后在充满回忆的别墅中结束了自己的生命。无论警方和媒体是怎么看的，这必然是唯一的真相。

暮叶脑中一片明晰，可身体却怠惰得很。

她慢吞吞地站起身来，想去冰箱里拿一罐冰镇啤酒。

谅一的死讯已经通过新闻节目传遍了全日本，不知内情的外人首先就会怀疑到她头上。她对此心里有数，却也无可奈何。

毕竟她的家人一个接一个地丧命，且死亡方式都不寻常。同时，一些带有娱乐性质的综合新闻甚至大肆报道峰岸老人实际上是个资产家。有钱人遭到谋杀本就容易引发世人的热议，再加上大众对高额财产继承人的嫉妒之心，自然会用怀疑的眼光去看待她这个峰岸家唯一的幸存者。此外，她又碰巧是个药剂师，难免招致不必要的臆测……综上种种，她的尴尬处境在某种意义上来说也是必然的。

不过，警方并不愚蠢，基于多项理由，似乎早就把她排除在嫌疑人之外了。其中最主要的原因便是在谅一的预估死亡时间段内（即五月十日到五月十一日），她不可能去信州的别墅。

五月九日（周日）到五月十二日（周三）期间，她和同事们一起去中国台湾旅游了，一直到十二日晚上八点过后才抵达羽田机场。随后，阿勋陪她回到她的公寓，两人共度良宵，第二天一起去公司上班。往梅子酒里投毒确实不必等到案发当日，但考虑到谅一开去别墅的车也被烧了，她的不在场证明几乎是完美的。

至于亚砷酸的获取途径，警方已经通过专业的技术查到了线索。暮叶就职的药店里不销售亚砷酸，而且药剂师也未必能够轻易获得毒药。更重要的是，现在的科学侦察技术有能力查出同一种化学药品的不同出处。只要掌握了药品的流出渠道，就能轻易追踪到投毒者。

她从曾有过一面之缘的U公安局刑警口中问出了鉴定结果。原来那缸梅子酒中的亚砷酸是颇有年代的旧产品，而且还是经过加工的复合制剂。虽然他们不肯透露更多情报，但这无疑是让她洗脱嫌疑的另一项要因。

其实她的幸运还不仅限于此。在峰岸老人被害一案中，她作为遗产继承人之一，无疑是警方的调查对象之一。可她那天也正好有不在场证明。案发当时（即去年的七月四日至七月五日），她在自己的公寓中举办派对，客人们又唱又闹，吵吵嚷嚷的，邻居们都可以作证。

六名友人参加了她的派对，阿勋便是其中之一。当暮叶接到父亲家着火的联络后，阿勋陪着她一起火速赶往现场。警方疑心再重，也只得认可这一事实。换作是那些老老实实独自在家的女性，可提供不了这些证明。她深深感慨自己的运气真是太好了。

而且她也不觉得自己对父亲和姐姐的死表现得过于冷淡。事实上，她深受打击，但仍以自己的方式接受了事实，并打心底里为他们的不幸而哀悼。尤其是姐姐朱实。她们姐妹俩并不亲密，可亡姐的身影却总在她脑海中挥之不去。

——莫非姐姐的灵魂至今还飘荡在这世上，想要把自己死亡的真相传达给我？

她是个理性的人。想到此处，便不禁用力地摇了摇头，试图止住这不符合她性格的妄想。

暮叶最终还是没见到谅一，所以不知道他到底如何看待妻子死于溺水一事。

说实话，在姐夫获得无罪判决之后，她是有机会与他交谈的。可她性子火暴，出于赌气的心态而浪费了这难得的机会。

还记得第二次审判结束的那天晚上，她收到了谅一的电话。

"喂？暮叶吗？我是谅一。这几个月让你操心了，不好意思。我现在平安无事，总算是离开看守所了，那里简直跟'地狱'似的。"

他的声音中透着喜悦，甚至可以说是喜不自胜。

"恭喜你呀，这段日子真是够熬人的。"

"是啊，简直太惨了。"

电话那头传来了夸张的叹息声。

"我在电视上看到记者招待会了，你倒挺精神的，我本以为会更憔悴一些呢。"

她粗粗浏览了一下新闻，只觉得那是一场严肃的记者会，谅一全程摆着一副正经面孔，那个姓衣田的律师坐在他身边，轻声回答着记者提问，气氛肃穆冷清极了，简直让人想插嘴质问这是不是事故现场的直播。

不过，无论谅一看起来多么正直，都骗不过她。

"确实，看守所里没酒没烟，还要早睡早起，我都瘦成自己理想的体型了。话说回来，你怎么样？身体还好吗？一个人过日子很辛苦吧？"

"是有点累，不过我整体还好，反正你也知道我是个乐天派嘛。"

"没这回事。我的案子给朱实添了很大麻烦，也影响到你了。"

他的腔调听起来颇为古怪。

暮叶无法否定，在姐夫被判无罪的时候，自己确实松了一口气。这并不是因为她信得过他（尽管她确实不认为谅一会杀死岳父），而是出于对现实的考量。毕竟没人希望家里出个杀人犯；再者就是，这下子总算有人能接手朱实的身后事了。

其实朱实的葬礼也是秘密进行的，只有近亲们前来送别，遗骨目前还存放在家里。既然谅一已经回归社会，就必须负起责任，好好把她的遗骨收纳到骨灰盒中。

这时，谅一又重新换上了轻快的口吻，提议道："对了，明天晚上能一起吃个饭吗？虽然现在提这个可能有点太早了，不过我想跟你见一面。"

"明天？明天不行呢，我已经约了别人了。"

这话不假，她明天不和阿勋约会，但要与一些略有交情的男性朋友们喝一杯。

"能想办法调整时间吗？我找你有点急事。"

"我已经约了别人了，你没听见吗？不行就是不行。倒是你啊，才刚出狱，到底有什么事这么着急？不如先好好休息一天吧？"

她冷淡地拒绝了。

"什么叫'出狱'？看守所又不是监狱，你怎么说话的？"

谅一一下子生气了，不过似乎很快调整了情绪，把话继续说了下去，语气相当殷勤：

"唉，也是。待在看守所里和坐牢也没多大区别。说实话，我想找你谈谈遗产问题。事情确实挺急的。岳父去世都将近十个月了吧？遗产税的申报期限快到了。我被羁押的那阵子也很担心这个问题。而且光是准备官司就够呛了，结果连朱实都不在了……"

暮叶同样清楚遗产税的申报期限是十个月。

"你这属于特殊情况，迟迟不申报也是迫不得已，税务局应该能理解吧？"

"他们才不会考虑这么多，只要不是出了翻天覆地的大事，银行和税务局根本不会等人。就算晚报一天，都得按规定交罚金。如今除了岳父，还有朱实的遗产要算。我们俩得以最快速度定下遗产分割协议。"

暮叶对谅一的态度非常反感，心想着他才刚恢复无罪之身，就句句不离遗产，整个人都钻在钱眼里！

于是，她带着一丝恶意，说道："就算如此，也不至于急成这样吧？反正继承人只有我们两个人。我听说，只要按法定的份额申报遗产税就没问题了，所以不用赶着定下遗产分割协议，改天花点时间细聊吧。"

父母把朱实当成千金小姐，养在深闺，不过暮叶则不一样。她是个独立自主的成年人，具备相应的法律和税务知识。

听到她的回答，谅一似乎慌了神，不禁拔高了音量，罕见地粗声道："别开玩笑了！什么改天细聊？！"

他居然无法保持从容，这让暮叶十分惊讶。看来他要不就是由于某些原因被逼急了，要不就是在看守所里待得太久，连性格都变了。

不知他是否看透了她的想法，怒气冲冲地继续说了下去："这九个月来，你依然活得很自在吧？但我今天才刚离开看守所，口袋里半毛钱都没有，要是不快点跟你确定如何分割遗产，就连银行存款都拿不出来，你让我上哪去找活路？"

"你只是拿不了爸爸和姐姐的存款吧？目前的生活费可以靠你自己的存款解决。"

暮叶回击道，然而对方的嗓门反而更大了："我跟你客客气气的，你就别这么摆架子了行吗？我天天忙着给公司筹钱，哪来的存款？才不像某些人那样，靠离婚刮走一大笔赔偿金。而且我还得付律师费！"

"律师费？其实你是急着还债吧？"

她生性吃软不吃硬，直接回嘴道："你欠债欠得头都抬不起来，正好顽固的岳父和日子过腻了的老婆都死了，于是急着想把现金拿到手，是吗？那我话先说在前面，我才不想一下子就把父母辛辛苦苦存下来的钱交给别人呢，别指望我会在财产分割协议书上签字。"

"那么，土地、房子还有股票就先放着不动？不然你也拿不到遗产。"

"我无所谓啊，我又不会盯着父母和姐姐的遗产，现在的日子已经让我很满意了。你要是有意见，就来告我呗？不过我听说遗产分割官司说不定会打上个五年、十年的。"

"可你知道吗？就算不把遗产分了，照样要每年交税、交管理费。你以为固定资产税很便宜吗？不拿遗产光付钱也太蠢了！"

"是啊，我就是蠢。所以没法理解，你怎么能连我姐的骨灰都不处理好就急着分遗产？"

现在她已经完全是在和对方斗气了。

"那是两码事，我几时说过不管朱实的骨灰了？没说过吧？"

"你确实没说过不管，其实你连想都没想过要管吧？"

她其实并不执着于姐姐的遗骨，甚至觉得这些红事白事没什么意义,却仍把话说出了口。

闻言,谅一忽然沉默了下来,只能听到他剧烈的呼吸声。

暮叶知道,即使他接下来妥协了,也肯定是出于算计而非诚心意识到错误。毕竟继续惹恼自己可不是上策。

终于,他重新开口了,语气也恢复了一贯的平稳:"抱歉,你说得对,是我太不周到了,把做事的顺序给弄反了。我应该先把朱实的骨灰安顿好。现在离她的'断七'法事还有一段日子,我们一起操办吧。当然也要看寺庙的档期,但还是趁早定下来吧。你什么时候方便谈谈?"

他的谄媚把暮叶弄得好一阵恶心,她已经忍无可忍。

"要操办你就自己去操办!我绝对不想和害死我姐的人一起给她上香!你知道她临死时抱着怎样的心情吗?行啊,我就把话敞开说了,其实我根本不认为她的死是意外!"

她原本不打算在电话里提这些,结果还是不小心说了真心话。

当然,对方没有回话。

她直接挂断了电话,不再理会哑口无言的姐夫。

没过多久,谅一就因为喝下了掺有亚砷酸的梅子酒而死于急性砷中毒。

暮叶得知这一消息后大为震惊,同时也更坚定了自己的想法——姐姐果然是自杀的,而且还毒杀了丈夫。

尽管这一推论骇人听闻，可它无疑是事实。

她有生以来第一次因为恐惧而浑身发抖。

她生性自由，不受常理束缚，对朱实那纤细的躯体内所隐藏的情感没有半点共鸣。不过事后回想，在三月一日晚上，也就是朱实去别墅之前，曾给她打过电话。那其实是姐姐对妹妹的诀别。

"暮叶，是我……你最近还好吗？"

"姐？我还行，就和平时一样呀，日子照常过呗。你呢？"

听到姐姐的声音，她还来不及高兴，便已觉得纳闷儿。因为朱实也和父母一样责怪她离了两次婚。她记得姐姐在批评她时一反常态，措辞激烈，连母亲听了都觉得诧异。

朱实一直为自己能继承峰岸家而自豪。她真正害怕的，或许不是外界对峰岸家的闲言碎语，而是离婚回娘家的妹妹会对她和谅一造成威胁。虽然暮叶恢复单身后依旧独立生活在外，不过她觉得姐姐那时确实存在私心，并不欢迎自己回家。

她们姐妹二人隔着电话随便聊了一会，朱实突然说道："对了，我明天要去信州的别墅，先跟你说一声。"

她的语气非常随意，暮叶却下意识地反问道："明天？和谁一起去啊？"

毕竟谅一的第二次公审就快开始了，连暮叶都关心审判结果，更别提朱实有多么在意了。她似乎每周都去旁听其他案件的公开审判，还和律师频频商量，按说不会挑这时候出门玩乐。

第二章　各名女性的故事

"当然是自己一个人去。三月三日是我和谅一的结婚纪念日，每年我们都会两个人一起去别墅过。所以今年我还是想把这个约定延续下去。"

"你一个人去那么偏僻的地方真的没问题吗？而且姐夫不在，都没人开车送你过去。"

"那也没办法啊，我坐新干线就好。"

她好像已经看开了。

——有必要做到这种地步吗？！

暮叶话到嘴边，却又硬生生地咽了下去。

她觉得，如果姐姐是想独自前往充满回忆的别墅整理情绪，也未尝不是一件好事。但她没想到，其实朱实在那时候已经决心赴死了。

事发后，警方判断朱实的死是由一系列意外相叠加所造成的悲剧，但暮叶无法接受该见解。理由之一即在于，她们的父亲是个谨慎到有些神经质的人，绝对不可能在离开别墅时忘记关上水龙头。

而第二个理由则是朱实的行为本身。她的性格和行事作风都像极了父亲，怎么会整整一天都不到地下二层看一眼？就暮叶所知，一旦时隔几个月再去别墅，姐姐必定会先把上上下下都检查并打扫个遍，再处理其他的事。即使水溢出来了，她也肯定会在事态无可挽回之前发现问题。

在她眼里，姐姐不是那种遭到背叛还忍气吞声、静静离去的女人。

147

这下子，她不得不认定，朱实亲自拧开了水龙头，等着整个地下二层被水灌满。其间，她还前往厨房一角，默默地做好了能将谅一引入黄泉路的准备，随后搭乘电梯下楼自杀……

她的决心就如水般沉静。暮叶明知她性格如此，却还是下意识地小看了她。

当然，暮叶不认为姐姐能轻易地弄到毒药。由于和歌山的"毒咖喱"案件，含有亚砷酸的白蚁除灭剂的确"名声大噪"，但如今市售的除灭剂已经不含这种成分了。而那缸梅子酒中的亚砷酸是旧产品，考虑到谅一曾在大型化学品制造企业工作，朱实手里确实可能备有一些陈旧的毒药。

说白了，既然朱实下了毒，那么她应该已经预料到谅一早晚会洗清冤情，恢复自由。换言之，她八成早就看透了他实际上拥有完美的不在场证明。

再者，她必须把毒下在那缸梅子酒中才行。因为那是父亲不惜成本地使用高级白兰地精心酿制而成，其品质远超市售产品，谅一十分爱喝。只要看到厨房里有，他便必定会倒上一杯尝尝。暮叶如今深切地体会到了姐姐那深沉的心思。

此外，还有一项理由支持着暮叶的想法——朱实曾经问过她，为何要拒绝如此美酒。其实她受不了梅子酒的甜腻，压根儿不会去碰。而且她是个彻头彻尾的都市女郎，迷恋霓虹绚烂的街道，极少去信州深山里的别墅。

所以，尽管朱实去意已决，却还是绝不希望把妹妹卷入到自己的复仇中，所以选择在别墅里的梅子酒中投毒……

想到这里，暮叶缓缓地摇了摇头，否认了这一假设，转而认为姐姐并非念及手足之情，只是为了确保计划不受干扰才出此下策。她的目标就是杀死谅一。

结果，一切都如她所料，谅一当真在她死后殒命，仿佛追随亡妻而去。而她或许就在奈何桥的另一头等待着丈夫的到来。

但是谅一的情妇却侥幸躲过一劫。

那个女人实在太神秘了。就连警方都查不出她的身份。

然而，暮叶已经完全认定，对方正是今村启治的遗孀——今村佳苗。

3

启治是暮叶的舅舅，他为人诚实温和，却又优柔寡断，有些窝囊。他究竟死于自杀还是事故至今没有定论，但暮叶却坚信他是由于精神压力与经济压力过大而自寻短见的。

她的母亲悦子只有启治这么一个弟弟，盲目地溺爱着他。她认为，他在悦子心里的地位甚至超越了丈夫和女儿们。他那白皙忧郁的样貌气质、爽朗沉稳的行事风格或许激起了悦子的母性本能，一直以来都对他照顾有加。

不知是否出于报恩之心，启治也非常疼爱朱实和暮叶这两个外甥女，尤其是暮叶。想来，暮叶的外公外婆思想传统，把第一个孙辈看得最重，而她的父母也偏爱长女朱实，那么至少他这个当舅舅的应该多关心一下暮叶，以弥补她成长中的缺憾。

暮叶明白这是舅舅关爱她的理由之一，但她也认为，她的外貌和性格本就更讨舅舅喜欢。

在她念小学低年级时，启治曾预言说，她长大后绝对会很受欢迎。虽然他没有明确指出她将比朱实更有异性缘，不过她也对此心照不宣。

回忆过去，第一次带她去迪士尼乐园玩的人、第一次带她去吃烤肉的人、第一次送她项坠的人都是舅舅启治，而非她的双亲。由于她父亲岩雄当时还在公司工作，休息日几乎都不在家，而每逢有人请客吃饭或召开琴童表演会时，母亲悦子也大多只带朱实一个人去。这种时候，启治怕她觉得寂寞，总是费尽心思逗她开心。直到现在，他仍是她心目中最理想的那类男性。

而自打他与久子结婚起，人生便不断经历挫折。

悦子哀叹了无数次，为弟弟偏偏娶了那样的女人感到遗憾。

在暮叶的记忆中，久子是个朴素稳重的女性。尽管在别人看来，她不一定能给丈夫带来快乐，但至少可以好好地操持家庭，让丈夫安心。

然而，在他们的儿子启太刚进入小学后不久，久子就被诊断出患有精神分裂症。而且她似乎从很久以前就开始出现症状。比如她会在启治下班回家时，跑去厨房，默默地用尽全力剁菜。明明幼子就在她身边哭泣，她也置若罔闻，只管把切得稀碎的蔬菜堆满水槽，直到水槽装不下而掉到地上。又比如她平时虽沉默寡言，却常给邻居或外出见面的对象造成莫名其妙的麻烦，总之异状不断。

即便如此，启治依然不愿求助于精神科医生。暮叶试着站在他的角度分析，认为这不仅是因为他缺乏危机意识，更是由于害怕父母、姐姐及周遭人士逼他离婚。对此，她不禁深感愤慨。

人各有命，患病与否不是人自己能决定的。就她所知范围内，久子的娘家并没有精神分裂症患者。如果生病都得归咎于患者本人或其家属，那么悦子患上糖尿病不也只能说是活该吗？因此，她对弟媳的责难简直毫不讲理。

可是，在久子频繁住院后，悦子果然开始接连向启治施压："你还想拖到什么时候？我和你姐夫当然不会看不起弟妹，可启太不能没人照顾呀。我又没法代替她的母亲，你必须趁早离婚，重新找个好姑娘。"

她深爱着弟弟，所以相当偏执。

"姐，我绝对不会离婚的。久子的病属于不可抗力，就像交通事故一样。"

启治进行了反抗，不过被迫离婚的压力还是对他疲惫的身心造成了进一步打击。

启治的母亲（即暮叶的外婆）当时忙于照料生病的丈夫，无暇顾及儿子儿媳，启治只得时不时地把年幼的启太托付给峰岸家照料。为了回报舅舅对自己的关爱，暮叶总是善待启太，陪他玩游戏，给他吃点心。启太也很亲近她这个小表姐，让她真心疼爱。

那阵子，启太幼小的心灵其实已经察觉到母亲患了重病，而周围的人都在疏远她。他为此承担着沉重的压力。在整个峰岸家，只有暮叶一个人能够理解他的痛苦。因此即使他后来走上了歧路，深受悦子夫妇嫌弃，也仍对暮叶敞开心扉。

启太上中学那阵子，总问暮叶讨零用钱，说是父母怕他偷偷买烟买酒，所以断了他的零花。于是暮叶给了他五万日元。虽说抽烟喝酒一旦被学校发现，将受到停学处分，但父母怎能因此就不给孩子钱用呢？这简直就是变相叫孩子去敲诈勒索。

不过她姑且还是教育了一下表弟，对他说："喝酒随便你，烟还是别抽了。那东西对人百害无一利，一旦上瘾就很难戒掉，可难受了。"

"谢谢！"

启太的笑容就跟小时候一样天真无邪。

最后，他没能念完高中，而暮叶则不停地结婚、离婚，自顾不暇，两人很少有机会见面。当他和黑道扯上关系之后，为避免给暮叶增添麻烦，更是刻意和她保持距离，因此她始终认为他不是个坏孩子，还是会替人着想的，直到他彻底脱离了正道……

第二章　各名女性的故事

想到这里，暮叶就觉得心脏仿佛被勒紧了一般痛苦。

为了缓解郁闷，她深吸一口气，挪了挪腰，换了个舒服的坐姿重新坐好。

连日来，还有另一个问题始终困扰着她，在她的脑海中掀起了滔天巨浪。她冥思苦想却仍找不到答案。

她深深靠在沙发靠背上，轻轻闭上眼睛，在心中反刍着那个问题。

——莫非，启太想杀了我吗？

在启太念小学二年级的那个秋天，暮叶第一次见到今村佳苗。

当时她是个大学生，而佳苗则刚和混黑道的前夫离婚。

其实佳苗已经和启治同居了，不过两人尚未登记结婚。她带着一个和启太同岁的女儿，名叫美土里，启治似乎想正式把那孩子收为养女。暮叶至今仍清楚地记得，整个家族都因为佳苗而展开了激烈的争论。

经过多次治疗，久子的病况依然不见好转。启治大概忍耐到了极限，便照着姐姐悦子之前劝他的那样，将离婚的决定告知了久子的双亲，接着办完手续，送她回了娘家，为自己不幸的婚姻生活画上了休止符。

悦子控制欲强，喜欢凡事都尽在自己的掌握中。事实上，早在弟弟决定离婚时，她便已四处张罗着给他物色再婚对象。

153

启治离婚一个月后的某天,她照例带着相亲"任务"去找弟弟。

或许是为了避免姐姐自说自话地提起再婚的话题,启治抢先一步,慢悠悠地对她说道:"姐,我想让你见个人。"

看来他已经有打算再婚的女性了,这让悦子十分震惊,但她还是稳住了情绪,故作淡定地问道:"哎呀,你什么时候找到对象了?"

"对方也是再婚,带着一个女儿,和启太一样大。"

启治的回答完全出乎她的意料,她心生动摇,一下子变了脸色。

"她的原配丈夫去世了吗?"

"没有。"

"是离婚的?"

"嗯。"

"你们在哪认识的?"

她的脸色明显越来越难看,启治的声音也随之越来越轻。

"在启太的游泳课上。我希望他能认识一些校外的朋友,所以今年开始带他去上游泳兴趣班了。我和她每周日都会在课上碰面,又都有孩子,结果很自然地熟悉了起来,有时候还一起出去喝茶,天南海北各种话题都能聊。"

"那么,她做什么工作?"

"她是家庭主妇,没有工作。"

"离婚是最近的事?"

"嗯,差不多吧。"

第二章　各名女性的故事

启治回答得有些含糊。

"难道她是因为你才离婚的？！"

悦子一下子拔尖了嗓子，启治则一言不发。

"不会吧？真的是因为你？！"

悦子又问了一次，可依然没有得到回答。

这明显就是默认，要是悦子误解了也不能怪她。

"我绝不同意你和这种女人再婚！"

她的尖叫声响彻了整间客厅。这是她的"绝招"，具有惊人的威慑力。一旦用上这一招，任何事便都会如她所愿。

可意外的是，启治没有任何畏惧，只是开口道："抱歉，之前都没有告诉你，但我已经认定她了。"

他的声音很低沉，语气里却带着毅然，与平时的他大为不同。

当时暮叶也在场。尽管她双眼盯着电视节目，却竖起耳朵听着母亲和舅舅的对话。

她深深感受到了启治的态度是何等坚决。

"我们是深谈过才决定再婚的，两个孩子也相处得很好。我已经跟启太仔细说明了和他妈妈离婚的理由，得到了他的理解。姐，你不也说跟久子分手，开始新生活才是对启太好吗？"

听了这番话，无论何时都保持进攻姿态的悦子陷入了沉默。可见她究竟受了多大的打击。而启治似乎从姐姐的反应中得到了勇气，把话继续说了下去："她叫佳苗。她和我一样，上一段婚姻很不顺利，

155

却一直为了孩子而苦撑着。可忍耐毕竟是有限度的，这一点我可以说是感同身受。而且她过得大概远比我艰难。她的前夫'黄赌酒'全沾，简直胡作非为。"

"过得很艰难？她怎么把自己说得跟受害者似的？她不就是喜欢那种男人才会嫁给他吗？这叫自作自受！"

悦子插话道。

"她的前夫一开始没有暴露出真面目啊，她被骗了。久子不也是吗？我们刚认识那会儿，她真的很普通。"

"混黑道的还能撒谎说自己是正经人？你不懂，有些女人就是喜欢坏男人，觉得可靠的男人很无聊。不然那些帮派分子怎么娶得到老婆？"

"没这回事。佳苗是个平凡的女人！她的前夫也不是帮派分子，而是个普通的上班族，听说在不动产公司做销售。"

启治气得脸色发青，悦子却冷冷地嘲讽了一句："她说什么你就信什么？你可真是个烂好人。"

其实她的一切社会知识都来自报纸和电视节目，但却对此毫无自觉，只认为自己的观点都是正确的。

她继续发表着宏论，字字铿锵："最近的帮派分子才不会主动报上身份。他们都递名片，上面印的公司名字看起来可正派了，全靠这套来欺骗老百姓。再说了，普通的上班族哪来那么多钱花在'黄赌酒'上？这种男人看着就像吃软饭的，根本不可能同意当主妇的老婆带着孩子去上游泳课。难道她在做奇怪的工作？我听说有些做皮肉生意的组织，手下的'小姐'都是家庭主妇……我很担心啊，真的能把启太交给那种女人抚养吗？"

启治忍到最后才开了口："姐姐，你别再说了。我要和佳苗结婚，唯独这一点我绝不让步。"

他声音仿佛从身体深处喷涌而出。

悦子不禁吓得屏住了呼吸，她还是第一次看到弟弟如此坚决地顶撞她。

随后，启治又突然换了一副语气，说道："佳苗的夫家条件好像非常不错，给了她丈夫很多资助，她也很感谢自己的公公婆婆。不过可能就是因为父母的溺爱和纵容，儿子才会越来越堕落吧。至于皮肉生意……姐，你可能是娱乐综合新闻看多了，才会有这种联想。

"要是你能赞成我们结婚，我当然很高兴，要是无论如何都反对，那我也没办法，以后不再上你家就是了。但是啊，我还是希望你能和佳苗见一面。只要聊一下，你就能明白她到底是个什么样的人了。求你了！"

他双手撑在桌上，向悦子低头恳求道。

暮叶在一旁听着这一切，心中气愤不已，心想着离婚和再婚都是舅舅自己的事，为什么非要母亲了解详情？母亲只是希望周围的一切都听她安排而已，别人没必要遵照她的想法行动。

但反观后来发生的各种事件，暮叶不禁心情复杂。她觉得或许母亲才是对的。不管怎样，母亲都打心眼儿里为唯一的弟弟着想，担心着他的未来。包括她之所以答应和佳苗见面，也肯定是想亲眼看透那个女人的本质。

说句实话，假如启治没有娶佳苗为妻，说不定就不会死了。而峰岸家如今遭遇的一连串悲剧，祸根也都在那个女人身上。

暮叶又继续陷入了回忆之中。她想起了十五年前，母亲和佳苗见面的往事。那时候，佳苗在两人之间的"战斗"中取得了压倒性的胜利。

在向姐姐坦白再婚意愿的次日，启治又来到了峰岸家，还带着佳苗一起。由于这是婚礼前的家族会面，意义重大，连岩雄都留在了家中。一大家子围坐在桌边，桌上放着悦子提前订来的外卖高级寿司。

佳苗目测三十岁左右，有着健康的小麦色肌肤，身材高大、五官端正，给人以一种沉静的感觉。她化了赭红色系的妆容，虽然有些浓郁，不过那身黑毛衣、对襟开衫加灰裙子的打扮完全就是朴素的主妇形象。暮叶非常意外，觉得她实在不像帮派分子的妻子。

但她一开口，却出人意料的口齿伶俐。

"各位好，初次见面，我是佳苗。"

她对着未来的大姑子夫妇深深鞠了一躬，可再次抬起头来时，脸上却写满了自信，仿佛在宣告自己已经彻底"拿捏"住了启治，和迟钝憨傻的久子完全不同。

她虽不至于挑衅主人，可浑身散发着挑战者般的强烈意志。别说是暮叶了，想必悦子也感受到了这种气氛。

这个女人，不好对付。

按照民法规定，男人哪怕刚刚离婚也能立刻再婚，但女人却要遵守"待婚期"，即离婚六个月之后才可以再婚。所以她暂时还无法嫁给启治。只不过事实上，她和她的女儿已经与启治父子生活在一起，组成了一个温暖的新家，两个孩子也非常高兴。因此她才如此自信，认为自己能够经营好这个"再婚家庭"。

用餐期间，她仍然侃侃而谈。悦子或许是被这种气势给镇住了，开饭足足十五分钟后才总算展开了攻势。暮叶对此很是吃惊，这压根儿不是母亲的惯用策略。平时不论对方是谁，她总会先发制人，把握胜局。

"话说，我们启太的生母生病了，启治不得已才离了婚。但您的前夫还很健康吧？即使您已经和对方分手，但他终归是您女儿的生父，要是他因为孩子而找启治的麻烦，到时候您打算怎么处理？"

这番话当然是以佳苗的前夫混黑道为前提的。

"找麻烦？您指什么呢？我和前夫和平分手，所以不可能发生这种问题。"

佳苗丝毫不为所动，继续大快朵颐，同时毫无怯意地直视着悦子。

"我听启治说，您的前夫'黄赌酒'均沾，害您过得很痛苦，这

159

才选择了离婚，不是吗？"

"没错。"她一边回答，一边飞快地瞥了启治一眼，随后继续道，"他的异性关系确实一团糟，又乱花钱，然而最主要的问题还是家庭暴力。别的我都能忍，只有这一点我是真的受不了……我不知道怎么办才好，于是找了在儿童游泳课上认识的启治商量，他劝我离婚，这也是为了我女儿美土里着想。"

说到这里，她略一停顿，只见启治在旁默默点了点头，表示同意。两人一唱一和，一致对外，俨然一副夫妻的样子。

看来她想表达的是，自己离婚都是听了启治的建议。

"我前夫对我和女儿好像也没什么感情。我一提出离婚，他就同意了。说句真心话，这从某种意义上来看真是我的幸运。"

"这是因为他不知道您在外面有其他男人了吧？不然哪个当父亲的会眼睁睁地看着自己女儿认别人做爸爸？"

"不会的。我前夫一丁点儿也不关心孩子，现在指不定觉得一身轻呢。"

"那么，离婚赔偿金怎么说？"

"他一毛钱都没赔给我。说到底，那些愿意给前妻赔偿金的男人，根本就不可能像他这样对待妻女啊。"

她唇边挂上了一丝微笑，将视线投向了岩雄，大概是觉得他身为男性，比女人更了解男人，因此会支持自己的说法。就连当时还不到二十岁的暮叶也能看透她的"小算盘"。

不过岩雄打一开始就没表过态。反正他只在乎妻子悦子的心情，小舅子的婚事在他眼里不过是些鸡毛蒜皮。暮叶是他的女儿，长年与他生活在同一屋檐下，对他的心思一清二楚。

"哎呀，我想问的其实是您的前夫有没有问您要赔偿金。自己的妻女都被别人抢走了，那种帮派分子真的无动于衷吗？"

这次轮到悦子面带笑容，对一直闷不吭声的启治开腔了。

"姐，你别这么说！"

启治拉下了脸，她却淡定自若地回了话：

"我只是实话实说。"

她坚信自己有责任保护弟弟。这份信念始终不曾改变，长久以来一直支撑着她。

"什么实话？！我和佳苗认识的时候，她已经和离婚没多少区别了。为了不给我添麻烦，她还把跟我交往的情况都告诉了前夫。我也是见过对方才会下论断的。他的确是个特别任性妄为的人，因此没有资格对我们指手画脚，更没理由索要赔偿金。当然，就算他真的要了，我也肯定会拒绝的！"

"事实就像启治说的那样，您似乎是误解了。我前夫不是帮派分子。他的行为确实放荡，但有工作，是个普通的上班族。"

听到他们两人的口径如此统一，悦子干笑道："谁知道呢？启治说您的前夫是不动产公司的销售人员，可实际上是做暴力拆迁生意的吧？一旦看上了哪块地皮，就会不择手段威胁那里的居民把土地让给他们，还能若无其事地干一些和欺诈差不多的勾当。正经人哪适应得了这种工作。"

"你这是偏见！太失礼了！"

悦子这么乱说话，启治终于忍不住大声反驳，而几乎在同一时刻，佳苗也突然不再客气："即使您说的都是真的，我们为什么要听您的训斥？"

原本不发一言、只顾用餐的朱实听到这话，整个人一顿，停下了手里的筷子，悄悄看向身边的妹妹，不过姐妹俩都没有出声。这种场合无疑轮不到她们说话。

"我是启治的亲姐姐，关心他不是理所当然的吗？血浓于水，我会把启治的幸福放在第一位，但您呢？您更重视自己的幸福吧？自己的女儿则是第二位，所以才想要利用启治。您如果真的为他着想，就不可能把帮派分子的女儿塞给他。她身上流着她亲生父亲的血，就算现在可爱，但想想也知道以后会变成什么样子、会闹出什么问题。启治肯定要为她操碎心！您可别说没人能预知未来。毕竟有其父必有其女哦。"

悦子就是这种脾气，别人对她的进攻越猛烈，她的反击也越强势。

"是呀，我确实想说'没人能预知未来'，因为我们同样不知道启太以后会不会出问题是吧？而且您如果真为启治着想，就收养您可怜的外甥呗。我看是您盘算着把麻烦推给别人还差不多。

"为了避免您的误会,我先声明,我没有不愿抚养启太的意思。毕竟我重视启治,而启太是他的孩子,因此我也会把启太当成自己的孩子。无论他长大是什么样,我都不会说'有其母必有其子'。"

如今回头看,这番对话或许是神明降下的预言,话里的内容日后都一一应验了。

随着悦子和佳苗的争执越来越白热化,连暮叶也觉得心里很不舒服。她看了一眼父亲,发现他正满脸不悦地啜饮着焙茶,似乎不打算干涉女性之间的矛盾。

最后结束了这场闹剧的人,果然是启治。

"姐!别说了!都是我的错,都怪我太想得到你的认同,硬要你和佳苗见面!我也对不住姐夫,还给朱实和暮叶造成了不快,对不起!但我已经受够了,我不会再来拜访你们家了!佳苗,我们回去!"

他白净的脸皮涨得通红,嘴唇带着颤抖。话一说完,便倏地站了起来。

打那以后,启治夫妇便再也没有一起踏入过峰岸家的大门。不过听说在悦子晚年,尤其是健康状况恶化之后,启治偶尔会来探望她。当时暮叶已经离开娘家独立生活,不清楚他们和解的详细经过。但悦子去世时启治还活着,她并不知道弟弟悲惨的下场。这对她而言,应该是最大的幸运了。

讽刺的是，悦子当初的担忧都逐一实现了。强行离婚再婚所产生的恶果，最先体现在了孩子身上。由于反感继母以及总是护着她的父亲，启太一次次地对他们进行着无用的抵抗，结果走上了歧路，再也没有回归正途。

——毕竟我重视启治，而启太是他的孩子，因此我也会把启太当成自己的孩子。

佳苗曾经是那样地信誓旦旦，可最终对继子付出的关爱也不过如此。

但不幸的不止启太一个。他高中退学一事固然让父亲启治深感懊恼，而几乎在同一时间，佳苗的女儿美土里也出事了。

尽管朱实和母亲悦子一样，对佳苗抱着没由来的厌恶感，但暮叶倒不怎么在意她，在启治再婚后还多次去他们家玩。她当然见过美土里，却一直没好好聊过。那女孩的外貌和性格都没有什么惹人非议的缺陷，可是她或许不擅长表达自己的感情，所以暮叶总摸不清她在想什么。从正面意义和负面意义上来说，她都完全不像她的母亲，是一个稳重的孩子。

不可思议的是，美土里和启太的关系并不差，毕竟大人们自己折腾得厉害，不问孩子的意见便组成了新家庭，所以他们两人也许能在一定程度上相互理解。事实上，美土里在高中时就离家出走，跟男人同居，而把这件事告诉暮叶的正是启太。

眼看着女儿可能与继子一样受到退学处分，佳苗陷入了狂躁状态，和启治两人拼了命想要把她带回家。

对此，启太只是冷笑着说："佳苗那婆娘不也干过差不多的破事吗？还没结婚就和我老爸住在一起。"

"但美土里不像是这么叛逆的孩子啊，对方是个怎样的男人？"

"唉，她心里积累了很多怨气啊。我不停地干坏事，家里的大人只顾着管我，没人在意她，她倒也是可怜。"

即使暮叶开口问了，启太依然含糊其词，不肯透露更多内幕。

可她觉得自己似乎能够理解美土里的心情。

其实，成绩优秀也好、运动全能也好、体弱多病也好、品行不良也好，无论出于哪种理由，能够夺走父母关注的孩子才是"赢家"，其余的孩子则只能强忍着被冷落的感觉。她也不例外。因为有个容貌美丽又弹得一手好钢琴的姐姐，她同样长期处在被双亲忽视的状态下，这才会一早就离开了原生家庭。

不难想象，生性极为正经的启治面对继女疯狂的举动时，受到了巨大的打击。这等于是在宣告他这个继父完全不合格。也难怪他会痛彻地感受到自己要负很大责任，并且被无力感所折磨着。

不仅如此，暮叶还注意到他家中的乱象已经超乎寻常，悄无声息地将他逼入了绝境。那是名为"穷困"的病毒，能够逐渐腐蚀人性。她无法否认，自己在舅舅的侧脸上窥见了不祥的征兆。

他是有着稳定收入的"上班族"，如果能保持平凡的生活状态，便绝不会为金钱所困。然而，他不时会收到一些奇怪的电话，明显是

165

来催债的。有好几次，他一确认来电者是谁，就立刻关掉了手机。在那段时间，暮叶心中便会萌生出对佳苗的疑心。虽然不知道她是疯狂购物还是参与赌博，但无疑是在不知收敛地挥霍金钱。暮叶绝对无法信任她。

悦子曾断言佳苗的前夫是帮派分子，暮叶一度厌恶母亲武断的说法，而此时这句话却在她的脑海中苏醒。其实母亲当时已经明白佳苗会给启治带去不幸，甚至还本能地预感到了她将会伤害朱实。

如今，启治已经离世一年多了。在悦子因糖尿病并发症去世后仅仅过了六十八天，他便也离开了人世。他的婚姻生活就宛如一艘泥船，自他登船的那一刻起，即一路下沉，最终沉入了水底的泥沼之中。

启治的死给暮叶造成了无以言表的重击。她在自己亲生父母去世时都没有如此悲伤。由此，她切实感受到，自己真心敬爱着温柔的舅舅。

启太是在六年前出走的。就在他离家前不久，还和父亲启治大吵特吵了一架。每当回忆起这段往事，暮叶总是倍感心痛。

启太长期逃学，眼看着即将被开除的那阵子，启治依然没有放弃，一心认为儿子并不笨。即使年少轻狂，稍微走偏了路，以后也能回归正途。大学等他本人愿意的时候再去上即可，眼下至少得先让他念完高中。

他觉得启太或许会听暮叶的劝，于是开口求助于她。

而她也几乎把这个表弟看作自己的亲弟弟，关心着他的未来，自然愿意帮忙。其实她同样叛逆心强，爱和父母对着干，不过她把自己的逆反心理化作了动力，决定偏要争上一口气，努力考出了药剂师资格，不断积累着职业经验，也难怪会对启太的堕落感到气愤。

她决定招待这对父子来家里吃一顿早午饭，让大家借机敞开聊一下，便对启太提议道："启太，你爸爸找我认真谈了你的将来，说想和你好好沟通一次，所以我们三个人一起吃顿饭聊聊吧，你看怎么样？"

启太居然没有拒绝。

果然，即使他摆出一副不良少年的样子，骨子里却并不坏。

周日，启治带着启太一起来到了暮叶家，暮叶端上了两只亲手烤制的比萨，一只上面铺着生火腿和新鲜的罗勒叶，另一只则使用了凤尾鱼和切片黑橄榄。菜谱得到住在日本的意大利朋友亲传，十分正宗，是她引以为豪的佳肴。她虽然不喜欢打扫、整理和收纳，但并不讨厌下厨。

"这个好好吃啊！"

启太直接用手抓起了热乎乎的比萨大快朵颐。

他看起来确实是个小混混，可举手投足之间仍保留了幼年时期的习惯。看到儿子难得这么开心，启治满意得笑眯了眼。

暮叶毫不犹豫地往启太的玻璃杯里也倒上了啤酒，难得他们父子俩能和乐融融地聚在一起，用餐期间她不打算提及正题。不过父子间连说说话都需要特地安排一顿饭，已经足以说明今村家的现状有多么糟糕了。

餐后甜点是焦糖布丁，启太一边吃，一边对父亲说道："妈妈也很喜欢做菜对吧？"

他口中的"妈妈"指的当然是已故的久子，而不是继母佳苗。暮叶不清楚佳苗的情况，但在久子病重之前，她常去舅舅家玩，每次久子都会用自制的点心招待她。

包括现在启太正在享用的焦糖布丁，其实也是久子擅长的甜点。虽然只是用牛奶和鸡蛋做成的普通点心，可她会把它烤成圆形，看起来像蛋糕胚似的，随后切成块放在碟子上，再佐以柔软却不甜腻的鲜奶油。她还略为做作地称它为"法式烤奶冻[1]"，而不使用"焦糖布丁"等通俗的名字。

暮叶今天之所以会做这道甜点，目的不外乎让启治父子俩回想起温馨的过往。久子因为病情加重而无法再做点心，即使启太已经忘记了这道烤奶冻，启治也绝对记得。但她绝对想不到，自己的这份用心居然起了反效果。

听到儿子的话，启治点了点头，答道："是啊，久子厨艺很棒。

1　法式烤奶冻（flan）又名法式烤布丁，是烤布蕾、焦糖脆壳烤布丁等著名甜品的前身，原材料仅有鸡蛋、牛奶、糖，形状多为扁圆形，外观简朴，但口味细腻香醇。——译者注

你小时候啊,每次她一做饭,你就紧紧跟在她屁股后面,你外公还给你起了个外号,叫'小尾巴',你记得吗?"

"不记得了。"

"这样啊……也是,当时你才两三岁。久子以前也常做这种布丁。暮叶应该知道,对吧?"

他果然还没忘。

"是的,我去你们家玩的时候,舅妈经常给我吃这个。她还把秘诀教给我了呢,说鲜奶油里不用放砂糖,而且一定要注意别把它搅打过头[1]。"

久子平时比较阴沉,唯独在聊到料理时既活泼又健谈。暮叶很感慨,她为什么就没能保持那样安定的精神状态呢?

"那时候我们一家真的很幸福。要是久子没有生病,我也不用这么辛苦了。"

启治喃喃自语道,不曾想刚才还十分乖巧的启太却突然目露凶光,怒吼了起来:"那么到底是谁破坏了我们家的幸福?妈妈又为什么会死?全都是你害的!"

暮叶和启治被他吓了一大跳。

"启太,你冷静一下,你妈妈的病不是别人造成的,只是造化

---

1 制作鲜奶油时,需要将液体状态的奶油搅打至膨胀,形成蓬松柔软的固体,这个过程叫作"打发"。而一旦打发过头,就可能出现奶油结块、油脂与奶油分离的状况。——译者注

弄人……"

启治像哄小宝宝一样哄着他，然而却好像是在火上浇油。只见启太越发愤怒，大叫道："说什么屁话！生病的话，住院好好治疗不就能康复了？还不是你马上就让她出院，给了她那么大的压力，结果搞得她的病更重了？"

启治皱起了眉头，问道："谁说的？"

"当然是外公外婆！妈妈最后一次住院那阵子，明明已经好转了一些，但你硬要她出院照顾我，最后还跟那个野女人合伙把她赶出去了，我说错了？"

暮叶还是第一次听说这些。

离婚后，久子的父母就把她带回了娘家。启治为了久子的治疗问题操碎了心，这是毋庸置疑的事实。假如他真的催久子出院，也肯定是觉得与其让病妻一个人待在医院里，不如将她留在自己和儿子身边，总之是为了她好。可是久子的父母或许不认同他的做法，他们太过心疼自寻短见的女儿，于是向外孙启太说起了启治的坏话。

"启太，你误会了。"

启治颤声说道。他想必没料到儿子会对他说出这种话。

"我遇到佳苗的时候，你妈妈已经没有任何康复的迹象了。我没有骗你，那是医生明确告诉我的，你外公外婆只是听了久子的说法，并不清楚事实。而你当时还太小，需要有人能一直陪着你、照顾你，所以我没有其他办法。你可能对我的做法不满意，只是我那时候是真心认为佳苗可以成为一个好继母。"

"说谎!"

启太咆哮着从椅子上站了起来,狠狠揪住了父亲的前襟。由于动作过猛,他撞到了桌子,餐具都被震得乒乓直响,咖啡也晃得溅了出来。

"住手!"

但启太陷入了亢奋之中,根本听不进暮叶的劝架声。

他逼着启治一步步后退,最终把他抵在了墙上,随即整个人都压在了他细瘦的身子上,一手抓紧了他的肩膀,一手掐紧了他的脖子,就宛如秃鹫用利爪紧紧抓着猎物一般。看到这一幕,暮叶终于尖叫了起来,而启太也更加狂躁:"我小时候,你是怎么跟我说的?你说,妈妈的病很重,没法做家务,为了让她安心治病,你跟她约好了,要给我找一个健健康康的新妈妈,你是想让我过得幸福才和新妈妈结婚的!这是你亲口说过的话呀!你不仅骗我,还想让我对你感恩戴德!可结果呢?你看看我变成什么样子了?那女人一开始还装得挺像的,后来越来越傲慢,光知道命令我和你做这做那,我的不幸全都是你造成的!因为你把妈妈赶走,害死了她!再看看你自己,跟那女人结婚之后,你真过上好日子了吗?啊?你说啊!说啊!"

启太的嘶吼声中已经带上了哭腔,完全盖过了启治的回答声。

不知何时,启太的手不再用力,然而启治还是纹丝不动,暮叶则无法直视自己的舅舅和表弟。

三个人都沉默了下来，老半天不说话，气氛沉重得令人窒息。

终于，启治开口了："你过得这么痛苦，爸爸我怎么可能幸福呢？"

这句话仿佛是他从喉咙深处挤出来的一般。

启太低低的呜咽声则传到了客厅的每一个角落。

父子二人的不幸犹如沉重的铅块，压垮了暮叶的内心。

她不知所措地呆立当场，决心即使以后有了心爱的男人，也绝对不要生孩子。

4

暮叶继续冥想着，五月十日那天，自家的别墅到底发生了什么。

八年前，朱实和谅一相亲结婚。朱实那时已经二十八岁了，她在决定嫁人之前没找暮叶商量，不过早就离开家的妹妹也确实没理由对姐姐的婚事多嘴。

其实暮叶觉得谅一待人接物都太过和善，反而显得可疑，可转念一想，他毕竟希望入赘，表现得殷勤些也可以理解。反正朱实满意就行。于是，就连眼光很准的她都没料到谅一居然会如此无能。

当她知道谅一进出今村家时，并没有多加怀疑。身为入赘女婿，和亲戚多加来往是值得肯定的，而且听说他也很照顾启太。但事后回想，这就是盲点所在。其实他和佳苗不知何时已暗度陈仓。

不过佳苗都四十六七岁了，尽管她本人时不时想表现出一副年华正好的样子，可到了这个岁数，再怎么努力也无法完全掩盖岁月的痕迹。只要脱下红色的假发套，摘下黑色的墨镜，再冲个澡，便肯定会露出松弛的皮肤和细小的皱纹，完全不复化妆时的妖艳与性感。

而不久前，谅一顺利取得无罪判决，又继承了意想不到的庞大遗产，成了一名优雅的"单身贵族"。这样的他不可能继续执着于一个年纪比自己大的穷寡妇，即使提出分手也很正常。

他开车载着对方一起到达别墅后，估计压根儿没工夫享受久别后的欢愉，而是立刻出现了冲突。不，也可能在驾车途中，他就已经对佳苗宣告，这是他们俩最后一次幽会了。

暮叶听刑警们说，桌上只有一只玻璃杯，所以佳苗应该没有喝下掺了亚砷酸的梅子酒。其实她和暮叶一样，虽不抽烟，但会喝酒，可这酒是已故的峰岸老人亲手酿的，而她将峰岸家的人视为天敌，根本不屑于去尝一口。

于是，暮叶展开了想象：

谅一一抵达别墅，就急着去品尝他心爱的梅子酒，然而仅仅过了不到十分钟，他便开始呕吐。这是亚砷酸的毒性。当人在摄取了一定量的亚砷酸之后，只需短短几分钟就会出现这种现象，几个小时之内还将腹痛失禁。当然，谅一不可能知道酒里有毒，这才喝了下去。

自从朱实溺水身亡以来，电梯就因故障而停用。谅一通过外侧的楼梯前往地下一层的浴室，但途中实在忍不住恶心，便站在楼梯平台上,将身子大幅度地探出去,准备直接吐在楼梯正下方的地面上。

"你怎么了?没事吧?"

佳苗见状,悄悄从谅一背后接近,一边柔声细语地关心着他,一边扶着他的背。如果这时,她突然发力,把他猛地往外一推,他便肯定会因为突如其来的推力而冲出栏杆,头下脚上地摔在地上……

"这只是我的妄想吗?不,绝不是。"

想到这里,她自问自答道。毕竟谅一确实凄惨地死于非命。这是毋庸置疑的事实。

妻子朱实和情妇佳苗两人巧妙地合谋,先是朱实在酒中下毒,再由佳苗亲手结果谅一的性命——这世上会有如此荒诞的事吗?而谅一因重重坠地,受了重伤,动弹不得,就这样趴在冰冷的泥地上,迎来了自己的死亡。在此期间,他心里又想了些什么呢?

即使他并未当场摔死,但已无法行动,就算放着不管,也熬不了多久。而且他看起来无非是失足坠亡,只要不暴露行踪,佳苗就不用担心自己会背上嫌疑。因此,她谨慎地清理了自己来过这里的痕迹,最后放火烧毁谅一的车。

可如此一来,当她后来在新闻报道中得知谅一死于急性砷中毒时,会做何感想?

暮叶深深地叹了一口气,换了一个角度思考。

她其实并不渴望法律或社会对佳苗予以制裁。既然案件本身已经

第二章 各名女性的故事

迷障重重，那么维持原状就好。说到底，朱实和佳苗都是女性，拥有出于女性角度的立场和想法，她们只是贯彻了这一份意志罢了。至于她，既无权责难她们，也没有这个必要。

然而，这几日来，她的心中始终有一根尖刺，扎得她生疼，却无法拔除。

她甚至不确定那根"刺"和谅一的死是否有关，但她也找不到其他解释。沉重的事实压得她难受。她默默念着启太的名字。

在谅一死前两天，即五月八日（周六）的早上，暮叶赶着上班，正急匆匆地前往车站。这时，她突然听到身后传来车辆驶近的声音。一回头，只见一辆白色的轿车正以惊人的速度向她冲来。

这是通往车站的近道，她每天都走这条路上下班，不过它十分狭窄，又是单行道，平时车流量并不大，而且车速很慢，当然，有时也会遇上"驾风"彪悍的司机。

她立刻往停住脚步，往路边一让，可那辆车却丝毫没有减速的苗头，反而气势汹汹地直逼着她而去。

她顿时觉得——完了！但天生发达的运动神经和瞬间的判断力在这十万火急的一瞬间发挥了作用，她没有像一般人那样在遇到危险时条件反射般地闭上眼，而是赶紧调整了姿势，确保自己能往左右任何一侧闪避，以便在最后关头躲开，同时她也紧盯着驾驶席。

事实上，她压根儿来不及思考被盯上的理由，但已经可以确定对方正是冲着她来的，因此她浑身都处于紧绷状态。

车子飞速冲来，她只得背靠在街边的围墙上，眼看着就要被撞飞出去。可在这一刹那，对方竟一下子猛打方向盘，几乎蹭着她的前胸避了过去。由于车速过猛，轮胎在地上重重擦出了几道黑色的橡胶痕，散发着焦臭的气味。

——我还活着！

暮叶在原地呆立了一会，不过当她重新反应过来之后，便当场瘫软地蹲坐在地。

司机似乎是骤然改变了主意，才调整了行车的方向。

——难道他之前没发现眼前有行人吗？不，这不可能。我明摆着就是他的目标。

她在脑中对自己说道。

他很明显想要撞死她，只是在被她认出之后，终究在最后一刻止住了杀意。

现在只要一想起对方那张满是绝望的脸，她都几乎要叫出声来。

她不会看错的，那司机就是启太！

事后，她无论如何都想不明白，为什么启太要杀她。是因为恨她吗？不会的。她从未感受到过来自启太的恨意，也一直像对待亲弟弟般爱护着他。那么，是出于利益之争？不可能。即使她立刻死去，他又能得到什么好处呢？他们之间没有任何牵扯，仅仅是表姐弟而已。

她从头到尾都没考虑过报警，甚至没有责怪启太的意思。哪怕他真的有所企图，最终也没有下杀手。

然而，她还是一片迷茫。理由只有一个，那就是她绝对想要知道真相。

她久久地沉思着，设想着能做些什么调查。

佳苗的故事

1

"我不需要孩子。"

今村佳苗用力地摇了摇头，无声地喃喃道。

她独自一人住在3LDK的公寓里，这是去世的丈夫启治给她留下的唯一一处不动产。

十五年前，她是个单亲母亲，和同样离婚且带着孩子的启治再婚了。为了从深知她背景的旧识面前逃开，她急匆匆地搬进了这套公寓。

由于对这里人生地不熟，她起初很是不满，但幸好这是通过人寿保险申请贷款买下的二手房，而非产权属于别人的租赁房，她也就忍了。反正人只要能拥有一个可供安身的家，吃饭问题总有办法解决。她在满四十岁后才开始打零工，却意外广受好评，大家都夸她工作麻利，甚至还给了她全职岗位。

初夏的阳光越过朝东的阳台，洒进了室内，把她那张因睡眠不足而浮肿的脸照得热烘烘的。这里曾经是她的"战场"，"敌手"是与她血脉相连的女儿以及没有血缘关系的继子。那些年里，地上总是胡乱扔着空罐头和烟头，家中充斥着怒吼声与悲鸣声；两个孩子各怀心思，向她投以充满憎恶与敌意的目光，用白眼和无视取代交流也是家常便饭。

原本并不宽敞的客厅，此刻却宛如蝉蜕般空空荡荡。这个家中再也没有别人，甚至连"敌人"都不在了。她不知道自己该去向何方，只是陷入了迷茫。

女儿美土里已经消失四天了，至今去向不明。佳苗问遍了她可能投奔的人家，结果并未得到任何线索，但她没有求助于警察。

当遇到这种情况时，那些能够毫不犹豫地报警的家长们该有多幸福。他们坚信自己的女儿是被人欺骗的受害者，因此无论多么愤怒、哭天抢地，他们都始终抱着正面的心态，朝前看着，绝对无法理解她那种心如刀割、虽生犹死般的阴郁情感。

美土里曾一度为佳苗带来过幸福。即使脐带已经被剪断，新生儿的生命依然与母亲的灵魂直接相连。而越是这样想，这个小小的人儿便越是让她怜爱不已。她觉得女儿就是自己的分身。喂女儿喝奶、给女儿换尿布、帮女儿洗澡……每一件单纯的劳作都在佳苗心里唤起了新鲜的感动。然而，那段时间持续得太短，仅限于美土里刚出生后的那一阵子。

照料婴儿的兴奋感毕竟不可能持续到永远。一时的喧闹之后，家庭主妇们还是要回归到一成不变的平凡生活中去，为打扫、洗衣、

第二章 各名女性的故事

购物、料理而忙得团团转,还得见缝插针照顾婴儿,每天都过得像打仗。而男性则完全不会分担这些任务,只知道当"甩手掌柜"。

但即使忙碌的一天结束了,身为人母者却照样无法休息。因为幼儿丝毫不懂得体谅疲惫的母亲,总是又哭又闹,母亲们只得像在赛之河滩[1]不停堆石的幼童亡灵般,日复一日地劳心劳力。

"当上母亲才会幸福"的说法,难道不是有人故意编造出来欺骗女人的吗?当她察觉到所谓对"母性"的讴歌全都是阴谋诡计时,她已经被无法逃避的责任给绑紧了。

她计算着,自己一路走来,付出了那么大的牺牲和忍耐,可女儿给过自己任何回报吗?想到此处,她内心便蹿起了一股熊熊燃烧的无名之火,化作话语来到嘴边。她终于叫出了声:"我不需要孩子!"

从去年起,她身边就怪案频发,死者接连出现。她的丈夫今村启治、启治的姐夫峰岸岩雄、启治的大外甥女峰岸朱实全都去世了。隐秘的恶意正在蠢蠢欲动。她之所以尚能保持平静,是因为她下意识地以为那些事件不会影响到她的安全。

然而到了五月,峰岸谅一居然也死了。死因是喝下了掺有亚砷酸的梅子酒,引发了急性砷中毒。

---

[1] 赛之河滩是日本神话中,位于冥府三途川边的河滩,聚集了早夭儿童的亡灵,在该河滩上堆砌石块。但石块一堆高就会被恶鬼破坏掉,让孩子们重新开始堆,如此循环不止,来惩罚先于父母死去的孩子们无法长大尽孝的"罪孽"。——译者注

此刻,她的心海就仿佛被一只巨大的鳐鱼所遮蔽着,连一丝阳光都无法透射进来,海面下一片幽深黑暗。不安与恐惧吓得她不停颤抖,她忍不住暗想着,怎么会有如此不可理喻的事情发生!

谅一死亡这件事本身没问题,她对那种男人毫不关心,问题是她没料到,美土里也失踪了,而且很可能和谅一的死有关!

她啜饮着冰凉的柠檬茶,切片的柠檬吸饱了茶水,疲软地沉在杯底,那种几近苦涩的酸味刺激着她的胃部,她一把把杯子推到了一边,自问道:

——我到底是哪里做错了?

随后她再次摇了摇头,慢慢地从椅子上站了起来。

佳苗不认为自己真的不该和启治结婚。

其实家庭好比一个牢笼,被无形的铁栏封锁着,而主妇就是受困其中的囚徒。早年间,她太过无知,不了解婚姻的真相,误以为那是人生真正的起点,所以她的第一段婚姻失败了。

为了从那段糟糕的婚姻中脱身,她除了嫁给启治也别无他法。即使那是个错上加错的选择,但或许能够起到以毒攻毒的效果。

"妈妈想和你爸爸离婚。"

佳苗对女儿美土里说了自己的打算,但美土里并没有回答,只是用黯然的眼神望向她。

第二章 各名女性的故事

她已经上小学二年级了,十分清楚"离婚"二字的意义,而且她比任何人都明白,母亲的心已经不在父亲身上了。

"妈妈离婚之后,准备和启太的爸爸结婚,美土里你怎么看的?他可比你爸爸温柔多了吧?"

佳苗和启治相识于孩子们每周要上的游泳兴趣班。启治每次都会陪着启太过来,勤勤恳恳地照顾着他。美土里话很少,做事也慢慢腾腾的,启太和她同岁,但性格非常活泼。课程之余,只要有机会,他就会匆匆忙忙地赶到站在泳池边的父亲身旁撒娇,父子之间亲密得宛如母子一般。

佳苗猜想,莫非启治是一名单身父亲?于是便尝试着向他发出了邀请:"您要是方便的话,咱们回家路上一起去喝杯茶吧?"

当然了,当时她并没有过多的盘算,然而对方爽快地答应了,两人还意外聊得非常投缘,甚至决定直接在家庭餐馆[1]里提前把晚饭解决。而这时,她已经问到了启治的家庭状况。原来启太的母亲因为长期生病,正在住院疗养。

启治没有透露妻子具体患了什么病,不过她也大致猜得出来。不过可贵的是,他虽给人一种为人沉静的感觉,谈话时却仍能保持明朗的态度,绝无故意博取同情的姿态,也不会只管自己说个没完。这些

---

[1] 家庭餐馆(family restaurant)指提供价格实惠,各年龄、性别顾客都能接受的简餐的餐馆,内部装修一般以简洁温馨风格与暖色调为主,可以同时供多人用餐。——译者注

181

体现在细节上的礼仪和教养让佳苗母女对他心生好感。

受妻子住院所累,他无法自由自在地生活,但言行中并没有任何不满与埋怨的感觉。而那份略带忧郁的气质更是凸显了他的不幸。佳苗能够察觉到,自己内心深处的女性本能又复苏了。她心想着,今村启治这样的男人才是理想的丈夫。

自那以后,每当游泳课结束,他们便会带着各自的孩子一起约会。其实佳苗也不是全然不顾女儿的感受,可是他们还暗中进行了另一场约会,她的爱欲也由此被唤醒了。即使现在,她仍能深切地感受到,当时自己整副身心都被新恋情的魔力所俘获。

多亏了启太和美土里性别不同,两人相处得不错,不会相互比较、相互嫉妒。他们四人在家庭餐馆用餐时,场面温馨得宛如一幅画。在旁人看来,他们无疑是幸福的一家四口。而这也是让佳苗大意的理由之一。

某一天,美土里直白地对佳苗表示自己讨厌启治,令佳苗非常惊讶,因为美土里甚至对亲生父亲都没有如此露骨地表现过不满。

"美土里,你为什么讨厌他?他是个好人啊。"

她实在想不出女儿厌恶启治的理由,他远比自己的原配丈夫聪明、温柔,而且至少这两三个月内,他们经常在一起度过,按说彼此间已经有了一定的了解。

反观她的丈夫,就连女儿的睡颜都不会好好看一眼,她从没在他身上感受到过对孩子的关怀和疼爱。那么,美土里果然是因为母亲被启治"夺走",而对他产生了本能的反感吗?

"你反对妈妈和启治叔叔结婚吗?"佳苗问道。

她的本意并非询问女儿对她再婚的看法。反正不论再婚与否,她都没法和丈夫继续过下去了。因为她的心已经彻底走远了。

美土里的回答很简单:"妈妈,你不是都决定了吗?为什么还问我?"

她那黯淡的眼神中深藏着不似孩童的嘲讽之情。

正如她所言,佳苗已经下了决心。听取女儿的意见、求得女儿的理解不过是在给自己一个台阶下,是在按规矩走流程。

但她现在才明白,那时候是她想错了。她没有读懂女儿的心思。可是该怎么做才对呢?她明明有权选择自己的人生。

她简直有一股想要叫喊的冲动。

而她还有另一项重大败因,即是对启太的情况确实考虑不周。她觉得女孩子对父亲的感情未必深厚,光看美土里就能明白这一点。于是她把同样的观念套用到了男孩子对母亲的态度上。再加上启太和性格内敛的美土里不同,他爱向父亲撒娇,非常依恋父亲。由此,她轻率地认为,他喜欢的肯定是父亲,反而与反复住院的亲生母亲相当生分,所以不会抵触继母。

怎料男孩子完全不是她想的那样,他们对母亲有着深厚的感情。启太更是尤其为母亲着想。他亲近父亲也好,总是表现出开朗活泼的样子也好，并不是因为他深爱父亲，而是为了守护生病的母亲。当失去了自己守护的对象时，启太彻底扔掉"好孩子"的"假面具"也是理所当然的。

佳苗和启治再婚大约半年后，启太便开始了反抗行为。他的第一步始于小偷小摸，比如偷取同班同学的个人物品。

因为再婚，他们一家四口搬家了，孩子们也转学了。新学校虽然知道他们家是一个"再婚家庭"，可并不清楚背后的详情。到了新的学习环境后，启太也转换了心情，幸运地交到了许多新朋友，但问题却以意想不到的形式爆发了。

最开始，佳苗和启治并没有意识到事态的严重性。毕竟启太的盗窃行为在他们眼里，也不过是些小孩子之间的恶作剧，"赃物"净是些橡皮、零食袋里附赠的动漫卡片等小玩意，不至于闹大。一旦被问起来，他也只会说，是在走廊里捡到的、是某某同学送给他的。

启治觉得儿子那些抵赖的说法很成问题，于是耐心地好言嘱咐道："启太，如果你有想要的东西，就跟妈妈说，不能偷拿朋友的。只要不是危险的东西或者对健康有害的东西，妈妈会都给你买。"

对此，佳苗也抱着幻想，心想着这种时候，劈头盖脸地痛骂孩子可不是好主意。因为妻子患病住院，启治既要工作，又要独自照顾儿子，没法连一个玩具、一件物品都考虑周到，及时为他添置。所以这番话想必也包含了启治的自省之意。说不定趁此机会，启太还能亲近自己这个继母。

第二章 各名女性的故事

但不久之后，佳苗就怀疑这件事或许比她想象得严重。

在启太升上小学三年级后的暑假，家中频频出现盗窃事故。虽说失窃金额很小，可她的钱包、收集街道管理会会费的袋子中，不知不觉就会少个一百日元、一千日元。小偷毫无疑问是家庭内部成员。

他们家附近有一家小小的玩具店，经营者是一对老夫妇。和那些专卖昂贵、新潮玩具的玩具店不同，这是一家老店，里面有许多小孩子用零花钱就能买得起的商品。还有一百日元玩一次的游戏街机[1]，因此总是挤满了小学生。佳苗知道启太也频繁出入其中。

她本想着，与其眼看着这孩子拿别人的东西，还不如多给他点零花钱。然而，一旦去打游戏，一两千日元很快就会花完。而不怎么外出玩耍的美土里则几乎不花零花钱。由此看来，她可以断定那一连串失窃案就是启太干的好事。不过这种时候，"再婚家庭"的麻烦就显现出来了。既然没有证据，继母便会犹豫该不该责问继子。

在这种情况下，她只能设下"陷阱"，等着启太自投罗网，她再去抓"现行"。一旦有了铁证，启太只得放弃抵赖。而她作为家长，也能诚恳地和孩子谈谈。她把自己的计划告诉了丈夫启治，但根本没想到这件事会让启太记恨不已。

---

[1] 游戏街机（Arcadegame）是一种置于公共娱乐场所的经营性专用大型游戏机，起源于美国酒吧、餐馆、娱乐场所中流行的投币式娱乐机械，在二十世纪八十年代至九十年代大为流行，包括弹珠台、投币式电动机械游戏、抓取式娃娃机、返券式游乐机等，但主要指街机，特指以计算机程序形式，在投币式框体里营运的商业电子游戏。——译者注

185

所谓"陷阱"实际上也很简单,周六午后,他们夫妻俩谎称出门买东西,让孩子们看家。启治的钱包被他们"忘"在客厅桌上,里面还塞满了一千日元的纸币。启太肯定抵抗不住这份"诱惑"。

两人躲在暗处观察,果然不出所料,他们离开才不到五分钟,就看到启太那小小的身影走出了家门,小跑着朝玩具店的方向赶去。

启治立刻跑了出来,一把拉住儿子的胳膊,说道:"启太,你等一下。"

启太一下子就站住了,同时一手捂住自己的裤兜。

启治难得露出了严肃的表情,一言不发地拨开了儿子的手,接着从他的裤兜中掏出了几张千元纸币。

"这不是你的钱吧?怎么回事?你老实说!"

他将纸币抵在了启太的鼻尖上,声音中满是怒意。

启太无言地点了点头。

"那么,是谁的钱?你怎么偷来的?!"

启治不住地逼问。

"我……我问美土里借的。"

启太大概是第一次被父亲如此严厉地斥责,吓得脸色煞白,他双颊绯红、一脸惊愕地抬头看向父亲,整个人都快站不稳了,答话时连嘴唇也有些颤抖。

"不许撒谎!你看这里,这是我刚才出门前做的记号!"

只见每张千元纸币的左下角都有用铅笔画上的"〇"。听到父亲搬出证据，启太怔怔地直视着这些记号，眼泪顺着面颊流了下来。

"你的意思是说，这钱是美土里从我的钱包里偷的？！"

启治厉声质问道，启太则用力晃动着身子，仿佛在否定父亲的说法。

"不是美土里！是我！是我偷的！"

闻言，启治虽然还是很生气，同时却也难掩安心之色。他感叹道："你没有栽赃给美土里，这一点值得表扬。可你这是在偷窃。就算是爸爸妈妈的东西，你也绝对不能偷拿，明白吗？"

启太没有作声。

但是他看向父亲的眼神却意外认真，其中甚至带着震惊。

"你要是听懂了，就立刻道歉。"

"对不起。"

启太深深鞠了一躬。

"不再犯了哦！"

"不再犯了。"

"约好了哦，那么这次爸爸就原谅你了。"

见父亲放过了自己，启太的表情明显放松了下来，然而事情还未结束。启治依然板着脸，训斥道："话说回来，今天你也不是第一次偷钱了吧？是不是之前还干过？"

启太或许没料到父亲会提这件事，一下子颤抖了起来，飞快地抬起了脸。事已至此，他大概是察觉到已经无法抵赖，便默默地点了点头。

"是偷了妈妈钱包里的钱?"

他犹豫了一刹那,接着点头答道:"嗯。"

既然儿子已经承认了,启治也明显松了一口气。佳苗不禁叹息着,心想让父亲来教育孩子果然是正确的。

"你也得向妈妈说对不起,知道吗?如果你能诚心道歉,妈妈肯定会原谅你的。"

看到启太沉默地站着不动,启治以为他已经明白了自己的错误,便转头叫一直躲在暗处的佳苗过来。

佳苗可算等到了丈夫的招呼声,慢慢地走了出来。

就在这时,启太突然叫了起来,一声比一声高亢:"原来是你这女人!都是你的陷阱!!"

那叫声凄厉得仿佛要将听者的灵魂撕碎。

佳苗不由得站住了,启太用充满恨意的眼神瞥了她一眼。

"启太,你在说什么?!"

启治一惊,话刚出口,启太就甩开了他的手,往马路对面跑了出去。

修复破裂的家庭关系远远难于从零开始建立亲情。一家四口幸福生活的梦想如气球般"啪"的一声破裂了,佳苗已经不知道该如何对待启太。

后来启太盗窃成性、逃课逃学，不听家长和老师的话，所有人都认定他成了一个"问题儿童"。但讽刺的是，佳苗却松了一口气。她不必再逃避问题，反而有理由直接放弃努力，反正她只是启太的继母，管不了那么多。她就这样渐渐将自己看作是悲剧的女主角。

她刻意不向丈夫发牢骚，只是把启太惹出的事逐一汇报，结果启治的眉头越皱越紧，白发也越来越多。启太不是她的亲生儿子，却还要让她这么费心，这令启治在她面前完全抬不起头，相识时的那份温柔中已然带上了阴郁的色彩，快乐的笑声也几乎从日常生活中消失了。尽管他们夫妻间没有争执，家中的氛围却始终透着冷意。

启太小学期间就算干了坏事，只要鞠躬赔礼就能解决问题。佳苗一开始很不能接受，心想为什么自己非得去做这些不可。然而她逐渐习惯了，道歉已经不会再在她的内心掀起任何波澜。有时她甚至都快要跪在地上求人谅解，但只要一想到认错就能化解麻烦，便不再为此感到痛苦。

可等启太上了中学，事态越发严重，靠道歉也糊弄不过去了。他会盗窃、勒索，警方认为这完全属于犯罪行为，开始插手处理。毕竟单凭父母的权威已经无法压制结交了坏朋友的中学生。而且他不仅不和父母说话，就连看都不看他们一眼，一旦被出言提醒，就立刻跑出家门。渐渐地，找上门来的除了学校和附近的店家，甚至还有警察和少管所，根本没有佳苗出面打圆场的余地，只能由启治拜托当律师的挚友——衣田征夫去处理。

衣田是启治的竹马之交，对启治的前妻久子也很熟悉。他虽身为律师，却没有律师的威严和架子，看着也不像是口才了得之人，启太却不知为何一直很亲近他，意外地愿意听他说话。不过佳苗并不喜欢他，因为他曾反对启治和久子离婚，对她也总是冷眼相待。

反观启治，他让儿子与生母分离，最终把前妻逼到自杀，这份愧疚之意让他彻底丧失了作为父亲的自信。佳苗则琢磨着，也许应该让继子在矫正机构里接受管教，如此一来，他也不用见到她这个讨厌的继母，可能精神状态会稳定下来。不过她可不敢对丈夫说出心里话。

启太因为恐吓同学而上了少年法庭，衣田尽力保住了他，没让他进少年监狱。对此，启治自然是高兴地泛出了泪花，而一旁的佳苗却暗自失望。她害怕这孩子继续留在家里只会给家人造成伤害。

等启太中学毕业后，他的交友范围从单纯的不良少年发展到了帮派分子，情况前所未有地严峻了起来。

他在高中反复逃课，成天泡在游戏厅里，出勤天数当然不足，迟早会被学校开除。他每天午后才起床，随后便换上夸张的服饰出门，直到天亮才回家，也不知哪里来的钱玩耍打扮。他不在家吃饭，也不讨要零花钱，父母对他而言八成只是碍眼的存在。他一天天的夜不归宿，慢慢演变成了离家出走。

不知是否只有佳苗一人为此松了一口气，但总之，这个家已经完全留不住他了。

2

启太离开之后，今村家似乎又恢复了和平。然而，过了一阵子，美土里也离家出走了。佳苗这才意识到这个家不仅残缺在外，连内部都已被严重腐蚀了。

其实美土里的学习成绩并不突出，在社团活动里也没有亮眼的表现，但别说干坏事了，她从小到大都没有被老师请过家长。有道是"平凡是福"，她就是这样一个凡事按部就班的普通女孩，安安稳稳地成长为了一名高中生。

惊人的意外发生在三月下旬某个周二的上午。当时高一第三学期[1]已经结束，等春假过完，美土里就将升入高中二年级。

那天，家里只有母女二人。美土里突然宣告道："从今天开始，我要离开这个家。"

听到女儿的话，佳苗仿佛遭受晴天霹雳，可美土里已经穿上了平时常穿的运动服，背着一个鼓鼓囊囊的包，手上提着两个大纸袋，仿佛准备去参加团建活动一般。

她从不开玩笑，因此佳苗非常惊讶，赶紧问道："你要……离开这个家？什么意思？"

---

[1] 日本一学年为三学期制，四月一日为每个学年的开学日，中间有春假、暑假、寒假三个长假期。——译者注

"我要结婚了[1]。"

美土里回答得很平静。

"结婚？……和谁？"

"你不认识他。"

"你们在哪里认识的？"

"这无所谓吧？反正是你不知道的地方。"

"学校呢？学校怎么办？你还是高中生啊！"

"我会继续念高中的，每天从他家出发去学校，直到毕业。他说学费也由他来出。"

佳苗只觉得脑中乱作一团。

她从以前开始就不知道女儿在想些什么，尽管她从不明显地反抗大人，却也不会敞开心扉亲近父母。

美土里自打中学起就是校排球社的成员，她的实力不足以入选正式队伍，不过那并不是一所以排球见长的学校，按说没有多少机会去校外参加比赛、扩大社交。但她就读的毕竟是女子学校，既然她恋爱了，那么对方只可能是和社团活动有关的男性。可她就是瞒得这么好，从没让父母察觉到她已经有了男友。

佳苗还在拼命地摇头，美土里则干脆地走到了门口，打开鞋柜，取出平时穿的运动鞋。佳苗一看，发现鞋柜里已经没有美土里的鞋子

---

[1] 日本的法定结婚年龄为女性满16周岁，男性满18周岁，但自2022年4月起，女性法定结婚年龄正式上调至18周岁，与男性相同。——译者注

了,明明应该有七八双才对,却不知何时都被她拿走了。

原来她早已做好了离家的准备。

"你等一下!快告诉妈妈,你到底要去哪里?"

佳苗追了上来,而美土里只是无言地看向她,随后开口道:"不告诉你,不然你肯定会跟来的。"

"你这孩子!我要是有事得联系你怎么办?!"

"我带着手机呢,打电话说就行。"

看来她是不会回头了,今天只能先放她走。

她穿上鞋子,头也不回地离开了家,佳苗只能呆呆地目送着她。

美土里的同居对象名叫出井大佑,今年二十一岁,还是个学生。听说他惬意地独居在位于新宿[1]的新建公寓内,房子是父母为他买的。美土里也搬去了那间公寓。

启治知道继女出走后,赶紧联络了衣田。毕竟这事一旦处理得不好,闹得校方都知道就糟糕了。所以他希望由衣田给他介绍擅长找人且值得信赖的侦探事务所。

美土里虽然扬言要结婚,但她只有十六岁,还未成年,按照法律规定,必须先得到父母或养父母的同意才行。因此启治并不担心她会

---

[1] 新宿(Shinjuku)是日本东京都内23个特别区之一,也是东京乃至整个日本最著名的繁华商业区之一,有大量年轻人喜爱的时尚和亚文化元素。——译者注

正式办理婚姻手续，不过他不能允许才上高中的继女与男友同居。说实在的，虽然这算不上恶行，未必会被学校开除或遭到停学处分，可它不仅会严重伤害到她的声誉，甚至有可能影响她的升学和就业。

佳苗也和他抱有同样的想法，然而当他们收到调查报告时，才知道自己实在是太天真了。

美土里的男友井出大佑是个黑道大少爷。他的父亲乃黑帮团体"井出帮"的头目——井出正春，整个帮派隶属于某个警方登记在案的大型暴力组织。

大佑在M大学的经济学院念书，尽管他本人还没有明确表态，周围的人却都认定他毕业后就会进入"井出帮"旗下的企业上班，并且早晚要继承父亲的帮派。

此外，他为人沉默寡言，参加了大学的登山社团，没有犯罪前科或作恶的经历，在校里的口碑也不差，不过为人父母者才不会因此就感到放心。佳苗受到了很大的冲击，没料到自己的女儿居然和黑帮的大少爷同居。

然而，惊人的事情还远不止这些。佳苗记得自己曾经从启太嘴里听到过"井出帮"这个名字。于是，她便暗暗怀疑，莫非是启太介绍他俩认识的？

"井出帮"本质上虽是黑道帮派，但表面上却做着合法生意。他们拥有多家企业，经营着各种游艺设施。启太曾在外面认了一位姓"能势"的"大哥"，对方就在"井出帮"的关联企业工作，启太也是靠他才当上了池袋某家游戏厅的驻店店员。

和曾就读于公立中学的启太不同,美土里从中学起就一直在一所历史悠久的私立女子学校念书,同学都是富家小姐。其实这两个孩子年级相同,因此佳苗从一开始就不希望他们在同一所学校上学,免得出现各种因家庭环境而招致的尴尬或非议。但话又说回来,假如启太品行端正,那么家里当然同样会让他报考私立学校,而不是送去公立学校了事。只不过她不会为此感到遗憾,毕竟她只重视自己的亲生女儿。可她绝对不愿让丈夫启治看透这份小心思。

启太和美土里的关系倒是真不差。由于男女有别,他们年幼时便分别拥有自己的卧室,在小学里也不同班,按说并不亲密,实际上却经常聚在客厅的一角嘀嘀咕咕地聊天。回想起来,即便是在启太最荒唐的那段日子里,也从没有迁怒于美土里。

然而……

想到这里,佳苗深深地叹了一口气。她实在没猜到,这两个孩子暗中在外面交流,有着同一个人际圈子。而他们两人均与"井出帮"有所关联,这一点也不知是否纯属巧合。只是,若此事与启太无关,那么既不逃学,也不在晚上溜出去鬼混的美土里到底是如何结识井出大佑的呢?

回首人生,佳苗可以断言,自打美土里离家的那个春天起,自己和启治的婚姻就开始走向终结。在那之前,即使家庭关系的支柱上已经出现了裂痕,粉饰表面的涂层剥落得斑斑驳驳,他们仍不愿承认一切都源于自己的失策，一心只顾着假装美满，遮掩龟裂。直到美土里出事，两人终于爆发了争吵，这段婚姻到底还是触礁了。

吵架的起因是佳苗不小心说漏了嘴。

"把美土里介绍给黑道家少爷的是启太吧？这可真像是他会做的事呢，不就是不想让我好过吗？！"

她觉得一切都是启太的阴谋，要是没有这个继子，自己的女儿根本不会落到帮派分子的手中。

尽管这是一时的气话，启治却觉得非常刺耳，立刻逼问道："不想让你好过？你说启太故意不想让你好过？！"

他从没那么大声说过话。

佳苗有时会想，要是启治当时把她的话当耳旁风，那么大概也不会有后来的争执了。

事实上，"不责怪对方的亲生孩子"是他们夫妻之间一直以来默认的"规则"。可事到如今，依靠拙劣的演技掩盖真实想法的阶段已经过去了，用不了多久，常年积累的忧愤之情便会爆发。

"对！那孩子恨透了我，而且他很清楚，牺牲美土里就能给我造成最大的伤害！"

佳苗索性把话说开了，启治气得横眉竖目，完全不像平时的他。

"你的意思是，启太强迫美土里和那个男人同居？！他把美土里卖了？！那我倒要问了，她不是自己离家出走的吗？要真是被逼的，为什么不逃回家里来？！"

他越说越大声。

"美土里中学起就在女校上学，和男孩子来往的经验太少，所以对恋爱根本没有抵抗力！肯定是启太把那个叫大佑的男人介绍给她，她不知道对方是什么人，就和他交往了，还陷得很深！肯定就是这么回事！那些开放的女孩子确实不会把男人太当回事，可认真又没有恋爱经验的女孩子一旦和男人发生过关系，心里就认定对方了，对其他一切都不管不顾，不是吗？！"

她本以为这样就能轻易地驳倒启治，可他的眼中却浮现起了从容的神色，反问道："谁知道呢？美土里对恋爱真的没有抵抗力吗？"

佳苗听得出他话里有话，便继续据理力争："你有必要这么说吗？！美土里和启太可不一样，她从没被老师警告过！！"

启治则微微冷笑道："但是，她毕竟有那么一个父亲嘛。我记得你说过，你的前夫是不动产公司的员工对吧？可说真的，我认为那家公司是黑帮的关联企业，不然的话，怎么可能会雇他那种看起来就像帮派分子的人？"

启治的反击超出了佳苗的预料，她一下子呆住了。真没想到他会在这种时候提起自己的前夫！她当年明明就告诉过他，那个男人不顾家庭，游戏人间，还会家暴，因此她们母女才要赶紧逃跑……可这番话却仿佛给了她当头一棒，原来他根本就不信她！

"什么叫'她毕竟有那么一个父亲'？"

"在你离婚之后，美土里和她的亲生父亲并没有完全断绝来往吧？当然了，但凡她没有离家出走，我都不会发现这一点。不过回想起来，她打一开始就不肯亲近我这个继父，无论我再怎么努力，也从没感受到她对我敞开心扉。因为她不像启太那样明目张胆地叛逆，我还一厢情愿地认为，她是受到你前夫的虐待而留下了心理创伤，想与'父亲'这个角色保持距离，结果她果然是在排斥我。"

佳苗震惊不已，甚至说不出话。启治瞥了她一眼，随后继续说道："在启太和美土里心里，不管亲生的父母是好是坏，都绝对不可替代。我们必须承认，自己确实没有意识到这一点，真的太遗憾了。虽然我们以为，即使没有血缘关系，只要真心疼爱孩子，就能走进他们心里，可其实这只适用于那些不记得亲生父母的孩子啊。因此，即使美土里偷偷和她的亲生父亲联系，我也不会觉得她背叛了我。而他父亲或许是一个不合格的丈夫，不过看到长这么大的女儿，肯定会很疼爱她。我甚至不介意他们光明正大地见面，但要是他们父女把启太也牵扯了进去，我可就不能不管了。不知道是幸运还是不幸，启太和美土里关系很好，所以我的看法和你相反，我怀疑启太和那个'井出帮'产生联系的缘由，说不定和美土里的亲生父亲有关。"

"别胡说！启太学坏是美土里害的？简直是笑话！"

根本不可能有这种事，佳苗不禁叫了起来。

"我可没有这个意思。美土里从某种意义上来说，也被她的生父害苦了。然而她确实有可能是通过生父遇到了那个黑道少爷并交往，接着启太又通过他们结交了能势。"

启治仿佛是看透了佳苗无从反驳，才搬出了这么卑鄙的说法，而且口气还非常挑衅。她因为屈辱感而浑身发颤，暗想着启太又不是最近才开始堕落的，他打小就爱偷东西，上中学后更是不知道被警方批评管教了多少次。虽然不知道他是怎么攀上那个能势大哥的，不过肯定是在年轻人玩乐的场所被对方搭话了。这竟能归罪于美土里？

而最叫她无法容忍的，是丈夫居然把她们母女俩当成笨蛋。

"总之，你不就是想说美土里也是帮派分子的女儿吗？"

她的心中仿佛忽然裂开了一道大口子，激愤之情就如同岩浆般喷涌而出，可启治却像是在炫耀自己占据了上风一般，叹了口气，解释道："你怎么会这么想呢？我都说了，美土里也被她的生父害苦了。"

这副悠然的口气反而让佳苗愈加愤怒，她大声嚷道："你嘴上说得好听，心里其实跟你姐姐一样，凡事都觉得自己正确，错的是别人。我倒想问你了，你们今村家有什么了不起的？把嫁进门的媳妇一个个地辱骂过来，说人家是精神病，是帮派分子的老婆，连儿子不争气都是别人害的！这样子你们就满意了？"

当然，这些并不都是她的肺腑之言，倒是更接近于为了报复而随口说的胡话。只不过人在口吐恶言的同时，自身也会亢奋起来，所以说得根本停不下来。

其实在结婚前，启治曾热心聆听过她的倾诉，并认真给予了建议："在我看来，殴打女人和孩子的人是最差劲的。而另一方面，酗酒、赌博、好色尽管都是恶习，会给家人添麻烦，但它们属于人类本能的欲望，我们不能因此就认为那些人已经丧失人性。所以说，不管你丈夫有多么游手好闲，只要他守住底线，不进行家庭暴力，那么哪怕是为了孩子，我都会劝你忍耐。可你要是过着挨打的日子，就不要再犹豫了，立刻和他分开。人在童年因虐待而导致的精神创伤会伴随一生，这样的父亲对孩子百害而无一利。当然，我明白自己并不是多么优秀的人，但至少我会做一个比他优秀的父亲，这也有助于美土里的身心健康。"

当时，佳苗被启治那真挚的态度打动了。她认为他是一个好男人，一定能让自己幸福，于是下定决心在他的温柔上赌一把。

可她的下场却仿佛是偷鸡不成蚀把米。

想到此处，她不禁咬紧了嘴唇。

那场争执在他们夫妻之间刻下了深深的鸿沟，好在他俩都认为一定要在新学期开始之前把美土里带回家，这份共识让他俩意识到眼下不是相互置气的时候，于是还没有争出个谁是谁非，便暂时休战了。

不过对方毕竟不是普通人家的儿子，他们这种平民百姓明显应付不来，果然还是要靠律师出场。即使佳苗不太愿意和衣田打交道，这时候也只得妥协，和启治一起拜访了对方的事务所。

衣田仔细地听了他们的陈述，但律师也不是万能的。等他了解了整个事情的来龙去脉之后，那张本就没精打采的脸上又笼罩了一层愁云。

第二章 各名女性的故事

"正面进攻会很麻烦,通过法律手续又相当花时间,很难在开学前解决啊。而且美土里不是被绑架的,报警也没用。综上所述,如果你们想尽快把女儿带回家,那么调解是最好的选择。不过肯定不能让普通人直接和帮派分子谈判,必须得拜托在黑道面前有头有脸的人物出面。问题是,这时候需要出一大笔钱。因为那帮人最终目的还是要钱。"

佳苗听懂了衣田的言外之意。他旨在表达,这不是区区一个律师能插手的。

她无法释怀,心想着既然如此,这世上还需要什么警察和法律?

"我完全理解。我们只希望能尽快带回女儿,如果靠钱就能解决,那简直太让人庆幸了。"

启治毫无一丝迟疑,每句话都充满了愿不惜代价保护家人的男子气概。

既然方针已经确定,那么事不宜迟,衣田当场给自己的律师朋友打了电话,安排见面时间。对方名叫田卧雄幸,和衣田是同期出道的,原本是一名检察官,在黑道面前颇具威信。

田卧的办公室设在新宿某栋智能大楼[1]的十四层。佳苗和启治迅速前去拜访,只见那是一所规模极大的律师事务所,独占了整个楼层。从入口处的展示板来看,该事务所旗下的律师多达三十名。田卧

---

1 智能大楼(intelligent building)指设有完备的共用信息通信设施以及自动管理系统的办公大楼。——译者注

没有特别擅长的业务类型,却脱颖而出,坐稳了这里的第二把交椅。若没有衣田介绍,这种级别的律师想必不是启治夫妇能随便见到的,真不知得提前多久预约。

追究暴力犯罪行为是检察官的职责之一,可田卧从检察官转行成为律师后,却和那些帮派分子关系融洽,相处得像是老朋友似的。佳苗对此十分纳闷,而衣田那句"那帮人最终目的还是要钱"也让她心生反感。

年仅十六岁的女高中生被黑道大少爷骗色,他居然说没有其他解救方法?

她一路上都在问个不停,但启治始终没有理会她。因为无论是在官场还是民间,常有人会在辞职后"倒戈"向原先的敌对者。既然眼前有可行的方法,同时也是现阶段最理想的对策,那他不可能不采纳。现在最重要的是尽快救出美土里,越快越好。

对成年人而言,或者更该说对男人而言,这套理论或许是正确的,反正他是为了美土里(也能勉强说是为了佳苗)。然而,在一切都化为乌有之后,佳苗也终于明白,"债务"就是一只在全社会布下天罗地网的毒蜘蛛;而她正是因为稀里糊涂地盲从了启治这套"男人的理论",才会和他一起落入网中,背上了还不完的债。

他们夫妻对前台接待人员报上了姓名和来意,接着跟随一名身穿西服套装的年轻女性进入了一间接待室。她待人接物非常干练,像是律师；不过她稍后又为他们端来了茶水，看来应该只是个事务员。

这里连事务员都如此伶俐，内部装潢也散发着简洁实用的美感，仿佛外资企业一般，和衣田的事务所相比真是一个天一个地。环境上的巨大差异让佳苗感到压力，难以安下心来。

他们等了十分钟不到，田卧律师便赶来了。他长着一张圆脸，身材瘦小，但充满威严。交谈期间，他一边专注地倾听着他们的情况，一边不停地提问，口齿清晰，态度干脆。他礼数周到，脸上始终挂着微笑，然而眼中却不时闪现出犀利的神采，让人不得不相信，他不愧是检察官出身。

总之，佳苗和启治用尽了全力，把来龙去脉阐述得通顺合理。田卧听完后，便下了结论："我不确定井出老大有多了解他儿子的所作所为。像这种时候，就只好按基本的方法去操作，先找个说话有分量的人——至少得是井出老大绝对无法忽视的人，拜托对方把问题转达过去；接着再由井出老大好好跟儿子说清因果道理。不然的话，别说拆散情侣有多困难，您家女儿都是高中生了，您二位也没法把她绑在家里啊。她很快会跑回男友身边，那可就前功尽弃了。所以我们只能诉诸黑帮最看重的道义和面子，让那位大少爷遵守和他父亲的约定，从而与您女儿划清界限。"

他的建议和衣田一模一样。

当然，田卧的发言具有很强的说服力，而这正源于他出色的战绩。

他继续往下说道:"但是,拜托大人物出面,费用也是不得了的。如果你们可以接受,我这就把事情操办起来。"

他用如猎鹰般锐利的视线凝视着面前的委托人,估算着他们究竟愿意出多少钱。

其实,他的话语也好,这间律师事务所的规格也好,全都暗示着这件事不是靠几十万日元就能办妥的,恐怕得花上数百万日元。

佳苗不停地思考着。她迫切希望问题得到解决,可假如田卧提出的金额超出了家里的存款,那也只得放弃,毕竟空手变不出钱来。

然而,就在她打算开口询价之前,启治已经果断地给出了回答。

"我们有心理准备。不管花多少钱都行,万事拜托您了!"

妻子就坐在身边,而他甚至不打算征求她的意见。佳苗看向他的侧脸,那认真的表情已经充分表达了他的决心:一旦出现紧急情况,要他欠债也在所不惜。

闻言,田卧用力点了点头,说道:"那就好。对了,还有一点需要说明,我这套做法和一般的'调解'不同,没有正规手续,整件事都由我一力完成,包括挑选中间人也是。因此无法开出票据或者协议书,请见谅。当然,我会提前告知你们总共需要多少钱,得到你们同意后再去和对方详谈,不过具体过程恕我不作汇报。这就是我接下这桩案子的条件,你们意下如何?"

他说起话来滴水不漏,不容辩驳,佳苗当时只觉得他非常可靠。

而他果然没有食言。在新学期开学前两天,美土里平安无事地回到了家里。她虽毫发无伤，看着不像受了"教训"的样子，却再也不提离家，真不知是谁对她讲了些什么道理，让她学乖了。正所谓"术业有专攻"，这位检察官出身的律师着实有手腕。

只不过，直到事态已经进退两难时，佳苗才知道启治到底为此付出了多大的代价。

田卧开出的价格是整整两千万日元。这个金额堪称天方夜谭，普通的工薪阶层根本拿不出这么多钱，而且启治连详细账目都一无所知。

但他们毕竟把整件事都交由田卧一人处理，没有理由等事成之后再说三道四，称其中有猫腻。听闻在黑道上，传话费和调解费是等额的。这是他们道上的"行情"。如果这是事实，那么其中一千万日元归大佑的父亲，另一千万日元归中间人？不对，这笔金额要是还包含了田卧的律师费，那么也很可能由他们三方均分。

——"但是，拜托大人物出面，费用也是不得了的。如果你们可以接受，我这就把事情操办起来。"

这么想来，田卧确实没有说假话。可佳苗心中仍止不住地愤怒。

她只能认为是大佑父子、衣田、田卧相互勾结在一起坑害他们夫妻。而她的这番怒意，自然发泄到了丈夫启治头上。谁叫他瞒着自己，同意支付两千万日元呢？这下可好，他背上了巨额的外债。她万万没想到，丈夫竟然这么愚蠢！

他们再婚时买下的二手公寓还有贷款没还清。由于当时制订了合理的还贷计划，按说不用担心任何问题。但这笔庞大的债务彻底打乱了他们的安排。

为了支付这两千万日元，他们用存款和保险解约后拿到的钱凑出了五百万日元，又以退休金为担保，向公司申请特别融资（利息低于一般融资），凑出了另外五百万日元。问题是剩下的一千万日元。任谁都明白，像他们家这种需要继续还贷的公寓，即使作为抵押物，也只有高利贷肯接受并借钱给他们。

高利贷的利率虽不至于"日息1％"那么离谱，但无疑属于暴利，早晚会让人连利息钱都还不上，不过启治似乎有别的打算。他想先利用高利贷把继女救回来，接着找利率相对低的借款来还高利贷，从而减轻自己的还债压力。可是他的天真让佳苗越发气愤。没有担保，该如何找到正经的借款渠道？

因为还不清的债，他们的生活仿佛陷入了地狱。讨债人日夜催款，不仅电话、信件不断，还有貌似帮派分子的人追到家里来。启治的确从一开始就没向正规机构借钱，但即使是那些个人经营的高利贷，只要有一定规模，催债手段也不至于这么荒唐。可想而知他到底惹上了怎样的债主。

现在，不管他去找哪一家做借贷生意的借钱，他们都会相互推诿，拒绝出借。他欠的钱越来越多，无法脱身，佳苗也忍耐到了极限。

"你借高利贷之前，为什么不和我说一声呢？"

她大声质问着。

其实她也明白，自己不该指责启治。只是她实在忍不住了。

"说了只会让你烦恼。你很爱美土里，希望她平安回家，但也会顾虑到我的担子。我不希望看到你左右为难。更何况，我没有其他选择。明知只要花钱就能把女儿救回来，不然孩子就毁了，你觉得我作为父亲能无动于衷吗？"

他那得意扬扬的口吻使佳苗怒火倍增。

"胡说！你摆什么姿态呢？有点分寸好吗？你明明就没把美土里当回事！她刚离家出走的那阵子，你记得自己说了些什么话吗？你压根儿就不喜欢她！也是，她那么没良心，连我都觉得她不招人疼，所以你只是为了面子，装出一副关心女儿的样子，不是吗？"

她又和平时一样，被自己的话所煽动了。一旦生气，便止不住激动，不能冷静沟通。

"那么，你觉得应该由着美土里和那个黑道少爷厮混？"

启治气极了，那副瘦得凹陷的面颊开始抽搐，未刮干净的胡茬也被本就白皙的肤色衬得更为凌乱。

其实美土里归家后，每次出门都照例不打招呼，还若无其事地吃饭、上学、参加社团活动。她或许是被大佑的父亲提醒过了，反正佳苗没发现她继续和男友悄悄会面的痕迹。若论她有什么变化，那就是会公然在家抽烟。

在佳苗的记忆中，女儿总是沉默而顽固，从未对自己敞开心扉。她终于不得不认识到，美土里的身上确实流着她生父的血。

——这孩子到底想给我添多少麻烦才肯罢休！

她暗暗埋怨着女儿，对启治说出了连自己都难以置信的话："早知如此，还不如让她留在那男人身边。反正总比背那么多债强。"

"你真是这么想的？"

"是啊！"

"就算女儿嫁到黑道家也没关系？"

"总比家里破产、流落街头好过多了吧？那个叫大佑的黑道少爷在乖乖上大学呢，又不是小混混，和启太可不一样——"

佳苗话还没说完，左脸颊就火辣辣地疼了起来。

"我姐说得对。是我太蠢了，才会同情你。即使和我结婚，你骨子里依然是帮派分子的老婆！这辈子都是！"

启治愤怒到了极点，连面目都扭曲了。

这是他第一次对妻子动粗。佳苗没想到他居然拥有如此激烈的情感，而与此同时，她也意识到自己的第二段婚姻实质上已彻底破裂。

3

　　今村家四分五裂，但佳苗与启治终究不希望再离一次婚，于是赶忙一起努力，姑且算是临时修复了一下家庭关系。

　　由于经济上一筹莫展，启治似乎下定了决心，去向多年前断绝往来的姐姐悦子低头，倾诉目前的困境。当初决定再婚时，悦子对佳苗进行了露骨的羞辱，他们夫妻为此和她大吵了一架，如今却要向她求助……这让启治非常懊恼，可他实在是走投无路了。

　　自己心爱的弟弟主动道歉，悦子的心情一下子就畅快了起来。她准备说服丈夫岩雄，替启治承担高利贷的债务。其实这部分的欠款早就从最初的一千万日元，膨胀到了两千六百万日元。要不是岩雄通过炒股拥有了惊人的存款，是根本不可能还清的。

　　而启治欠债一事既然已经浮出水面，佳苗也开始在一所提供大厦管理服务的小公司里打零工，包揽了泡茶、记账等事务性的工作。其间她重新意识到，她并不仅仅是某人的妻子或母亲，更是她"自己"。这一觉醒可谓意义重大。尽管身边都是些没什么出息的大叔，可他们有时会邀请她一起去居酒屋吃吃喝喝，去卡拉OK唱歌聚会。外界的新鲜感让她觉得那些充斥着不满的岁月简直就是虚假的幻觉。

　　或许是因为家庭生活恢复了安稳，美土里的表情不再那么沉郁。

虽说她依旧很少说话，不过每家每户的青春期少女差不多都是这个样子。幸好佳苗当初为女儿选择了可以直升大学部的高中，不用操心她的高考问题。

而另一方面，即便姐夫替启治扛下了债务，启治还是要把房贷和从公司借来的钱给还上才行。因此今村家在经济上仍不宽裕，只是比起那些被逼债的日子，这样的生活已经堪比天堂。

再者，他们也得在力所能及的范围内每个月向峰岸家还一笔钱，长期支付，直到把姐夫代偿的金额填上，利率则低至银行定期存款的水平。当然，如此温和的还款方式，都是出于悦子的指示。

"您如果真的为他着想，就不可能把帮派分子的女儿塞给他。她身上流着她亲生父亲的血，就算现在可爱，但想想也知道以后会变成什么样子，闹出什么问题。启治肯定要为她操碎心！您可别说没人能预知未来。毕竟有其父必有其女哦。"

这是佳苗初次见到悦子那天，悦子当众说的话。她直到现在还记忆犹新。

她当场决定，这辈子都不会原谅悦子。这个女人眼高于顶，甚至把丈夫当成一个方便的道具来利用。然而她没料到，悦子竟是真心地疼爱着弟弟启治。果然血浓于水。

由于事态正往好的方向发展，安逸感在不知不觉间包裹住了她那颗悬着的心。她没能察觉到，未来的悲剧已经悄然拉开了序幕。

一切都始于一年半之前。

当时，距离美土里的出走风波已经过去五年了，今村家享受着前所未有的安宁。启太虽一直住在外面，也照例不务正业，不知是否正式加入了帮派，不过倒不至于失联，而且这些年来警方没有再因为他而找上启治和佳苗，看来他这些年过得还算安分。光是这一点就足以让他们谢天谢地。

然而，美土里依然沉默。佳苗本想着，女儿已经上大学了，交一两个男朋友也没什么。只是她本人似乎没有那个心思，只知道忙于学业、社团和打工。

眼看着孩子们不再胡闹，夫妻之间的关系便顺理成章地缓和了下来。佳苗逐渐明白了相伴多年的老夫妻们的心境。原来心平气和才是婚姻长久的关键，爱意与激情其实远没有那么重要。尽管债务的重压尚在，他们还需努力偿还，但她已不再为此责骂丈夫。

然而就在这时，悦子突然病逝了。

佳苗听说她本就患有严重的糖尿病，最近还出现了并发症，却不知道已经恶化到了这般地步。就连不时会去探望她的启治，大概也没料到她会走得这么早。

想来，佳苗只在和启治再婚前见过悦子一面，之后便再也没有踏入过峰岸家的客厅，两家就这么断了往来。只是现在她和启治欠着峰岸家的钱和人情，惹怒姐夫岩雄并不明智，因此夫妇俩还是一起参加了悦子的葬礼。

葬礼结束两周之后，峰岸家的入赘女婿谅一给今村家打了一个电话："启治舅舅您好，周日下午能去您家打扰一下吗？我代表岳父找您聊聊。"

谅一是个生意人，为人非常圆滑，即使在两家人处于冷战时，也依然能若无其事地出入今村家，所以佳苗并不介意他上门拜访，只是心中仍有些忐忑，心想着他到底有什么事，还特地强调自己"代表岳父"。

转眼到了周日当天，谅一久违地来到了今村家，说起了开场白："是岳父叫我过来的，其实我本人不太乐意，不过有道是'父命难违'嘛。所以我就有话直说了，您别介意……"

他在休息日还十分正式地穿着西服套装，言行举止都十分刻意，越发显得可疑。

"怎么了？"

启治询问道，神色里透着紧张，总觉得对方来者不善。

果然，谅一迅速探出身子，答道："您已经心里有数了吧？其实找您也没什么别的要紧事，就是我岳父之前借给您两千六百万日元，您总得还上呀。这可是一大笔钱，对关系再近的亲戚也没法说借就借，而且您还没有任何抵押或者担保人，我岳父也没要利息，没定还款期限，这所谓的'借钱'都跟'白送'差不多了。我听说这件事的时候真是大吃一惊，心想他是不是老糊涂了。只不过——容我说句不中听的，他老人家这么轻率地借出这笔钱，纯粹是为了去世的岳母。您也知道，他打心眼里深爱着岳母，所以岳母说往东他就往东，说往西他就往西，从来没有二话，捧在手里宝贝着。岳母那么疼爱您，去求他帮帮您，他哪会拒绝？不过现在岳母已经走了，岳父希望您还钱也不算过分吧？"

他一口气说了这么一长串，同时目不转睛地打量着启治的反应。

事后，佳苗当然明白了，其实是谅一公司的资金周转出现了困难，实在没法子填上欠款，找岳父通融却被拒绝了，说借给小舅子的钱还没要回来，没有闲钱能借给他，他这才主动揽下了讨钱的任务，开口闭口都是"岳父"，狐假虎威地上门催债。

但当时的启治和佳苗完全不知道这些曲折。

听完谅一的话，启治低下头，一言不发。佳苗则坐不住了，直接插话道："你说姐夫'没要利息，没定还款期限'，这话可不对啊。大姐当初跟我们说，每个月尽量还上一部分就行，利息也按照银行定期存款的标准来。老公你说，是这么回事吧？"

启治默默地点了点头。

"我们每个月都还钱给姐夫，已经还了不少了。"

佳苗赌气道，但谅一依然很冷静，回话说："嗯，你们确实还上了一部分本金。只要看看转账记录就知道具体还了多少。要是你们愿意，我可以好好算清楚然后告诉二位。不过这可能是岳母自作主张跟舅舅定下的，反正岳父本人既没有做过舅妈您刚才提到的'还款约定'，也没有说过他允许舅舅分期慢慢还钱。包括舅舅写的借据上也没这些内容吧？所以我来传达一下他老人家的想法，他觉得之前的事就让它过去吧，但以后不能再这么拖拉了。他甚至想叫你们直接把钱全还他，不过这也不现实……您看，我们去做一份公证书怎么样？利率就定为法定的年利率百分之五，三个月后把利息和剩余的本金一次性结清。说真的，这条件放在社会上已经属于宽松得不能再宽松了。"

他说得非常流畅，毫无迟滞。

这也太过分了！佳苗差点大叫出来，而启治脸色惨白，虽然还是一声不吭，但脸颊都不禁抽搐了起来。

启治的沉默或许让谅一心生焦虑，只听他提高了声音："不想做公证书的话就别做了，我岳父的为人您也很了解，就连对我这个跟了他姓的女婿，说不定都能扔了不管，别说您只是他的小舅子了。而且我已经拼命劝过他了，凭我的分量，只能帮您到这一步。换作是律师来找您谈判，您的工资全会被拿去抵扣欠款，包括这间公寓都保不住，您的家就得彻底散了。您能接受这种结果吗？"

他几乎是在威胁启治，尽管口吻和气，说的话却与放高利贷者无甚区别。

"我知道了。但能再宽限一阵子吗？"

启治疲惫地应道，仿佛是在呻吟一般，已经无力再做抵抗。

佳苗胸中燃起了怒火，暗骂丈夫是个蠢货、软蛋，可她对谅一的厌恶又将对丈夫的愤慨吹得烟消云散。

"那么，请您好好考虑，我今天先回去把情况汇报给岳父，近期会再来叨扰的。"

他脸上露出了从容的笑意，对启治的窘迫视而不见。

就在这一瞬间，一个凶暴的念头在佳苗脑中喷薄而出，她恨不得杀了峰岸岩雄和谅一！希望他们立刻去死！连她自己都对这股暴怒之情感到震惊。

——原来，这就是人类萌生杀意的刹那。犯罪者与普通人之间的距离意外地薄如蝉翼。

谅一得意地扬长而去，佳苗再次与启治面面相觑。

她已经不想痛斥丈夫没出息了，面对如雪崩般急转直下的事态，他们束手无策，一片茫然。

"你还是找衣田律师商量一下吧？"

她难得平静地提议道。

"好。"

启治坦率地表示了同意，但不清楚他是否照做了。总之仅仅五天后，他就成了一缕凄惨的车下亡魂，离开了这个世界。

4

悲剧就发生在启治上班的途中，没人知道他到底死于自杀还是事故。

当时还不到早高峰时间，根据目击者的说法，他站在JR线的站台上，突然整个人都摇摇晃晃的，随即便掉进了轨道池。由于电车马上就要进站，旁人实在没法施以援手。

只要知道被电车碾死的惨状，应该没有人会主动跳轨自杀。而启治的死状让在场所有人都再次痛彻地体会到了这一点。

从现场状况来看，没有任何蓄意杀人的嫌疑，因而警方的问话也极为简单。他们通过佳苗的供述，确认启治工作顺利，健康状况良好，实在找不到任何自杀的理由。至于向姐夫借的钱，只要当事人不提，警方自然也无从得知。毕竟佳苗明白在这时候闹出自杀纠纷可没有任何好处。

启治死了。这对他们那从始至终都充斥着混乱与困扰的婚姻生活而言，当真是一个过于乏味的结局。而面对这突如其来的悲剧，佳苗甚至连哭都哭不出来。她刚开始只觉得浑身虚脱，紧接着愤怒便涌了上来。丈夫抛下一切，自顾自地从眼前的困境中逃跑了，到底把她这个妻子当成什么了？他们夫妻一场又究竟有什么意义？

一家四口居住的公寓中，终于只剩下了她和美土里两人。

启治去世五个多月后，升入大学四年级的美土里趁着暑假再次离家出走了。

"我要离开这个家。"

那是去年的七月十五日，天气暑热难当。她离家时的台词、语调简直和五年前一模一样，当年的情景仿佛在佳苗眼前重现。

只不过不同的是，美土里已经不是高中生，而是成年人，鼓鼓囊囊的纸袋也换成了崭新的深红色行李箱。

"你打算上哪去？"

"哪里都行，反正我不会再回来了。"

"那你的生活有着落吗？你还没找到工作呢。"

"不关你的事。"

这次美土里没有说要结婚。但是母亲的直觉告诉佳苗，她准备回到井出大佑身边去。原来五年来，女儿眼里依然只有初恋的男友。

"你要去找那个黑道少爷？"

佳苗看着女儿的背影，问出了这么一句话。美土里则缓缓地回过头来，用冷漠的眼神望向她，反问道："是又如何？"

她不禁怒从心起。

"'是又如何'？你这说的是什么话！你知道我们为了摆脱那个男人到底花了多少钱吗？两千万啊！你的赎身钱值整整两千万啊！害得爸爸出去借钱，为了还债累得要死要活！要是你没找那种男人，根本就不会发生这种事！你真不知道吗？爸爸是因为你才会死的！"

217

"我不知道啊。原来他这么蠢。"

即使听到了真相,美土里依然不为所动。佳苗愣住了,心想这真的是自己的女儿吗?

"'赎金'?'两千万'?别开玩笑了,谁求你们出钱了?那笔钱大佑一分都没拿到,单纯就是你们自己被那律师老头敲诈了而已。"

"你闭嘴!"

佳苗忍无可忍,陷入了暴怒之中。

要是过去,她早就动手打这孩子了,可如今女儿大了,她只能选择责骂,而且也没有说出多少难听的话,充其量不过是拔高了嗓音。

"你嘴上倒是清高,你明白自己到底给别人添了多少麻烦吗?我不许你把为你而死的人当傻瓜!"

"所以我没什么都没对他说啊!他就是个烂好人,但你才是真正的傻瓜!你又愚蠢又卑鄙,光知道把责任都推给我,离婚也是为了我,丈夫死了也是我的错,太差劲了!明明是你自说自话找上别的男人,自说自话离开爸爸!我只不过和你做了一样的事,又有哪里不对了?!"

美土里也激动得叫了起来,连声音都带着颤抖。

——原来这孩子也是有感情的。

佳苗在刹那间把她的声音和前夫的声音重叠在了一起,而且她蓦地发现,她和她的亲生父亲——那个早已被自己遗忘的男人长得如此相似。

就在佳苗发愣的当口，美土里已经踏出了家门，从她的视线中消失了。她觉得自己这辈子都不会再见到女儿了。而这份预感或许会不幸成真。

如今回想，她才彻底明白过来，一切都不是偶然。峰岸岩雄的死讯是在七月五日传来的，就在美土里再次出走十天之前。他的房子遭人纵火，他本人也被烧死，尽管下场凄惨，但真是非常适合这位顽固无情的老人。而在这场风波还未过去之时，案件又迎来了新的进展，一周后（即七月十二日），峰岸老人的入赘女婿谅一作为嫌疑人被逮捕。

不过佳苗并没有特别吃惊。谅一的事业陷入了死胡同，资金完全跟不上，像他这种人说不定真会谋财害命。她甚至觉得这一连串的事件背后有一种超越所有人想象的强大意志在操控全局。比如——自己才刚离世，最爱的弟弟就被推入地狱，于是悦子的怨灵开始作祟……这或许就是所谓的"恶有恶报"。

即使是峰岸岩雄老人，对启治的死应该也心怀愧意吧。他和谅一虽然参加了启治的葬礼，然而全程对还钱一事只字不提，也再未催过债。

但这并不意味着佳苗能就此安心过日子。公寓的贷款姑且拿保险金填上了，启治的退休金和公司的特别融资也相抵，可万一峰岸老人重新拿那两千六百万日元来说事的话，哪怕佳苗把公寓卖了也还不清，届时她们母女二人将会流离失所。

这时峰岸老人却骤然死亡。她无法否定自己确实松了一口气。这样一来，还债的事应该会被大幅度推迟，况且嫌疑人还是谅一，这对她而言简直是"喜上加喜"。按此下去，整笔欠款不了了之也不是白日做梦。

卸下重负的佳苗久违地尝到了放松的滋味。在经历了漫长的曲折之后，她总算抓到了一丝安稳。诚然，她的处境还不能说乐观，但至少正在逐步好转。尽管迟了一些，可她即将开始属于自己的人生。

那是不依赖于男人，也不受男人所支配的人生。她可以自己决定一切，只为自己而活。

然而，美土里的再次出走就像是给她泼了一盆冷水，浇灭了她热情的火焰。女儿临走时扔下的怨言与露骨的憎恶就好比一杯煮至焦煳的咖啡，一旦饮下，强烈的苦涩便牢牢地黏在她的口中，久久地无法消散。

而且美土里若光是离开倒也罢了，却没想到还给她留下了沉重到可怕的"临别赠礼"。

峰岸老人在自家被烧死的那晚，谅一和一名顶着红色假发、戴着黑色墨镜的女性在汤河原的酒店共度了一夜。而她的身份至今不明。

八个月后（即今年的三月上旬），谅一的妻子朱实在自家的别墅中溺水身亡，起因据说是峰岸老人曾为防止水管冻结而拧开了浴室的水龙头，离开时又忘了关上，结果水阀打开后，水淹满了整个地下二层，朱实在不知情的情况下乘坐电梯下楼，于是惨遭溺毙。

即使是佳苗，在听到这个消息时也惊呆了。毕竟悦子去世之后，至亲就接二连三地发生不幸。死亡的接力棒通过启治和峰岸老人，又被传递到了朱实手中。

悦子有两个女儿，暮叶经常来舅舅家玩，朱实则像母亲那般生性高傲，几乎没有和佳苗说过话。但想不到她居然会被淹死在自家的别墅里。

——那时候，她一打开电梯门，冰冷的水便一股脑地涌了进来……活活把她溺死……

佳苗无法对此淡然视之。每次想象当时的场景，她就觉得阵阵胸闷，深感自己就算要死，也绝对不愿碰上这种死法。

不过朱实和佳苗之间的感情十分淡漠，她的死并未给佳苗带来任何悲伤。她首先想到的是峰岸家又少了一个人，这下启治向姐夫借的钱或许真能一笔勾销。反正是对方一家薄情寡义在先，她甚至没有对自己的冷漠与现实感到愧疚。

怎料，事态开始往意外的方向发展。朱实一死，峰岸老人被烧死一案就出现了戏剧性的突变，整桩案子峰回路转。

原来，火灾发生时，谅一有着确凿的不在场证明，并声称完全是顾虑到妻子朱实的感受，才把出轨一事隐瞒至今。于是任谁都想象不到，在漫长的九个多月之后，谅一最终被判无罪释放。佳苗简直不敢相信自己的耳朵。

而过了仅仅半个月（即五月十三日），更加令世人震惊的消息传遍了整个日本。谅一才刚获得无罪判决，便同样殒命于峰岸家的别墅，而且死状极其古怪——诡异的坠楼、急性的砷元素中毒、加入了亚砷酸的梅子酒、被烧毁的车子……其中的每一项要素都让人完全找不到头绪。这个男人欺骗了妻子，在社会上掀起了巨大骚动，还逼死了启治，结果就这样轰轰烈烈地死去了。

——可美土里为什么会和谅一在一起过夜？

佳苗每每回忆过往，都会在这时黯然打住。她紧紧地盯着自己的双手，手中那杯柠檬茶也已冷却，似乎正冷冷地回望着她。美土里的房间失去了主人，佳苗在她衣柜的最下层抽屉里找到了一顶红色的假发和一副黑墨镜，她不知该如何接受女儿留给她的"大礼"。

去年七月五日的周六晚上，美土里确实不在家。那时，她常因参加大学社团的合宿活动而外宿，佳苗当然不可能每次都把时间记得那么清楚，不过那次是个例外。午间新闻报道了峰岸老人在火灾中身亡的消息，她正因为激动而想找人交流，却发现家里没有人在，因此给她留下了深刻的印象。

现在她已经有十个多月没见过女儿了。事实上，其间女儿用手机和她通过一次电话，向她简述了近况。

原来美土里现在正与井出大佑同居，暂时不打算找工作，靠打工挣钱，也没有考虑结婚生子。大佑大学毕业后去了和他父亲无关的IT企业上班。尽管她汇报得不情不愿，但声音听起来意外的充满活力。

第二章　各名女性的故事

她原本寻思着，美土里或许还会回到这个家来，因此一直没有碰过她的房间。毕竟无论多么叛逆的少女，总有一天会理解自己的母亲，并且需要母亲的帮助。但她的心态在不知不觉间发生了转变，心想既然美土里本人对现状满意，自己就不便多加干涉，当然，也没必要继续将她的房间保持原状。

美土里的房间紧挨着玄关，约有八平方米大小。整间房只有一扇面向走廊的窗户，即使是白天，室内也略显昏暗。她就在那个密闭的小空间里住了差不多十五年。由于佳苗每周给她的房间吸尘时会顺便开门通风，房内并没有闲置已久的屋子所特有的霉味。然而，失去了主人的书桌、书架就仿佛是去世孩子的遗物一般，让人连伸手触摸都心生犹豫。

但她此刻已不再迟疑，心想着通过整理女儿的房间，说不定能找到某些线索。

她最先打开的是书桌抽屉，不出所料，里面空空如也。此外，把衣柜塞得满满当当的衣物也连同衣架一起消失得一干二净。美土里离开之前大概把所有不需要的东西都处理掉了。尽管她的书架上还摆满了学生时代的教科书和小说，不过与其说是舍不得扔，更应该是怕空荡荡的架子太过醒目，引起母亲怀疑吧。

本该陪伴在她身边的丈夫和女儿都不知不觉消失不见了，只留她独自面对空荡荡的家具。

——这孩子果然什么都没留下……

失望与安心交织在一起，佳苗一边暗自感慨着，一边从上往下依次拉开衣柜上的抽屉。终于，她把手伸向最后一个抽屉，以为里面可能放着皮包和一些小玩意，却发现了那两件可疑的乔装道具。那顶红色假发是由化学纤维制成的，每一根卷曲的发丝都让人心生厌恶，仿佛在嗤笑她。

——证据都摆在你面前了，你还觉得峰岸谅一的死和美土里的失踪之间毫无关联？

一种不可言说的不安向她袭来，她一下子跌坐在木制地板上。

谅一的尸体被发现后过了五天，井出大佑找上了佳苗。

当时已经过了晚上七点，下班回家的佳苗从信箱里取出晚报，转身往回走，只见一名男子正站在那狭窄的公寓入口处。

他穿着深蓝色的西服套装，提着公文包，看起来是个上班族，年纪目测在二十五到三十岁之间，大概是来这里找生意的推销员。

但对方的眼神却直视了过来，显然是在等她。

"打扰了，请问您是今村佳苗女士吗？我叫作井出大佑。"

他的声音意外低沉。

这么说来，她依稀记得自己曾在侦探事务所的报告文件上见过这张脸。当年的他还只是个大学生，要不是报告上写明了他的家族背景，根本看不出是黑道家族的大少爷。可此刻的他比学生时代更加正经沉稳，即使有人出面指认，她也无法相信这样的好青年会是那种出身。看来他的工作确实和帮派无关。

不过他怎么会出现在这里？事出突然，佳苗一下子反应不过来。

"很抱歉，冒昧来拜访您，但是美土里……美土里她不见了！"

他有些吞吞吐吐的，面色凝重，连脸颊都在抽搐。

原来如此，佳苗明白了他来这里的理由。

"她没回过家。"

佳苗抢先一步把话挡了回去。

小情侣八成是吵架了，而美土里看着老实，实际上性子倔强，很可能一气之下又出走了。不过佳苗并没有因此就劈头盖脸地责骂大佑，反倒是尽量和气地答话。想来也是因为对方的态度确实真挚、诚恳。

"我也知道她没来找您，只是我有些担心她……妈，您有什么头绪吗？"

他又一次住了口。

佳苗可不想听他这么随意地称自己为"妈妈"，但大佑整个人看起来紧张极了，让她明白目前不是计较细节的时候。

"我们总不能站在外面说话啊，你先跟我上去吧。"

说完，她便迅速走向电梯，可事实上，连她本人都很惊讶，想不到自己居然会邀请这家伙进家门。

大佑默默地跟了上去。

厢式电梯里只有他们两人，佳苗重新打量起了对方——大佑中等身材、长相虽然端正，但称不上俊美，至少无法从外貌上看出美土里究竟喜欢他哪一点。

她将大佑迎入客厅，两人在桌边面对面地坐下。

"到底发生了什么事？请你从头告诉我。"

事态似乎有些严重，她省略了寒暄，直奔主题，连茶也不泡了。

"美土里不见了。"

大佑把刚才的话重复了一遍。

"什么时候不见的？"

"已经一周多了。五月十日——也就是上周一的早上，她出了门，然后再也没有回来过。她每天都有排班，所以我当时以为她只是打工去了……"

大佑的语气并不激动，可那个日期却引起了佳苗的注意。

"那天晚上，她没回家，也没有告诉我。以前从没发生过这种事，我很担心，不停给她打电话、发短信，但一直没能联系上她。第二天我打电话去了她打工的公司，她的上司告诉我，她本人十日早上打电话请了一天假，说自己身体不舒服。可从那天起，她就一直无故旷工。我怎么想都觉得不对劲儿。"

确实不对劲儿。美土里离开今村家时也是先知会了母亲才走的。

"你们没吵架吧？"

大佑摇头否认，表情相当黯淡，"没吵，所以我原本也不怎么担心。而且她出门时没带衣服和个人物品，这就说明她并不是离家出走。于是我把所有能想到的人都问了一遍，可大家好像都不知道她在哪里。"

"你报警了吗？"

佳苗姑且问了一声。

他好歹是黑道家的大少爷，即使本人再规矩，估计也不喜欢和警察打交道。毕竟一旦求助于警方，他的父亲和帮派内的成员们肯定都会遭到无端的猜忌。

结果，他果然垂下了头，承认了自己没有报警。

这时，她突然察觉到一个疑点，赶紧追问道："你刚才说，你知道美土里没有来我这里，这是什么意思？你为什么会这么认为？"

她似乎问到了大佑的痛处，他羞愧地再次垂下了眼睛，说道："从她平时的言行里看得出，她不可能回来找您。而且……其实我这两天一直都悄悄监视着您的公寓大楼。它只有一个出入口，但两天以来，我一次都没有看到她进出这里。"

"你不用上班？"

"我请假了，每天都从早上七点一直蹲守到晚上十二点。"

"别胡说了！人怎么可能那么长时间都一动不动的！"

"我没有骗您，我拜托了朋友，我们两个人轮班。"

佳苗愣了，她没想到大佑居然做到这种地步，但同时她心中又冒出了新的疑问。

"那个'朋友'是谁？难道是'井出帮'里的小弟？！"

"不是的,他只是我的朋友而已。"

"是启太吗?!"

大佑的喉头颤了一下,随即陷入了沉默。似乎是在纠结该不该立即否认。光看这样子,佳苗就知道自己猜对了。

她越发相信他和启太果然认识,索性把独自琢磨了许久的问题抛了出来:"我早就怀疑了,你和美土里也是通过启太认识的吧?"

对方依然不吱声,可他的表情已经回答了一切。

其实佳苗并不认为启太本性恶劣,但要是没有他在,美土里也的确不会变成现在这样。

"一切都是从启太开始的,是吗?"

"他是个好人……"

大佑只是喃喃地出声,不知他是否明白佳苗的心思。

"他真的很关心美土里,我一开始还以为他们俩是亲生手足。我们三个都看不惯自己的父母,所以十分合得来。但是我得跟您说清楚,我和家里没有任何关系,启太也不是'井出帮'的成员。我们刚认识的时候,我还在上学,犹豫着将来到底要不要继承父亲的事业。那时我很天真,觉得我的家庭在世人看来属于黑社会,但只要转型成为正经的企业型组织,做合法生意不就好了吗?而且我对美土里也是真心的,想着和她好好交往下去。结果我父亲却蛮不讲理,自说自话地和道上的兄弟做了交易,硬生生拆散了我们。我当然反抗了他,却被他当着美土里的面打得半死。他还说,来打招呼的人是以前关照过他的'大哥',他没有拒绝的余地,要是驳了'大哥'的面子,他这辈子都没脸做人了……

"于是,我总算明白自己绝对无法融入他们的世界。比如说我父亲吧,世人都害怕他,可他从不蛮横地对待家人,而当我努力学习,取得好成绩的时候,他也为我感到骄傲,就和普通的家长一样。可尽管如此,只要身在黑道,就必须遵守道上的规矩。因此我在毕业后另找了出路。

"当然,像我这样的人根本过不了大企业的背景审查环节,只能在一家小公司上班,员工才二十多人,不过我已经很知足了。确实,我没法和家里断绝关系,现在还住在父亲给我买的公寓里,明知别人用有色眼镜看我也无可奈何。但我还是希望主宰自己的人生,因此美土里去年终于来到了我的身边,我们当时就决定要一起生活下去,不再理会我的父亲。"

他说得很慢,话语中却带着不可思议的说服力。

"就是说,美土里失踪和'井出帮'无关?"

"我认为没有。美土里已经成年,我父亲肯定也知道我们开始同居了,却没有干涉过,这就是证据。"

大佑果断地否认了。

说着说着,他终于直视佳苗,眼神幽深而认真,佳苗觉得自己仿佛被一股寒意所笼罩。

"我更担心的是,她消失的那一天恰好是五月十日。那个死在信州的峰岸谅一是今村家的亲戚吧？他去世那天好像也是五月十日……"

"所以呢？你想说什么？！"

佳苗感到自己的心跳猛烈加快，声音也打着战。

大佑果然注意到了同样的问题，因此才会特意过来。

"我和美土里当年彻底分手了，但去年七月十三日，她突然给我发了短信，说想重新和我在一起。两天后，她就真的跑到我的公寓来了。我当时只顾着高兴，心想她果然还是忘不了我，可是仔细想想，峰岸家也是在七月出了大事，不是吗？

"七月五日，峰岸岩雄老先生死于纵火案，一周之后，峰岸谅一先生作为犯罪嫌疑人遭到逮捕，而他被捕的第二天，美土里就联系了我。那时候我完全没有多心，但接着，谅一先生的妻子朱实太太也去世了，他便趁机提出了不在场证明，最后获得无罪释放。说真的，从那阵子起，美土里就不太对劲。"

"不对劲？怎么说？"

尽管佳苗反问了回去，但其实她很怕听到答案。

"她经常陷入沉思，跟我在一起的时候也老是走神，还偷偷打电话，但一看到我就会立刻挂断。"

"就这些？"

"嗯，差不多吧。"

"你没有翻过她的手机？"

第二章　各名女性的故事

"我不会做那种事的。即使是一家人，也不该偷看人家的手机啊。"

大佑似乎对佳苗的问题感到意外，可能是性格使然，他从没想过要这么做。

"美土里失踪后，我立刻就联络了启太，但他们俩最近好像也是各管各的，他根本不知道美土里怎么了。"

"那你是怎么想的？你肯定是为了验证自己的猜测才来找我的吧？"

佳苗凝视着他，而他也同样直直地回视着她，答道："是的，您现在想必和我担心着同一件事。"

他的声音越发低沉。

"她出门时，把我的'喷子[1]'也带走了。我确实有那玩意儿，但从没打算使用它。只不过我父亲是那种身份，所以我仅仅备着它防身而已。"

佳苗答不出话，只是长长地叹了一口气。

美土里的男友自称和黑道没有牵扯，可却偷藏着手枪，果然"江山易改，本性难移"。可她居然把那么危险的东西带走了……

"的确不能报警。"

她强作镇定地叮嘱道。

"我懂。"

1　喷子是黑道上的黑话，指手枪。——译者注

大佑的双眸透着难掩的不安与焦躁,这让她确信了这位青年比任何人都更加深爱着自己的女儿。

大佑回去之后,佳苗毫不犹豫地去搜查了美土里的房间,接着就发现了她留下的假发和墨镜。

从这一刻起,无论她有多么想要将种种猜测从脑海中抹去,结果却都失败了。美土里到底想对自己这个当母亲的传达些什么呢?

——莫非她杀了谅一?不,怎么可能?!

佳苗拼命抑制住了大声喊叫的冲动,只觉阵阵胸闷。

首先,谅一是什么时候接近美土里的?他每次拜访时,都没有和美土里表现出特别亲近的样子。自从与大佑分手后,她比之前更爱闷在自己的房间里,也对家人彻底关上了心扉。她到底是在哪里和谅一接触的?如此不可信的男人又有哪一点吸引了她?

想到这里,佳苗的脑中再次浮现出了启太的名字。对她来说,启太的存在正是她所有不幸的根源。

谅一挺疼启太的,由于不忍心看着高中退学的启太游手好闲,还把他介绍到了自己的客户那边工作。因此在他离家出走之后,大概率还和谅一保持着联络。而美土里很可能也是通过他才和谅一熟悉起来的。

美土里之前只有大佑一个男友,谅一这种情场老手只要随便使点花招,她八成就沦陷了。汤河原的高级温泉酒店又让她初尝了"奢佟"的滋味，对年轻女孩来说，会乐得忘乎所以也不奇怪。问题是，那一晚峰岸家意外发生了纵火案，而谅一正是嫌疑人。

根据大佑的说法，美土里在案发八天后（即七月十三日）提出复合，那天同时也是谅一被捕的第二天。又过了两天，美土里索性离家投奔了他。这段时间里，她的心态到底发生了怎样的变化？

再说回谅一，他在被羁押的期间为何不提出自己的不在场证明？他之前肯定用过已婚男人的惯用借口，说离婚后就和美土里结婚。所以她估计也一直在思考，为什么他打算隐瞒对婚姻不忠的事实，不坦白自己在案发当晚和情妇一起去了汤河原过夜？因为不希望妻子知情？因为害怕离婚？看来之前的诺言果然都是谎话！绝望之下，她难免会对自己过去的男人重燃爱火。

后来，朱实却由于意外而死得不明不白，只不过——这真的是意外吗？

如果美土里知道谅一夫妇每年都会去信州的别墅过结婚纪念日呢？如果她还知道那里必须拧开水龙头以防水管冻结呢？如果她在体会过成熟男人的魅力之后，始终对谅一念念不忘呢？

谅一恐怕会带美土里去那栋别墅幽会，因此给了她备用钥匙。再加上朱实一死，他便能毫无顾忌地提出不在场证明。那么，会不会是美土里杀了朱实，只为救谅一出来，或者把他从朱实身边夺走？

朱实死后，谅一也获得了无罪判决，一切都如了美土里的意。然而之后又发生了什么呢？万一男人无法忘记亡妻，这时候女人将会采取哪些行动呢？光是想象就让人毛骨悚然。

佳苗推测，五月十日早上，美土里离开大佑的公寓，和谅一会合，并由谅一开车前往峰岸家的别墅。当时她的包里就藏着亚砷酸，大概是悄悄从网上买来的。

抵达目的地后，谅一肯定会先用一杯心爱的梅子酒润润喉。接着，下在酒里的毒药见效了，他恶心欲呕，跑到了楼梯上，美土里便趁机把他推了下去，他最终在痛苦中迎来了死亡。事后，她去了杳无人烟的林子里，一把火烧毁了他开来的车子，也把自己来过现场的痕迹付之一炬，剩下的只有永远无法解开的谜题。

——但是……美土里之后又上哪去了？

这时，佳苗的心脏仿佛被一只冰冷的大手紧紧攥住了，她不禁浑身发抖。

不能再这样拖下去了。她必须找出女儿！可是该怎么办才好？

她满怀焦虑，拼死思考了起来。

Chapter Three
第三章

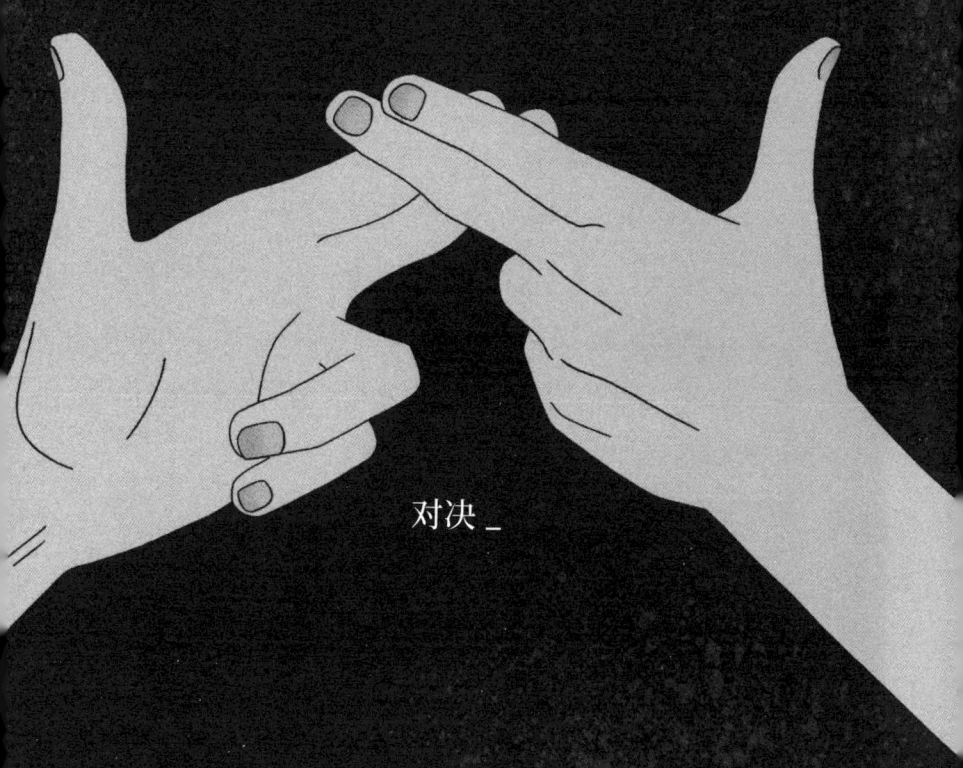

对决_

1

私家侦探榊原聪约了人在一家家庭餐馆碰面,眼下食客数量适中,既不需要排队等位,也不会因为客人太少而显得自己格外醒目。

离约定的时间还有十五分钟,但对方尚未出现,榊原便先行占据了角落里的吸烟桌[1],随即点了一杯咖啡。

自从他接下委托起,直到现在,已经花费大量精力走访了诸多相关人员,还重点听取了衣田征夫、峰岸暮叶、今村佳苗以及井出大佑这几名关键人物的想法与疑惑。通过调查,他发现错综复杂的杀意早已蠢蠢欲动,就如同某种活物一般。

出于防卫本能,人通常只说对自己有利的话,所以他们未必凡事都老实交代;与此同时,人类又十分弱小,会下意识地渴望向他人倾诉内心的不安,以求得心灵上的安稳。因此,化解委托人的焦虑之情正是榊原成为私家侦探的意义。

如今,这一连串案件还剩下最后一名相关人士——今村启太。

---

[1] 日本有些餐馆禁烟,有些分禁烟桌和吸烟桌。——译者注

第三章 对决

他无疑掌握着通往真相的钥匙，榊原无论如何都要找他问话。一旦至今为止的调查结果和他的证词相互匹配，由杀意所构成的图像就能从混沌的深渊中浮现出来，变得清晰可见。

榊原提出面谈时，启太当然不会爽快地接受；要是他打算逃跑，榊原也没法把他抓出来。诚然，这件事并不涉及黑道事务，"井出帮"不可能以帮派的立场来保护他，但只要井出大佑开口，他们还是有能力把他藏起来的。

只不过，榊原相信他肯定会来。

两小时前，榊原给启太打了电话，手机号码是问暮叶要来的。

电话接通后，他报上了姓名，提出能否见面聊聊，可启太暴躁惯了，直接就吼了起来："你算老几啊？老子凭什么跟你谈！"

榊原早已预料到他的反应，并且察觉到了对方那凶悍的态度背后有着难以掩藏的动摇。

他在自己的从警岁月中，曾无数次听到过这样的语调。那是人因为恐惧感而虚张声势时特有的咆哮。于是他冷静地答道："我有些事想向你请教。"

"关我屁事啊？"

"你要是真不愿意，那就算了。其实我是私家侦探，假如我不插手，接下来就轮到警察来找你了。可我并不期望事情发展到那一步，我是真心想和你直接对话，然后把事情解决。"

"你发什么神经？敢威胁我！"

启太的声音却完全出卖了他的内心。

"我没有这个意思。"

听到榊原的语气如此镇定,他或许也感受到了这并非威胁或强求,于是一时间沉默了下来。

手机听筒中传来了剧烈的喘息声和游乐设施的嘈杂声,对方想必是在思考该如何回话。

"你想问什么?"

果然,他的声音起了微妙的变化。

"我主要有三个问题,第一,你为什么放火烧了峰岸岩雄家。第二,你为什么想杀峰岸暮叶。"

这时,榊原听到启太用力咽了一口口水,接着再次怒吼道:"你是'条子'?"

"不,我说了,我是私家侦探,只为自己的委托人工作,和警察没有任何关系。"

"委托人?谁啊?你在调查什么?"

"抱歉,我不能泄露委托人的信息。其实刚才那两个问题,我心里大致有数,但我还是希望你能亲口回答我。这样一来,去年开始发生在峰岸家的一连串案件的真相就自然会浮出水面。"

"你知道了又怎么样?"

"那得等听完你的说法再议。不过我先声明,我的目的并不是向警方告发你。"

第三章　对决

"那最后一个问题呢？"

启太的声音有些发抖。

在回答之前，榊原调整了一下呼吸，随后才开口道："说实话，我完全没有头绪——你到底把今村美土里埋在哪里？"

启太踩着约定时间赶到了。他说晚上七点下班，之后有空，并指定了见面的地点。

"果然是你这家伙，之前你也来过我们店里吧？"

他毫不犹豫地走到了榊原的面前，只见他穿着旧棉质衬衫和褪色的牛仔裤，头发也乱蓬蓬的，看样子并不在意打扮，唯独白皙的肤色把两道浓眉衬得很是醒目。

或许是为了壮胆，他从正面直瞪着榊原，可那张稚气未脱的面庞却很难让人认为他是个小混混。

"先别站着了，坐下再聊吧。"

见榊原五十来岁，又是只身赴约，启太稍微放松了警惕，接受了他的提议。

"如你所说，我曾经去你工作的店里侦察过一次，你居然记得我的长相，不愧是服务业的从业者。"

榊原总是在微笑之后露出亲切的表情，他那风轻云淡的气质能够掩盖猎鹰般敏锐的视线，从过去到现在后者都是他的武器。启太心想，绝对不能被这副温和的样子给骗了，于是冲他喊了起来，就像是为了给自己鼓劲似的："少扯别的，赶紧聊正事吧！"

当然，他的吼声其实并不大。如此在意周遭的眼光即证明了他心里有鬼。

——居然把弱点完全暴露给敌人……这个小伙子还有待磨炼啊。

榊原冷静地打量着启太，不过他同时也意识到，自己不知为何已经用父亲般的眼光来看待对方。

他暗暗想道，启太能够唤起别人的父爱。不，不仅如此，即使是险些被他撞死的暮叶，也依然想要保护他。

他们先点了单，等女服务生离开后，榊原才缓缓说道："我在电话里已经提过了，有些事想要问问你。"

启太似乎被他的自信压倒了，一下子就露了怯。

"你搞错了，我真的没有杀美土里！你在找她对吧？但她只是离家出走了，八成是有了新的男人呗，所以不想把行踪告诉大佑哥，毕竟黑道的人报复起来很吓人啊！"

"是你搞错了，我从没说过美土里是你杀的。"

榊原从容地答道。

"什么？你刚才不是还在电话里问我，'把美土里埋在哪里'吗？"

启太紧张地掐尖了嗓子。

"嗯，因为我认为是你把她的尸体埋藏起来的。除了你，没有别人能做这件事。而且你当时也没有否认。"

启太说不出话来，视线微微向下，眼神有些游移不定。

第三章 对决

"我也说了,我的目的并不是告发你。我只想知道真相。"

榊原强调了一遍自己的来意,启太的双眼中突然闪过一丝光芒,可随即又继续定定地看着前方,默不作声。

对他而言,这个不知从哪冒出来的私家侦探不知是敌是友,其真实身份和真正目的也都不明朗,却一下子指出了他所犯下的罪行,他当然会心生困惑,无法轻易决定是否应该将一切都据实相告。

对搜查人员来说,"奇袭"并不是什么稀罕手段。先出其不意、攻其不备,之后的搜查工作便常常能取得顺利进展。因此老练的刑警在这种时候不会催促自己怀疑的对象,而是遵循"瓜熟蒂落"的自然规律,耐心等待对方自己开口。

不过榊原一直都不擅长打持久战。在他看来,相互试探只是浪费时间。因此他才没能在警察岗位上取得辉煌的成就。想到这里,他不禁带上了一丝苦笑。

"你不想回答,我也不能强迫你,还是先往下说吧。其实,我最早确定的是今年五月八日,也就是周六的早上,你企图杀害峰岸暮叶。说得再清楚一点,就是你亲自开着车,打算撞死正走在上班路上的暮叶女士。你否认也没用,而且我希望你能理解,我所有的推理都是以这件事为原点的。

"那么,我就从头跟你说起吧。那天早上,你开着一辆白色的车,遗憾的是,她不认识那辆车的具体车型。但这不重要,反正你本人没有车,所以不是问别人借的就是偷来的吧。我估计你是想从她背后猛地撞上去，把她撞飞，然后伪装成单纯的肇事逃逸事故，可不知是幸运还是不幸，暮叶女士注意到了那辆车，于是赶紧贴在沿街的围墙上，准备躲开高速驶来的车子，同时紧盯着驾驶者。这让你产生了动摇，在即将撞到她的一瞬间突然改变了想法，打消了杀害她的念头。

"你之所以下不了手，最主要的理由应该是你把她看作自己的亲姐姐，而另一方面，你完全没有杀她的动机。实际上你也明白，她同样当你是亲弟弟。因为她当时明明认出了你，可事后也没有做出任何反击。光凭这一点就能看出她待你有多好。

"事情到了这一步，下一个疑点当然就是——你为什么要袭击自己信赖的表姐。我只能觉得你是被人威胁了，不照办的话，没命的就是你。换言之，你被对方抓住了致命的弱点，让你无法脱身，这才只能艰难地服从对方的要求，对她下杀手。

"不过我刚刚也说过，你最终改变了想法。这句话指的不仅是留她一命，更是在说你反过来将矛头对准了威胁你的人，决心和对方拼个你死我活。你调转的除了车头，还有你的决心。"

榊原的说明非常简明易懂，启太听得瞪大了眼，简直已经默认了一切，只是依旧不打算坦白。

榊原凝视着启太的双眼，继续把话说了下去："这些信息已经很有意思了，而我更关注的是，你放过暮叶女士之后仅仅两天，她的姐夫峰岸谅一就死在了信州的别墅里。虽说他是喝了掺有亚砷酸的梅子酒，导致急性砷中毒，但我不得不说，他的死状还是有些异常。

第三章 对决

比如，他为什么会在死前几小时从别墅外侧的楼梯上摔下去，身受重伤，只能活活等死？又比如，他从东京开来的车子为什么会被人淋了汽油，烧成灰烬？总之，暮叶女士差点被杀和谅一先生死亡这两件事情相继发生，我觉得它们之间存在关联。如果有人逼你杀死暮叶女士，而你又决定违抗命令，那么势必会去做个了断。综上，我只能认为谅一先生的死是峰岸家一连串事件的终点。请问我说的对吗？"

"你想说谅一是我杀的？你有证据吗？亮出来看看啊。"

启太终于回话了，不过他那白皙的面颊阵阵痉挛，一点都不像嘴上说的那般信心十足。

榊原缓缓地摇了摇头，一丝笑意爬上了嘴角。反正不管对方承认还是否认，对话才是搜查工作的基础。只要能开展对话，就是在推进调查。

"锁定证据、检举犯人是警察的职责，我是私家侦探，只负责接受委托，进行调查，并根据查清的事实来推出真相，所以我不可能逮捕你，最后一切全看委托人决定怎么处置。总而言之，我没有伤害你的意思。你就先听听我的推理吧，假如我有哪里说错了，你直接纠正即可；而就算我说对了，你也没义务承认，不过听一下总不会少块儿肉。"

"到底是谁委托你调查的？"

启太终于露出了求助的眼神。

榊原再次慢悠悠地摇了摇头，可看向启太的眼神里却带上了一份柔和的神采。

"我真的不能告诉你。但不用害怕,我的委托人并不希望你受到惩罚。"

启太轻轻点了点头,动作有些僵硬。榊原见状,便开始阐述自己的看法。

"一切是从去年七月五日开始的。凌晨时分,峰岸岩雄老人在三鹰市的房子遭人纵火,当时正在睡觉的老人本人也被火烧死。这桩案子为后续的一系列事件拉开了序幕。你对这一点没有异议吧?

"峰岸老人的妻子悦子是你父亲的亲姐姐,峰岸老人是你的姑父。而美土里是你继母的亲生女儿,因此成了你父亲的养女,也是你在法律意义上的家人。即是说,美土里和你都是峰岸家的近亲。

"峰岸老人确实死于纵火,而非意外起火,但凶手至今仍逍遥法外。你也知道,警方一开始断定谅一先生是凶手,不过事后证明他们抓错人了。他有明确的不在场证明,结果获得了无罪判决,令搜查组颜面扫地。

"那么,真正的凶手是精神失常的随机纵火犯,碰巧烧了峰岸老人的房子解闷吗?又或者是和峰岸家有关的人为了杀死老人而不惜放火?警方似乎至今还没能得出结论。

"搜查卡壳的理由多种多样,但其中之一就是在搜查初期便迅速锁定了嫌疑人。这导致警方草率对待了本该脚踏实地的调查工作。在

第三章 对决

犯罪搜查过程中，起始阶段是非常重要的。拖得越久就越难得到有力的情报。一旦错过了这段时间，即使犯罪嫌疑人浮出水面，警方也难以取得确凿的证据，这就称了凶手的意。打个比方，警察问你昨晚干了什么，你答不上来的话就麻烦了，可是谁记得清半年甚至一年前的事？从这层意义上来说，搜查工作一旦出现失误，代价极为高昂。

"至于今村家，佳苗女士本就是外姓人，而你和美土里同样没有峰岸家的财产继承权，就算杀了峰岸老人也得不到任何好处，更何况你们根本不具备作案动机，因此警方并未特别关注你们一家的动向。他们原则上不会去怀疑缺乏动机的人。不过我却不这么看。

"实话告诉你，我掌握了两三件警方尚不知情的重要事实。包括在纵火案当晚，和谅一先生去汤河原幽会的情妇的真实身份。她就是戴了假发和墨镜的美土里小姐。"

说到这里，榊原暂时住了口。启太原本还全神贯注的，但在听到他说出最后一句话时，眉毛不禁跳了一下，一脸有话想说的样子，不过终于还是忍住了。

看来还没到时候。必须再花上一些时间，才能破开启太坚固的心防，让他炙热的情感从龟裂的缝隙中渗出。

于是，榊原继续说了下去："先不论道德伦理上的问题，假设美土里小姐真的和谅一先生有'地下情'，其实也没什么好意外的。而恋人蒙冤被捕，只要女方本人愿意，完全可以出面作证。可古怪的是，她居然全程保持沉默。就算不希望恋情曝光、闹大，但这毕竟涉

245

及纵火杀人案，事态非常严重，她的态度不合常理。

"还有一点也相当值得琢磨。据说你的父亲启治先生曾向峰岸岩雄老人借了一笔巨款，后来被对方逼债，过了不久就突然去世了，死因是意外事故，但也可能是自杀，死亡时间是去年的二月。仅仅五个月之后，峰岸老人就被烧死在家中。这真的是偶然吗？由于他们俩是亲戚，启治先生借钱时并没有以今村家的公寓做抵押，也难怪警方会看漏疑点。不过实际上，峰岸家和今村家存在很大的利益冲突。

"启治先生欠了钱，他一旦离世，这笔债务就将由妻子和两个孩子按法律规定的比例分头承担。而你们三位遗属的收入都不高，很可能得拍卖公寓来筹钱，不，说不定卖房都不够。你当时已经离开家里了，或许不会受到太大影响，可佳苗女士和美土里小姐却将失去栖身之所。因此，你父亲写给峰岸老人的借据如果和峰岸家一同被烧毁，对你和美土里小姐而言，绝对是求之不得的好事。"

"你为什么知道这些？"

启太依然垂着头，喏喏地说道，仿佛已不敢直视对方。

榊原打算遵循自己一贯的方针，不做无用的试探，继续把"独角戏"唱下去，直到切实取得重大收获。

"问题是，除了你们，谅一先生也能从峰岸老人的死亡中获益。警方一开始同样着眼于这一点，认为他具备充分的杀人动机，没想到你们和他其实利益一致。基于这些事实，再重新审视那桩纵火案，就会发现不管谅一先生是不是犯人，他的态度都特别奇怪。其中最为可

第三章 对决

疑的就是，他不仅不急于证明自己的清白，反而从头到尾都故意把嫌疑往自己身上揽。哪怕他声称这是为了照顾妻子的感受，我也只能说这明显不正常。

"警方问他案发前一天，也就是周六那天，他在做什么，他坚持说自己一整天都在家，晚上喝了点兑水的威士忌，然后直接睡着了，所以没听到电话铃声，次日早上七点醒来后又直接去了公司，迷迷糊糊地忘了开手机……他翻来覆去地说着这种不清不楚的供词，然而根据搜查结果，有多名目击者表示，周六傍晚看到他出现在岳父家附近，与此同时，也有人作证说他家一整晚都没开过灯。于是警方识破了他的谎言。

"事实上，一对母女在路过峰岸老人的家时，甚至听到他在门外咒骂。要知道，那条路并不宽，他肯定能注意到有人经过并看到了他，却始终在狡辩。

"另一方面，谅一先生家的斜对面住着一名学生，他每晚都在窗前的书桌上学习，因此可以提供证词，指出那晚他家的窗户一直是黑的。可这就意味着，谅一先生平时也能从自己家看到那名学生，他绝对预料得到警方会从对方嘴里问出什么话。既然如此，为什么要撒这种会轻易露出马脚的谎？

"还有，他的脸和右手都莫名被烫伤了。对此，他给出了一套极为不自然的解释，说自己是从点着火的灶台上取下水壶时脚下一滑，面部和右手扑到了火苗上。但这当然是瞎扯，事实是他在汤河原

247

的'花鸟月'酒店的客房内找了个烟灰缸,把作废的文件放在里面焚烧,不小心迎面摔了上去,受了烫伤。不过说起来,这个'不小心'还挺好笑的,简直让人难以置信,这下子,我只能得出一个结论——他那晚无论如何也要让自己被烫伤。

"警方似乎把这些说辞都理解成谅一'狗急跳墙'而掰出的借口,然而我却不这么想。不,搜查组中肯定出现过不同的声音,只是它们被'凶手是谅一'的主流意见给淹没了。

"通常来说,谁都不会主动去成为嫌疑人,因为没有任何好处可言。只要曾遭到逮捕和起诉,人的信用就会一落千丈,即使最终证明了自己的清白也很难抹去这些'污点'。再者,在无罪判决之前,人的社会活动将全部停摆。上班族会丢了工作,个体经营者会丢了顾客,有家庭的人甚至可能因此离婚,其中的损失无可估量;而即便没有造成如此严重的后果,当事人及其家人也会承受巨大的痛苦。的确,国家制定了相应的补偿制度,会支付一定的赔偿金,只不过哪抵得上他们受到的伤害呢?

"但凡事没有绝对。这也正是搜查工作的难点。我举个最易懂的例子吧,有人会出于某些理由而出面顶罪。又或者,有犯人会利用'一事不再理'原则来脱罪。这称得上是一种相当高级的战术,极大地钻了刑事判决[1]基本原则的空子。毕竟一旦被判无罪,检方就无法

---

1 刑事判决指对刑事案件的犯罪嫌疑人下达有罪(包括应当施以何等程度与哪些种类的刑罚措施)或无罪审判的程序。——译者注

针对同一桩案件再次起诉该名被告人，无论今后出现了多少证人和证据都没用。我们做一下换位思考就能理解，任谁都不愿在好不容易穿过搜查阵营布下的天罗地网后，畏首畏尾地逃窜度日，但只需熬过审判那一关，即可昂首挺胸地走在大路上了。那么，对真正的凶手而言，在这种'先苦后甜'的机会上赌一把其实相当划得来。

"当然，这场'豪赌'是有风险的。嫌疑人表现出可疑的模样，顺利被捕并遭到起诉后，要是真的被判有罪入狱，那就全都完了。所以必须提前准备好绝对确凿的不在场证明。此外，为了成功实施犯罪计划，干扰搜查工作的实行犯也是不可或缺的。犯人要率先做好周密的计划，还得拥有信得过的共犯。当然了，这是极为严苛的要求，拥有众多同伙的恐怖分子或者思想犯倒还好说，普通人基于个人原因而杀人时，可找不到方便差遣的共犯。这么一来，就需要让担任实行犯的共犯者也能通过犯罪获益。换句话说，共犯一定要拥有潜在的作案动机。这是实施共同犯罪的绝对条件。

"符合条件的共犯并不好找，不过风险越大，收益越高。等到犯人被无罪释放，不仅原本的犯罪目标已经达成，还能在确保自身安全的同时抓住共犯的把柄，肆意操控对方一辈子。于是，我把上述情况套用到了这桩纵火案上，结果完全适用。"

此时，启太终于看向榊原，轻声打断了他的话："你想说，我就是那个愚蠢的实施犯，对吧？"

榊原也回望着启太，静静地点了点头。

2

"确实,我觉得那个纵火者只可能是你。理由我已经说过了,因为你明明把暮叶女士看作亲生姐姐,却打算撞死她。

"'一事不再理'原则只适用于被判无罪的被告人本人,无法'惠及'担任实行犯的共犯者。也就是说,一旦他们的罪行败露,实行犯仍有可能被起诉判刑。这对实行犯而言极为不利。若是冤案的被告人心善倒也罢了,但他们可是会策划杀人案的家伙,怎么能指望他们还有良知可言?但凡他们遭遇危险,肯定会去利用手头的优势,也就是让实行犯们挡灾。

"让我们回到案子本身。谅一先生一开始估计没打算杀死暮叶女士,保不准还对她存了点心思。然而,在他依计获得无罪判决之后,意外感到她是个威胁,于是起了杀心。

"但他的动机到底是什么?从一般角度考虑,他入赘了峰岸家,所以从法律上来说,他们已经是兄妹关系了。暮叶女士单身,父母也都不在人世,只要她一死,她的遗产就会自动归谅一先生所有。光是这一条理由已经足够了。可是岳父被烧死,妻子被淹死,接下来小姨子再被车撞死的话,也实在太醒目了。他不会蠢到这个地步,所以肯定不是谋财害命。

"不过这一点我们稍后再具体展开吧。总之既然他不想亲自涉险，就只好动用你这颗棋子——他用纵火案的真相来威胁你，你不得不答应替他动手。而正是因为你曾打算杀害暮叶女士，我才会认定当时纵火的人就是你。即使你的杀意十分短暂，但却是最有力的证据。"

他诉说着严峻的事实，可语声中仍带着温度。

启太的眼睛又亮了一下，长长的睫毛因为愤怒而颤抖着。他说道："谅一那狗东西，他当时得意扬扬地问我，知不知道'一事不再理'原则。我说我哪知道，他就笑着叫我立刻去了解一下，还说放火的事要是被捅出去了，我肯定要坐牢，说不定还会被判死刑，我能不能活下去全都看他的心情。所以我给衣田叔叔打了电话，问他什么叫'一事不再理'。叔叔是律师，也是我那死鬼老爸最好的朋友。"

人一旦愿意开口，接下来就会如同洪水决堤一般说个不停。

"果然事情就像大叔你说的那样，他不会再因为姑父的死而被判刑！我被他坑惨了！我们两个人一起商量着放火，但罪人只有我一个，他没事了！"

"但即使如此，你还是没有乖乖去杀死暮叶女士。"

"我怎么下得了手！我甚至不敢相信，自己居然有那么一瞬间想杀了暮叶姐姐！"

启太仿佛要把心中的郁结倾吐出来似的。

"可是最后的最后，你还是改变了主意，反过来打算杀了谅一先生。"

"没错。反正都要杀人，杀他可爽多了！"

他已经能够直视榊原了。

"五月十日那天，你去了信州的别墅吧？"

"嗯。"

启太用力点了点头，他的双目幽暗且深邃，榊原发现其中涌出了一股无所畏惧的自信。

"我在那里杀了他。我往他喝的梅子酒里下了毒，毒发后他很痛苦，我就趁机把他从楼梯上推了下去。我一点儿都不后悔，那种混蛋死了活该。"

"美土里小姐呢？她怎么样了？"

"和她没关系！全都是我自己想出来的！是我去了别墅，杀了谅一，是我一个人干的！"

启太一下子急了，语气非常强烈。

榊原叹了一口气，启太则突然闭上眼睛，抬头朝向天花板，随后再次凝视着榊原。

这或许才是他的真实面目，既纯真，又胆怯。

"虽然你可能不相信，但我真的没打算害死姑父。谅一说姑父那天去信州的别墅了，家里没人。而且他很抠门，不肯去外面租保险柜，只要放把火烧了他的房子，我老爸的借据就没了，我们也不用还钱了。其实那混蛋骗了我！姑父当时正在家里睡觉！"

"我没有说过不相信你啊。唉，原来如此，你只是想趁姑父不在家的时候烧掉房子和借据。"

"可他死了啊！杀人就是杀人，哪还能找借口的？"

"不是的。"

榊原摇了摇头。怒意从他的心底涌起，并且越发炽烈。他不能原谅陷害了这个年轻人的恶棍。启太在不知情的情况下上当纵火，而谅一为了确保峰岸老人熟睡，八成给他带去了掺有安眠药的寿司。结果，老人就在睡梦中一声不吭地被滚滚浓烟吞噬了……

他是如此的疾恶如仇，而这股难以扑灭的熊熊怒火，也正是他在从警时代不顾家人、一味埋首于搜查工作的原动力。

"要是没有主观意愿，即使造成对方死亡，也不构成杀人罪。当然了，纵火属于重罪，你也需要对峰岸老人的死亡负责，可是'以杀人为目的'和'无意中导致他人死亡'之间，罪行的轻重程度完全不一样。眼下最重要的是，我必须确认谅一犯下的全部罪行，你和美土里小姐到底是怎么跟他发生牵扯的，你们之间又究竟发生了什么。请你从头开始仔细告诉我。"

他的话中饱含着热切的诚意，启太也坦率地点了点头，开始讲述自己的故事："我和美土里没有血缘关系，她是我继母带来的孩子，我老爸和她老妈好上的时候，他俩都还没离婚，后来才一起组建了新家庭。所以我们家从一开始就磕磕绊绊的。但你别误会啊，我和她之间倒是不吵也不闹。"

"不会,其实我认为亲生手足都没你们俩这么能理解彼此的感受。你的父亲没有问过你的意见就离婚、再婚,硬生生把你从亲生母亲身边带走,给你找了新妈妈,而她的母亲也对她做了同样的事。所以你们两个从对方身上看到了自己的影子,就像在照镜子一样,对吧?"

"我和她还是不一样的。因为她老妈说白了就是在利用我老爸,觉得他好拿捏,而我从头到尾就是个碍事儿的,可我老爸却真心努力把她当作自己的女儿。所以后来我学坏了,她却没有。"

"那么,美土里小姐是怎么个情况?她的心情应该很复杂吧?"

"唉,她老爸好像是个烂人,不过我听她说起过一次,其实她对她老爸没多深的感情,也记不清他长什么样了,不过他倒没虐待过她。虽然她老妈总说离婚都是为了女儿,实际上她一点都不希望父母离婚。"

"原来如此……对了,美土里小姐高中时离家出走,是因为和启治先生发生了冲突吗?"

"不,其实她是在反抗她老妈。我们家是那女人说了算,但大佑哥又不是正经人家的儿子,不管美土里多喜欢他,那女人都不可能同意他们在一起,那她也只好来硬的了。"

"是你把大佑先生介绍给她的吗?"

"从结果上来看,算是吧。其实我一开始真没那个打算,但是我离开家里之后,每次都是和她在外面见面,一来二去她就和我那几个兄弟混了个眼熟。等我注意到的时候，她已经开始和大佑哥交往了。这么想想，要是没有我的话，他俩根本不会认识，我老爸也不用去借那笔赎身钱……所以我到现在还是觉得很对不起美土里和老爸……"

说着说着，启太眼中隐隐泛出了泪光。

榊原吃了一惊，他明白这是真心实意的眼泪，只是启太还没有提到最关键的人物——峰岸谅一。于是他主动问道："谅一先生和'井出帮'有关联吗？"

启太却摇了摇头，回答说："他和黑道没关系，你可能觉得混黑道的都是垃圾，不过要我说，他比黑道心狠手辣得多了，是个真正的人渣。"

"我没有这种想法。凡是组织，必讲规则，不然就没法管理好内部人员，组织也没法在社会上存续下去。日本的黑道本质上是一种组织形式，同样有自己的规矩和道义。哪怕是做走私或者皮肉生意的，为了长期生存，照样得保持最低限度的商业道德，该付钱就付钱，该交货就交货，不管做法多么下三烂，至少和盗窃、杀人不一样。"

"大叔，你很行啊！解释起事情来超好懂的，傻瓜也听得明白！"

"我只是说出事实罢了。证据就是，帮派分子还有讲义气的兄弟，但像谅一那样卑鄙的人却根本无法拥有忠诚的伙伴。话说，你又是怎么会被这个恶棍利用的？"

"他那张嘴太会说了，"启太索性来了个竹筒倒豆子，"我老爸和我姑姑绝交那些年里，他都跟没事人一样来我家。我到处闯祸的那阵子，他也不像其他人一样对我翻白眼。后来甚至还帮我介绍工作。所以我和我老爸很信任他，结果就这么上了他的当。"

他顿了一顿，表情有些扭曲，似乎不愿回想那段往事，但很快又接着讲述道："去年二月，我老爸没了。三个月后，谅一把我叫出去，说姑父之前逼我老爸还那两千六百万日元，把要债的事全交给他办了。仔细想想，我老爸也是因为那笔钱才会死的。为了让美土里和大佑哥分手，他硬是凑了一大笔钱。现在那笔债转到了我、美土里还有美土里的老妈头上，可我们哪拿得出那么多钱啊？谅一就告诉我，这下只能拍卖我家的房子还债了。还说这是姑父的意思。但那套房子是我老爸唯一的遗产，美土里和她老妈还住着呢。

"听我开始抱怨，谅一摆出一副很同情的样子，说已经尽力给我们求情了，可那臭老头是个守财奴，谁劝都不听，他也没办法。可是我真还不起啊。

"这时候他建议我，要是不想卖了房子，就得给那老头点厉害瞧瞧。虽然做法不太光彩，不过事成之后我们就不用还钱了。只要我愿意，他会帮我的。"

"他是叫你去放火吧？"

"嗯。他跟我说，姑父经常去信州的别墅，我可以趁他不在家，烧了他在三鹰市的房子和借据。这么一来，法院都没法判我们还钱，我们也不用卖房子了。再加上姑父那房子很旧，他一个人住又太大，正准备搬去别墅生活。要是被烧没了，还能让火灾保险赔钱，对姑父反倒是桩好事。"

"我知道了。听他这么说,也难怪你会同意。但你并没有单纯纵火了事,还把他的打火机留在现场,搞出一些显眼的线索,好让警方怀疑他。这是为什么呢?"

"是他想的作战计划,因为我家欠了姑父的钱,光放一把火会显得我们很可疑,所以就用一个我家绝对用不起的高级打火机来分散'条子'的注意力,让他们顺着那玩意去调查。但我做梦都没想到,那居然是他的东西!"

启太控制着自己的音量,可依然听得出他其实悔不当初。

"你彻底被他骗了。不过仅靠一个打火机是无法扰乱搜查工作的,你是峰岸家的相关人员之一,警方很可能会来调查你的不在场证明,因此你也准备了对策吧?"

"当然准备了。我拜托店里的同事,说我从傍晚开始就一直在上班。那是'井出帮'经营的店,完全不用担心谁会出卖我。"

他满不在乎地答道。

榊原不禁暗暗叹息,心想真是个天真的年轻人。实际上,搜查组一早就盯上了谅一,估计压根儿没注意到启太。尽管谅一确实算计得很周全,但警方若是从一开始便认真调查启太的不在场证明,他还能如此轻易地蒙混过关吗?

"这样啊……话又说回来了,谅一先生好歹是峰岸老人的女婿,是峰岸家的一员,为什么偏偏要帮今村家?你不觉得奇怪吗?"

听到榊原的诘问,启太却像个孩子般大声争辩道:"因为我以为他是个会为了别人而努力的人啊!就算我再傻,这点事还是看得出来的!他也是被逼得没办法了,公司眼看着就要倒闭,姑父却说除非我老爸还钱,不然没钱借给他救急。不过要是姑父家被烧了,不是还有火灾保险金吗?而且姑父搬家的话,就能把地也卖了,他想要的是这两笔钱!"

"但他完全可以找别人给他做不在场证明,为什么要把美土里小姐卷进来?"

话题终于逐渐接近核心,可这或许是个残酷的问题,启太痛苦地低下了头。

"我一开始也是这么想的,要干的话就让我一个人来干。想不到他早就盯上美土里了,开出了要她一起配合的条件,说什么——火灾发生的时候,他跟女人在一块的话,便有不在场证明了。原来他一开始就想把钱和美土里都弄到手!

"只不过我当时哪想得到啊,就去拜托了美土里。现在想想,他们还提前两周去汤河原的酒店体验了一次呢,他让美土里又是假扮成有钱有闲的阔太太,又是掏房钱的……

"唉!我真是个大笨蛋啊!其实我只是觉得,不只是美土里,哪怕是她老妈,没了住的地方可怎么办。那套房子又是我老爸唯一的遗产,我绝对不希望它被卖掉抵债。再说了,她也不是完全没接触过男人,只要能把债给抹掉,那点事不算什么吧……"

他的话中充满着悔恨，声音小到几不可闻，但榊原还有问题要问。

"后来你知道了峰岸老人其实在家，而且被烧死了，这时候你总该发现自己被谅一摆布了吧？"

"嗯。"

启太点了点头，无力地垂下了肩膀，就像是一个丢掉了盔甲的落魄武士，莫说讨伐敌军，就连自保都无能为力。

"我本来还以为他搞错了姑父的行程才会出这种事，但看了报纸和新闻后，才发现他确实不对劲儿。那些烫伤明显是在撒谎，也没提到特地去汤河原准备的不在场证明。他是故意让自己变成犯罪嫌疑人的，不然为什么要干这些蠢事？于是我立刻就明白了，他挖了个坑给我跳！不过再怎么说，姑父也是我杀的，我一点儿办法都没有。"

"我理解你的心情。美土里小姐后来又怎么样了？她是怎么看待这件事的？"

"她……她应该也很吃惊吧。"

启太的双眼再一次湿润了。

"那狗东西被捕三天后，美土里就离开家，去了大佑哥那里。他俩当年被拆散时，大佑哥反抗过，结果他老子把他打得半死。毕竟是黑道嘛，做起事来都是动真格的，对自己儿子也不会手下留情。她吓坏了，从此再也没有联系过他。但这么一来，她也算见过世面了，胆子倒是大了起来。一旦知道自己被这么卑鄙的男人利用了，当然会毫不犹豫地投奔大佑哥喽。"

"原来是这么回事。"

榊原将视线笔直地投向了启太，终于要说到最核心的部分了。

"纵火案八个月后，谅一先生的妻子朱实太太在别墅里溺水身亡。紧接着，他就公开了自己的不在场证明，漂亮地获得了无罪判决。这时，你和美土里小姐已经识破了他真正的意图了吧？"

启太点头表示了肯定，榊原便继续推理了下去："朱实太太的死就和峰岸老人一样，是一桩早已策划得滴水不漏的杀人案，而非一起由巧合所造成的意外。凶手则正是谅一先生。"

不知不觉间，周围的客人逐渐离席了，榊原进一步压低了声音，说道："今年三月二日，朱实太太前往别墅过结婚八周年的纪念日，而她的尸体直到三月十日才被人发现，因此无法确定具体的死亡日期。

"由于地下二层的浴室和洗脸池的水龙头原本就拧开着，她抵达后一打开水阀，水就自动流了出来，渐渐灌满了整个楼层，形成了一个巨大的蓄水池。她疑似是在三月三日那天搭乘厢式电梯到了那里，结果不幸溺毙。至于那个忘了关上水龙头的人，就是之前去过别墅的峰岸老人。

"不过，事实当真如此吗？我觉得要打个大问号。

"尽管没有对警方提起，但其实暮叶女士也抱着相同的疑问。

因为峰岸老人和朱实太太都是极为较真的人，临走时忘了关水龙头也好，到达后没有先去检查整栋别墅也好，都显得非常不自然。确实，地下二层面积不大，可蓄满水至少也要整整一天，朱实太太不可能过了一天还不打扫。因此我觉得暮叶女士怀疑得很有道理。

"再说了，即使是结婚纪念日，丈夫的案子还没判完，做妻子的为什么要去别墅？其实背后是有原因的。那时候，待在看守所里的谅一先生通过衣田律师给朱实太太带话，希望她一个人好好纪念他俩的结婚八周年，喝一瓶香槟庆祝。这是他们夫妇每年例行的'仪式'，而那些高级香槟就放在别墅的地下二层。就是说，他知道妻子会去那里拿酒，才设了这么一出。

"问题是，谅一先生到底是如何把她的死伪装成意外事故的？

"他不可能去现场安排一切。诚然，他可以在被捕前就偷偷去别墅打开水龙头，但一旦朱实太太在地下二层蓄满水之前下楼，他的计划就泡汤了。还是得提前就蓄上水才稳妥，不是吗？"

"那么到底是谁干的？"

启太原先还一动不动地专心聆听，这时总算发问了。

榊原重重点了点头，答道："其实就是他本人在被捕之前干的。毕竟他只需把地下二层灌满即可，并不一定要卡着朱实太太去别墅前一两天操作啊。而暮叶女士和娘家关系很疏远，峰岸老人又去世了，也只有朱实太太会上那里去，他不必担心奸计败露。当然，鉴于之前的纵火案，我们也应该探讨他安排了其他实行犯的可能性，比如美土里小姐。"

"不会的!"

启太气得脸色骤变,坚决地否认了这番假设,只是顾虑到场合才没有大吼特吼。

榊原微微一笑,说道:"我明白你的意思,我也不认为她是共犯。谅一先生被捕后才过了三天,她就收拾行李离开了家,之后再也没有回去过。然而她却在衣柜抽屉里悄悄藏了点东西。你知道是什么吗?"

启太换上了惊讶的表情,摇了摇头,看样子是真的毫不知情。

"是一顶红色的假发和一副黑墨镜。"

"咦?骗人!"

"我没骗你。佳苗太太觉得那是女儿留给自己的信息。"

"那女人,怎么连这些都跟私家侦探说了。"

启太咂舌道,脸上满是愤恨,可见完全信不过继母。

"不管你怎么看待她,她都是美土里小姐的母亲,肯定会担心女儿的安危。她之所以告诉我这些,就是因为相信这条信息能帮助我找到女儿。

"好了,说回正题吧。美土里小姐为何要把乔装的道具落在母亲那里?按我的想法,假如她被谅一先生拉拢,打算帮他杀了朱实太太,就不可能留下他们共犯的证据,而是该趁早处理干净。那么,唯一的可能性就是她因意外而不得已上了贼船,这才会想到必须保留证据。因此我认为朱实太太的死果然只和谅一先生有关。他大概是在纵火案的前一天，即七月四日一大早就悄悄去了别墅，开始往地下二层灌水，接着打道回府。而那天早上，朱实太太出发前往京都旅行，所以他只需确认岳父在家即可。等到七月五日，他赶在清晨五点前离开汤河原的'花鸟月'酒店，途径东京，再次去往别墅，关上水阀，随后在午后回到位于涉谷的公寓。他绝口不提自己的行程，不光是为了隐瞒汤河原之行，更是不想让人知道他连信州也去了一趟。"

"原来是这么回事啊！我就想呢，对那狗东西来说，朱实姐姐死得实在太是时候了，难不成是他做了什么……但这也只是你的想象吧？有证据吗？"

启太非常感慨。

"如果你指能送上法庭的证据，我确实没有。不过我或许可以弄到一些间接的证据，来支持我的推理。比如调查别墅的水表，哪个月的用水量特别大就一目了然了。警方大概一直认为那是一起意外事故，所以没去查那些东西。现在谅一先生也被杀了，他们虽然没有对外公开，不过肯定会从头开始重新调查，说不定已经查到相关信息了。然而，我并不关心这些，反正人已经死了，不论查到什么证据，都没法在法律的层面上给他定罪。我在乎的是活着的人。"

启太微微别开了视线，榊原则继续说了下去："在我看来，重点在于谅一先生打算利用你去杀害暮叶女士。不知是幸运还是不幸，包括受害者暮叶女士在内，所有涉事人员都没吱声，因此警方完全不知道这件事。我刚才也说了,在当时,袭击暮叶女士一事风险极大,但谅一先生依然这么做了,可见背后一定有某种理由。

"实际上,他被无罪释放的当晚就给暮叶女士打了电话,谈到了峰岸老人和朱实太太的遗产,催她赶紧签分割协议,好尽快把钱弄到手。但这个话题当然触了她的逆鳞。她气坏了,心想姐姐的骨灰都还没安顿好,他就开口提钱,简直不像话。另一方面,她也怀疑姐姐的死并非意外,而是察觉到了丈夫出轨,陷入了绝望之中,才会去充满回忆的别墅自杀。于是她对谅一先生说,'我绝对不想和害死我姐的人一起给她上香!你知道她临死时抱着怎样的心情吗?行啊,我就把话敞开说了,其实我根本不认为她的死是意外!'。

"她的言下之意是谅一先生不忠,导致姐姐自杀。可这话在谅一先生耳朵里就完全是另一种意思了。他误以为小姨子识破了他的罪行。这让他非常害怕,认为只得尽早把她解决掉。

"但暮叶女士一死,他肯定会第一个受到怀疑,因此亲自动手是不明智的,得让你这颗棋子去办。而他只要准备好不在场证明,整件事就大概率会被当作是单纯的肇事逃逸处理。可结果只能算是事与愿违。

"毕竟被胁迫的人不一定会对胁迫者言听计从,一旦起了杀心,打算'一劳永逸',那么胁迫者反而会很危险。"

"你好厉害啊!比'条子'牛多了!"

启太听得双眼放光,连表情都明快了起来,仿佛是下了某种决心一般。

"所以我不是说了嘛,是我杀了他。我也不瞒你了,其实我们本来准备去别墅商量计划。然后我偷偷在梅子酒里加了砒霜,等他喝了再把他从楼梯上推下去。而且我是坐他的车去的,要是留下指纹就糟了,于是就一把火烧了车。"

"那么,你仔细说说当时的情况吧。"

3

榊原端正了坐姿,紧盯着启太,面带微笑地问道:"我的第一个问题是,你为什么要去峰岸家的别墅?"

或许是被这副提审般的阵势给吓到了,启太不禁提高了音量:"都说了是去商量计划的!我之前没撞死暮叶姐姐,他不就得指挥我做下一步吗?这种事怎么能在有外人的地方说啊?"

"嗯,确实不适合被外人听到,不过东京就有很多适合密谈的场所,不用特地跑到深山里去吧?除非和年轻姑娘去寻欢作乐。"

"你别胡说!"

听到这里,启太直接叫了起来,但又立刻压低了音量:"不关美土里的事!她十有八九是和大佑哥吵架了,然后找了其他男人,所以都没联系过我!"

他肯定不擅长说谎,区区几句后就把内心的狼狈暴露无遗。但榊原见过太多像他这样单纯的年轻人不断作恶，积累经验，最后变成了真正的犯罪者。

他的心情有些低落，重新开了口："我问你，你为什么选择毒杀？这是女人惯有的想法。对男人来说，殴打或者刺杀可比下毒方便多了。而且你和'井出帮'的人有交情，还能弄到'家伙'，直接一枪崩了他，不是吗？"

"谁规定男人不许用毒药了！用什么方法做掉他是我的自由吧？"

"唉，你这么嘴硬，我也没办法，我还是问下一个问题吧。毒药的品种那么多，你为什么挑了亚砷酸——也就是'砒霜'呢？确实，它无臭无味，对方很难发现异样，但毒发时间和效果并不理想，从出现中毒症状一直到死亡少说也要花上几个小时，中毒者有机会报警或者反击，这对投毒者而言是很大的隐患，所以我觉得用它不是上策。说起来，你又是从哪弄到砒霜的？"

"当然是网上买来的，不过我不知道卖家的身份，也没见过对方。"

"原来如此。那你怎么不买氰化钾？它能当场置人于死地，虽然味道很苦，不过混在咖啡里就行了。这是常识，你应该也是知道的吧？"

启太一下子被问住了，但很快又反驳道："这我也知道！是卖家叫我用砒霜的，说手里没有氰化钾！"

"也就是说,你不是从一开始就盘算好了往梅子酒里放砒霜的?"

"盘算个屁,我连那里有梅子酒都不知道,结果一进厨房,看到那么一大缸,谅一还叫我尝尝,可我讨厌甜甜的酒,他倒是很喜欢,还开开心心地准备喝上一杯呢。我就趁他不注意,把砒霜混进酒里去了。"

"你带的是粉末状的砒霜吗?"

"是啊。"

"分量呢?有多少克?"

"这我就不清楚了。"

"谅一先生一点都没注意到酒里有毒?"

"嗯。"

"他喝了几杯?"

"我想想……他用威士忌酒杯喝了两杯……不对,三杯吧。"

"这时候你在做什么?既不喝酒也不干别的,光盯着他?"

"对,省得留下指纹。"

"那你干得还真漂亮。当然了,警方把大玻璃缸里剩下的梅子酒拿去化验了,从而精确掌握了毒药的浓度。所以,谅一先生多久之后出现了中毒症状?两三分钟后?十分钟后?半小时后?还是几小时后?还有,最先出现的是哪种症状?麻烦你告诉我一下。"

"……"

启太压根儿没料到这些问题,当场噎住了,眼神中明显出现了动摇之色。

仔细观察对方的反应,冷静地看准时机,不停重拳出击——这是榊原在审讯时始终践行的铁则。但此刻他却不知不觉犹豫了起来,不想继续逼迫眼前这名年轻人。因为启太心中深藏着厚重的阴霾,甚至比他杀了人更加严重。榊原有些后悔自己接下了这桩委托,不过开弓没有回头箭,他也只能往前走下去了。

"你还是说实话吧。其实你没往谅一先生的酒里下毒,也没把他推下楼,更没和他一起去峰岸家的别墅,是吗?"

启太默不作声。

"我明白,你是想袒护美土里小姐。你轻信了谅一先生的花言巧语,甚至把她祭献了出去。如今你想向她赎罪,于是扛下了她所有的罪行。

"那天,美土里小姐暗中下定决心,才会跟着谅一先生去了别墅。她从五月十日早上开始失踪这一点已经说明了一切。被拘留了很久的谅一先生好不容易重获自由,不难想象他有多么渴望年轻女孩的肉体,便故技重施,用'一事不再理'的原则去威胁了她。

"遗憾的是,她没有拒绝的余地。一旦纵火案的真相曝光,你肯定会被判有罪。她想必是决定舍身保护你……"

说到这里,榊原忍不住叹了一口气,启太的视线则仿佛越过了他,茫然地投向了远方。

第三章 对决

"井出大佑先生说,自从谅一先生被判无罪之后,美土里小姐就一反常态,一会发呆,一会偷偷打电话。那其实是在和你交换情报吧?

"而你从他口中听说,美土里小姐失踪了,也没有联系他,于是你立刻意识到究竟发生了什么,直接租了一辆车或者向朋友借了车,追着他们去了别墅……"

榊原又停下了,因为他看到启太的眼中蓄满了泪水,这令他的叙述也带上了几分迟滞与凝重。

"……你在那栋别墅里看到他俩了,是吗?你抵达时,谅一先生已经倒在了地上,因急性砷中毒而濒临死亡——也可能已经死了。"

启太彻底愣住了,但还是条件反射般地猛摇着头:"不是的!美土里根本不在那里!是我杀了他!"

"你不用继续袒护她了。别误会,我并不想曝光她的罪行,只是想知道真相。当然,我也不认为是你杀了她。恐怕……她当时也快死了吧?"

榊原的声音是那样低沉,启太湿润的双眼完全定住了,眼神中依然没有流露出任何讯息。

"我猜,她当时就在谅一先生那辆白色的'皇冠'车里。但你为什么要放火烧车呢?假如只是为了消除她的指纹,那么擦掉就好了。况且你也没有烧毁别墅。因此肯定有其他理由。

"按我的想法,她也喝了有毒的梅子酒。当你找到她时,她同样陷入了急性的砷中毒，车里已经全是她的呕吐物了。但鉴于别墅里没有呕吐的痕迹，她肯定是在上车后才开始发作的。

"总之，她以自己的生命为代价，杀了谅一先生，换来了你的安全，而你也绝对不愿让她背上'杀人犯'的污名。

"可人类的呕吐物、排泄物跟指纹不同，无法完全抹去。所以你索性一把火把那些痕迹都烧干净了，保护了她的名誉。

"你的初衷确实是去救她，然而还是没赶上。结果她死了。你亲手埋葬了她。证据就是她再也没有出现过，并且你也没有向大佑先生说出实情。好了，我推理完了。"

榊原的话终于告一段落，启太则彻底僵在了原地。

两人同时陷入了沉默，仿佛连时间都静止了。僵持到最后，启太才总算开了口："就算你说对了又怎么样？你觉得我会告诉你我把美土里埋在哪了吗？"

闻言，榊原点了点头道："我相信你会说的。"

"你真是个怪人。凭什么从一开始就确定她被我埋了啊？说不定我把她剁碎了扔海里了呢？"

"因为真正的你其实很温柔，不可能把自己的家人当成动物或者物品对待。为了日后能祭拜她，你肯定把她埋在了某个有标识的地方。"

"你想把地点查出来，然后汇报给委托人？也是，你是私家侦探嘛，当然会这么做。你的委托人是……吧？"

第三章 对决

启太带着一丝冷笑,喃喃地报出了一个名字,但榊原却果断地否定了。

"不,不是为了委托人,只是我自己想知道罢了。你能告诉我,当你发现美土里小姐时,她是怎么个情况吗?"

启太不再继续挣扎,倾诉了起来:"五月十日深夜,大佑哥打电话给我,说美土里还没回家,当时我就知道她肯定和谅一去了信州。因为我之前听她说过,那狗东西拿我烧死姑父的事情要挟她,叫她去那栋别墅。我虽然叫她千万别理,可在她心里,我老爸当初借那么大一笔钱也全都是为了她,所以她想不开,觉得只能亲手杀了谅一。"

"她知道你被谅一先生威胁,差点杀了暮叶女士吗?"

"知道。要是没告诉她就好了……没想到这件事把她逼得更紧了……不过我当时是考虑到谅一说不定会转头找她去杀暮叶姐姐,这……这才提醒她的……没想到……"

启太的声音颤抖不已。

"你没有做错。"

"不用安慰我了,美土里是我害死的啊……"

启太仰起了头,似乎是要强忍住即将夺眶而出的眼泪。

"接下来你做了什么?"

对方情绪激动时,不妨适当地冷处理。因此榊原淡淡地催促他往下说。

"我先去了兄弟家,问他借了车子,决心不管发生了什么,我都要带她回来。

"我一路飙过去,天还没亮就到了。但别墅里黑漆漆的,好像一个人都没有。我当时想,难道他们没来这里?可门明明没上锁,这让我觉得很奇怪,再看看四周,突然发现谅一的车子就停在玄关旁边。

"我走过去一看,车里好像有动静,就把手电筒对准了车子,结果驾驶席上果然有个人,半跪半趴的,是美土里。她吐了一车,还失禁了,熏得我差点受不了。其实她已经不清醒了,幸好还有一口气在。

"我抓住她的肩膀,一边摇,一边叫着,'你怎么了?醒醒啊!我是启太啊!我来了啊!'她的眼睛好不容易才睁开了一条缝,对我说:'不要喝!千万不要喝梅子酒!'还说她已经把谅一杀了,问我看到他死了没……就像是发高烧的人在讲胡话一样。此外她什么都没说。

"我一下子就想明白了,她在酒里下了毒,打算杀了谅一,然后自杀。我立刻把她抱到我的车上,但她整个人都软塌塌的,再也没有醒过来。最后,我没带她去医院。因为我知道她已经死了,就死在我的车里……"

他说不下去了,双眼完全失焦,不知道正看向何方,榊原耳中只有他那低低的呜咽声和自己的呼吸声,两者混合在一起,发出了共鸣。

这恐怕是榊原从业以来,第一次感到自己的内心产生了动摇。

第三章 对决

"我想要帮助你。"

然而启太似乎什么都没有听到。

"我想要帮助你。"榊原再次说道,随后开始解释,"我们国家的警察很能干,现在正在盘点这些被害人的人际关系,过不了多久肯定会查到你和美土里小姐头上。当然了,由于相关人员大多已经去世,还活着的人基本上都站在你们俩这边,不会轻易说出对你们不利的事,可是绝不能小看警方的情报搜查能力。他们很可能会判断美土里小姐是谅一先生的情妇,还强迫他一起自杀。到时候,我不希望看着你揽下自己不曾犯过的罪行,最终走向毁灭。"

启太突然抬起头来,语带自嘲地说道:"没用的。按你的说法,'条子'找我也就是时间问题。你其实和他们混得很近吧?要不就是以前当过'条子'。我看得出来,你的眼睛和他们一模一样。连衣田叔叔都怀疑我呢,觉得就算毒是别人下的,把谅一推下去的人却八成是我。那狗东西的尸体被人发现之后,叔叔给我打了电话,问我看新闻了吗,知不知道谅一死了。我说我知道,结果你猜怎么着?他问我喝不喝梅子酒。"

"你怎么回答的?"

"我当然否定了,因为我真的不喝啊。于是他说,'不喝就好。不好意思啊,问你那么奇怪的问题。因为我正好有有些在意的事。'"

"就这些?"

273

"嗯，叔叔是谅一的辩护人嘛，应该知道些新闻里没说的情报。我之前问过他什么叫'一事不再理'，所以他大概感觉到了放火烧死姑父的人是我，而且还受到了谅一的威胁。后来他从'条子'那里听说梅子酒里有毒，怕我不小心喝了，特地来问问。

"其实他一直很疼我，这才来关心我。而且我想他就算猜到了美土里的事，也不会告诉'条子'。虽然美土里是她老妈带来的孩子，但毕竟算是我老爸的女儿，他不可能做出让我老爸伤心的事。"

他一口气说到这里，然后一下子站起身来，粗鲁地扔下一句"我话都说完了"，随即便准备离开，不过他看向榊原的眼神中已经没有了敌意。

"我还没说完呢。"

榊原冷静地叫住了他。

"不，你说得够多了。我不知道你到底想干什么，但你帮不了我，我还是趁早逃命吧。"

"别说傻话了。"

启太转身就走，身后却传来了榊原的怒斥，音量虽小，却带着不容分说的魄力，让他一下子停在了原地，仿佛卡壳了一般。

"你以为能从国家权力机关手中逃脱？一旦被警方盯上，你应该做的不是逃跑，而是保持沉默。沉默权是受法律认可的正当权利。虽然行使沉默权的嫌疑人会遭人唾弃，但这远比做出虚假供述、顶替犯罪要来得正义、正当。再说了，你擅自决定替美土里小姐顶罪，不过

第三章 对决

你亲眼看到她往酒里下毒了吗？你擅自当了她的代言人，但你真的理解她的想法吗？事实上，你对谅一先生的死亡现场根本一无所知。"

"你到底想说什么？"

启太瞪大了眼，整个人都呆住了，丝毫不见刚才的气势。

"我没有任何潜台词，都是有一说一的。总之你不能撒谎，只要堂堂正正地使用沉默权，拼上最顽强的意志力，咬紧牙关，死不开口，警方和检方就拿你没办法。因为他们没有证据。毕竟你确实没有杀谅一先生。要是你不对任何人说美土里小姐已经死了，它便永远是一个秘密。不过光是这样还不够，我也有该做的事。为了帮助你，我会向站在你这边的人求助。你没有权利阻止我。"

榊原说完了，启太却没法立刻给出回应，依然僵在原地，任由榊原直视着自己。

漫长的沉默之后，他终于嗫嚅着开口了："在长野县××郡××村，有一个牧场，叫'丰栖牧场'。那是我兄弟的老家……我在牧草场的正中间把美土里烧成了灰，然后埋葬了她。我知道我的做法很胡来，但也没有告诉任何人，不然会给他家惹事的……只是哪天我也有个万一的话，就没人知道美土里的下落了……所以才跟你说的……"

"明白了，我答应你，绝对会记住她睡在那里。"

榊原的回答很简洁。

"我听懂你的忠告了，不过我有自己的做法，拜拜啦！"

启太轻轻挥了挥右手，随后大步离开了。

榊原目送着他，一直到他的背影消失在视线中。

4

榊原说了很久。待他说完后，衣田一时间依然沉默着，只是抱着胳膊，紧盯着眼前的桌面。

被告人巧妙地策划了一桩冤案，将自己卷入。在聆听这一令人讶异的真相途中，衣田几乎都没有插过话，连眉毛都不抬一下，唯有表情透着强烈的困惑。

榊原确定了，这位律师早已察觉了一切。

——"连衣田叔叔都怀疑我呢，觉得就算毒是别人下的，把谅一推下去的人却八成是我。"

他回想起了启太的话。

衣田的律师事务所在一栋租赁大楼的四楼，离新桥站很近。楼下就是一条马路，勉强算商业街，不过此刻正值下午时分，只有零星的行人经过。

整栋大楼都鸦雀无声，死气沉沉，事务所里静得让人感到烦闷，榊原的叹息声也仿佛无处可去一般，融在了这片沉重而凝滞的气氛之中。

第三章 对决

接待室内摆有一套便宜的合成皮革沙发，桌上仅仅放着书写工具、名片盒、空烟灰缸。衣田注重礼仪，提前打了招呼，说由于负责事务类工作的妻子身体不适，会面时可能连一杯粗茶都没法送上，不过这对榊原而言倒是件好事。毕竟他们两人的谈话内容需要绝对保密。

侦探经常会出入律师事务所。虽说大型侦探事务所在婚姻和征信的调查工作上更具有权威性，但跟踪目标、打探个人隐私情报（如银行账户和犯罪前科）等行为则处于灰色地带，得由私家侦探们接手。由于情报外泄是重大社会问题，甚至可以说是犯罪行为，所以搞情报的"门路"自然极为机密，私家侦探也需要特殊的本领和费用。可说实话，市场源于需求。因此律师事务所一直以来都是榊原的主要客户人群之一。

其实仔细分类的话，每个行业都有各种各样的从业者，律师事务所亦然，其规模可大可小，旗下律师的资质也参差不齐。唯一相同的是，私家侦探就跟办公自动化机器的销售员似的，不会受到客户方的郑重对待，有时甚至连接待室都进不去，只能站在前台说几句话。

当然了，对方有自己的工作安排。像是大型的事务所，律师多、委托人多，接待室根本不够用，也难怪轮不到侦探们入座。但去的次数多了，总能看出各个事务所的实际状态和内部情况。有些事务所的"招牌"律师只是挂个名，掌握实权的是解决纷争的调停人。别说匡扶正义了，他们有时甚至会巧妙地作恶。事实上，泡沫经济大盛的时

277

候，有不少律师干的事都跟不动产商差不多了。

此刻，衣田就坐在榊原面前，从刚才起便一动不动，消瘦的身体活像是被吃进了沙发里似的。根据榊原的叙述，专业的法律从业人员居然被谅一这个门外汉耍得团团转，衣田心里绝对不可能痛快，只是表面上恬淡如故，看不出一丁点儿激动或者愤怒。

他背后的白墙有些泛黄，不知是被太阳晒的还是烟气熏的，上面用大头钉挂着一本不知名公司出品的月历，大概是客户企业送来的商务赠礼。

这是榊原第二次拜访他的事务所。俗话说，装潢体现着主人的性格。比如这里，虽与权威主义不沾边，然而每个角落都透出了靠自己站稳脚跟的人那内敛的傲骨。包括这间朴素的接待室，也同样充斥着诚挚而古朴的气息。

榊原并不讨厌这种感觉。

"衣田律师，您也看出谅一先生的真实想法了吧？"

他开口问道。

衣田轻轻点了点头，表示同意："嗯，不过我一开始可完全没发现。不对，直到案子刚判完那阵子我还是被蒙在鼓里，只觉得有哪里不对劲儿。"

他的回答仿佛是在独白，榊原便接着提问："那么，您果然是因为启太的电话才察觉到问题的？"

衣田再次沉默了，犹豫着是否该实话实说。

其实不论给出怎样的答复，说话爽快都该是律师特有的能力，不然只会暴露出缺乏自信的一面，进而影响到信用。所以他们很少会支支吾吾。

榊原有些恼怒，正准备换下一个问题时，衣田终于抬起头回话了，语气中透着苦涩："是的。启太问我什么叫'一事不再理'，希望我简单讲讲，只要能让他听懂就好。于是我确定了这件事肯定和峰岸谅一有关。

"回头想想，谅一先生确实特别执着于'一事不再理'原则，在审判结果出来之前，就已经不停咨询我相关问题了，他自己好像也做了很多功课。其实我可以理解他的心情。试想，如果好不容易被判无罪，之后又因为同一桩案子再次被逮，那谁受得了啊？但我还是感到有些蹊跷。

"启太倒是从头到尾都没有提到谅一先生，我也硬是忍住了，没有去问他为什么突然想了解这些知识。反正问了他也不会说的。不过他很难得给我打电话，所以肯定是被逼得没法子了。大概是谅一先生强迫他去做了什么，只是我真没想到居然是要他去杀暮叶女士……

"启太不是乖宝宝，之前也做了很多不好的事。他能怕成这样，绝对是遇上大事了。否则他怎么可能关心那种法律问题。再结合时间考虑，我只能认为和峰岸家的纵火杀人案有关。"

他似乎下定了决心，表情不再犹豫。

"既然谅一先生能用'一事不再理'原则去威胁启太,这显然意味着他们俩是那桩案件的共犯——您就是这样判断的吧?"

"是的。"

衣田认可了榊原的推测,随即解释道:"之前我也对您说过,那桩冤案从一开始就充满了异常之处。检方确实太大意了,我也缺乏打刑事官司的经验,不过我们最大的败因还是出在被告人身上。我一直都很好奇,他是不是真心想要挑战法庭。可这世界上哪会有人故意让自己被冤枉啊?结果我终究没能看透他内心的想法。

"其实……只要仔细琢磨一下就能意识到那桩纵火案不是偶然。因为能从中获益的人不止他一个,还有启治的遗属。他们向峰岸岩雄借了一大笔钱。由于这是私人之间的债务,外人并不知情,于是成了警方的盲点,但他们的确是有杀人动机的。

"不过说真的,我从没怀疑过启太。他的本性很善良,无论如何都不可能放火杀人。哪怕我知道他和谅一先生是共犯,也依然无法接受。直到听了您刚才的说法,才搞清楚了一切。那孩子就是凡事不会多想,所以很容易受骗。他八成听说了烧毁借据就能把欠款一笔勾销,便傻乎乎地信了,根本没考虑到就算房子里没人,纵火也非常危险。

"唉!我实在是太后悔了!假如我一开始就看透了这些,怎么说也要让他去自首。这样他就不会被谅一先生抓着把柄了……"

衣田的每一句话都回响在安静的接待室内,榊原再次看向他,说道:"我明白您的感受,但谅一先生之所以故意把自己塑造成冤案被告人,最主要的目的应该还是扰乱初期搜查。他发动了佯攻,吸引了警方的全部注意力,将启太藏在暗处。他确实欺骗了您,但首先必须骗过警方和检方。因此他把疑点集中在自己身上,既保住了实行犯,又保住了自身。

"此外还有一点,那就是他一开始便计划将岳父和妻子朱实全都杀死。只要他身在禁止探视的看守所中,那么妻子离奇死亡也和他没关系了,甚至还能得到亮出不在场证明的好借口。我只能说,真是妙计。"

衣田却用力地摇了摇头,说道:"您不用安慰我了。即使他再狡猾,我也有责任。"

这也难怪。作为辩护律师,他肯定会对自己的愚蠢感到惭愧。

"对了,我还有个问题想请教您。启太给您打电话后没过多久,谅一先生就突然去世了,死状还很诡异。他的尸体在五月十三日被发现,距离他死时已经过了几天。接着您又给启太打了电话,确认他没有喝梅子酒。这是为什么呢?"

榊原转移了话题,衣田阴沉的脸色上又多罩了一层乌云。

"这一点我也跟您说过。当时长野县的刑警特地来我这里,调查谅一先生死亡的相关情报。根据鉴定结果,他的死因不是坠楼受伤,而是急性砷中毒。他们还发现别墅厨房里的玻璃酒缸里有高浓度的亚砷酸,问我对此有没有觉得可疑的对象。

281

"我当然说自己毫无头绪，可实际上我很不安。毕竟启太在案发三天前才刚问过我什么叫'一事不再理'，整个人的状态也很不对劲儿，我担心把谅一先生推下去并放火烧车的人就是他。"

"您怕他不小心喝了毒酒是吧？"

"没错。"

"您就没想过，说不定毒正是他下的？"

"这不可能。他性格冲动，哪怕舞刀弄枪的，都不会选择下毒。"

面对榊原尖锐的指摘，衣田只是淡定地给出了回答。

"原来如此。这样一来，下毒的就是别人了。您觉得除了他，还有谁想杀了谅一先生呢？"

"这我就不知道了。"他调整了坐姿，抱起胳膊，一脸沉痛地摇着头，继续说道，"结果是美土里小姐下的手啊。我虽然很了解启太，但和她不熟。她是佳苗太太带来的孩子，和启治并不亲近。以前她和黑道家的大少爷交往时，闹出过大乱子，启治还找我商量对策。说句真心话，我甚至觉得启治英年早逝，问题归根结底就出在她身上。听了您的调查结果，我才明白她也是被谅一先生坑害了的牺牲者。真的太可怜了，我都不知道该说什么。

"还有啊，她杀了人不假，但那也是强迫自杀，更何况她原本就是受害者。我想为她做点什么……榊原先生，启太到底把她的尸体运到哪去了？他真的没告诉您吗？"

"没有。他坚持要保护美土里小姐。"

榊原冷静地回答了衣田的问题。

"唉，也是。"

衣田先生瓮声说道，可下一刻，他又露出了诧异的表情，问道："不过您为什么告诉我这些？当然了，我不会把您的话泄露出去，我也不知道您的委托人希望我做什么，可这些事实在太过重大了。"

他的眼中流露出了迷惑、不安以及疑惑，榊原从未见过他如此动摇的样子。

于是，榊原端正了坐姿，正视着他，答道："因为我希望您能保护启太。"

没错，他是为了遵守和启太的约定，才会坐在这里。

"这不用您说，要是启太被人告发了，我肯定会尽全力为他辩护，不过现在还不用担心这个问题吧？"

接待室中回荡着衣田的声音，看得出，他已经放松下来了。

他的想法很乐观，榊原却缓缓摇着头，说道："您也知道，只是'现在'不用担心罢了，但我们不能小看警方的搜查能力。之前是因为谅一先生的战术十分巧妙，他们才会在峰岸老人和朱实太太的案件中受骗上当。然而谅一先生的死就不同了，随机纵火犯和意外事故的说法都行不通，他们会展开'地毯式'搜索，把他的人际关系摸得一清二楚，拼命查下去。"

"这样啊……"

"我建议启太保持沉默。拙劣的谎言是骗不过专业的搜查人员的,但无论多么能干的刑警,都无法驳倒沉默的嫌疑人。而且他确确实实没有杀害谅一先生,因此警方也绝对找不到能给他定罪的证据。

"只不过他下了决心,誓死保护美土里小姐的名誉。这两个孩子一直都觉得自己亏欠了对方,认定是自己造成了今村家以及对方的不幸,并为此深受折磨——毕竟,假如美土里小姐没有和大佑先生同居,启治先生就不用去借钱;而假如启太没有学坏,美土里小姐根本就不会认识大佑先生。

"说到这里,您已经明白我到底担心什么了吧?警方查起案子来既执着又狡猾,通过常年的实践积累了大量的经验,深谙该对怎样的嫌疑人采取怎样的措施。您想想,美土里小姐为了救启太,甚至服毒自杀。一旦他们发现她有作案嫌疑,启太就不一定能继续闭紧嘴巴了。到时候很可能会不顾一切,揽下全部的罪过。"

"嗯,的确……"

衣田嘀咕道。

他右手托着下巴,整个人都像极了罗丹[1]的雕塑名作《思想

---

1 奥古斯特·罗丹(Auguste Rodin),生于1840年11月12日,逝于1917年11月17日,法国雕塑艺术家,主要作品有《思想者》《青铜时代》《地狱之门》等,对欧洲近代雕塑的发展有着较大影响,和他的两名学生一起被誉为欧洲雕刻艺术的"三大支柱"。——译者注

者》。皱纹深深地刻在他那黝黑无光的脸上,仿佛正诉说着他是何等的苦恼。

榊原继续说道:"而最根本的问题是,毒杀谅一先生的人究竟是不是美土里小姐。"

衣田吓了一大跳,连肩膀都颤了一下。

"不是她吗?!"

他瞪大了双眼,眼中满是惊讶。

榊原点点头,说道:"启太坚信美土里小姐是抱着自杀的觉悟而喝下毒酒的。因为他看到她和谅一先生呕吐、失禁,随后痛苦地死去,再加上她还警告他千万别喝梅子酒,于是难免会贸然断定她拉着对方陪葬。但从客观事实来看,美土里小姐说不定压根儿没打算和谅一先生一起死。

"我有三项判断依据。其一是她在案发前的言行。五月十日当天早上,她向打工的地方打了电话,说身体不舒服,想请一天假。这说明,她原本计划第二天正常出勤。如果她早就准备去死,哪还需要打这样的电话呢?

"其次,她肯定能料到自己消失后,同居的大佑先生会有多么担心吧?可她不仅没有跟他告别,甚至连短消息都不发一条。对母亲和朋友们亦然。不得不说,这对决心自杀的人而言很不自然。毕竟她在离家出走之前都会好好说清楚。总之,我只能认为她原计划在案发当天晚上若无其事地回家,接下来继续过自己的日子,压根儿没考虑赴死。

"最重要的是第三点。她在出门时，带走了大佑先生护身用的手枪。由于警方未在现场找到它，应该是被启太拿去了吧？既然她带着最强力的武器，换言之，她想用那东西结果掉谅一先生。反过来说，在有枪的前提下，她根本不必选择亚砷酸。它的毒性算不上特别强烈，不足以瞬间置人死地，并不是保险的做法。

"如您所知，谅一先生从别墅外侧的楼梯上摔了下去。可他的体格和体力都强于美土里小姐，我不觉得她能轻易把这样一个大男人推下去。而且他没穿鞋，尸体附近也没有拖鞋，反倒是像被对方用枪指着，为了逃生才自己跳下去的。毕竟地面上有泥土和野草，相对柔软，对他而言尚有一线生机。只不过他还是摔成了重伤，动弹不得。美土里小姐误以为他已经摔死了，或者认为他早晚会死的，扔着不管也没事，便没有去补上一枪。

"而她很快也出现了急性砷中毒的症状。人在摄入高浓度的砷元素后，通常只需几分钟即会剧烈呕吐。因此可以反推出，他们在抵达别墅后就先喝了一点梅子酒，可做梦都没料到酒里有毒。等谅一先生跳楼之后，她开始感到不适，便果断地上了车，寻思着开进山里熬过这一阵或者去医院。然而，她在车中狂吐不止，还失禁了，等启太赶到时她已经快不行了，于是强撑着警告他千万不要喝别墅里的梅子酒。"

"她其实是被牵连的？"

第三章 对决

原本一直默默聆听的衣田突然插嘴道。他满脸不解，似乎实在忍不下去了。

"应该就是这么回事。"

"但从现实来看，凶手也只能是她了吧？她想杀了谅一先生，再加上只有极少数人知道那栋别墅里有峰岸老人自酿的梅子酒。"

衣田的措辞相当谨慎，榊原点头应道："您说的是。但也不能就此断定别人都没有嫌疑。我再强调一次，她带着手枪，要是她真有意自杀，根本不必长时间忍受中毒的痛苦，直接一了百了即可。而且她喝下了毒酒，这一点已经证明了并不是她下的毒。

"不过寻找真凶是警方的工作，和我没有关系。重要的是启太。我们一定要阻止他主动顶罪，为没有犯过的罪行而受刑。那么，只要美土里小姐不是犯人，他也就不需要再包庇她了吧？"

榊原的语气非常沉稳，唯独一双眼睛分外犀利。

衣田低下了头，似乎是不敢直接面对这样的视线。他那灰白的头发被空调吹得轻轻摇晃了起来。

长时间的沉默之后，他重新抬起头来，答道："我当然也想保护启太。您来找我，是希望我做什么呢？"

他的目光是那样的深沉，榊原终于深深地叹了一口气，说道："衣田律师，我希望您承认，您才是毒杀峰岸谅一的真凶。"

榊原的声音很小，但衣田的眉毛抽动了一下，证明他确实听见了。

"榊原先生，您在说什么？"

287

衣田非常平静，只是紧盯着对方。

"我不知道您的具体想法，但我可以对天发誓，往那缸梅子酒里下毒的人绝不是我。确实，朱实太太去世时，我和暮叶女士在那栋别墅的厨房里交谈过，也碰了那只盛酒的大玻璃缸，所以上面肯定有我的指纹。莫非您就是因此断定我下了毒？"

"当然。"

榊原也直视了回去，开始分析："如您所说，往那只玻璃缸中下毒的的确不是您。或者说，根本没人在那缸酒里下过毒。因为您在其他地方动了手脚。我说得明白点，其实厨房的玻璃柜里有瓶装的梅子酒，您正是在那只瓶子里掺了毒药。

"那么，警方为什么会在大玻璃缸里检测出亚砷酸呢？只要想通这一点，便能得知本案的真相。"

接待室再次陷入了漫长的寂静，最后，衣田终于发出了干笑声。

"我真的太佩服您了。不愧是私家侦探，确实不简单。不过我没有那么聪明，实在不清楚您是怎么得出这个结论的，能请您从头解释一下吗？"

"好的。虽然我也没能把每个细节都想明白，得仰仗您的协助才可以完成整套推理。"

衣田的要求听着简直有几分揶揄，但榊原还是认真地做了回答，随即坐直了身子，静静地讲述了起来。

5

"峰岸谅一先生死时，刚被判无罪不久，正广受世人瞩目；而凶手的动机不明，在谅一先生喝下毒酒之后，依然没有停手，导致他坠楼重伤，甚至烧毁了他的车子——这样的犯罪形态确实举世罕见。

"凶手到底为什么要接二连三地攻击他？而且既然能够把他从楼梯上推下去，又为什么要选择容易留下痕迹的毒杀呢？再说了，就算凶手认准了毒杀，为什么不用更强效的毒药呢？这些都让我不得不产生怀疑。

"然而，在了解了案发现场的情况后，我觉得最古怪的并不是凶手的行为，而是本该存在的东西不见了。似乎有人偷偷带走了它们。

"您当然知道我说的是什么吧？您听长野县的刑警详细说明了现场情况，肯定注意到了这一点，这才会给启太打电话的。这一点我会稍后再仔细解释。

"至于消失不见的东西，其中之一就是威士忌酒杯。鉴于美土里小姐也出现了急性砷中毒症状，可见她肯定和谅一先生一起喝下了有毒的梅子酒。但事实上，客厅里只有一只酒杯，上面也只有谅一先生的指纹。好了，她的酒杯到底去哪了？

"还有，谅一先生和美土里小姐都抽烟。谅一先生有高级打火机，自然是一位'瘾君子'，而美土里小姐也是从高中开始就会吸烟了。所以他们抵达别墅后,应该会一边喝梅子酒,一边来上一根吧?毕竟有烟瘾的人在长途跋涉之后,第一件事就是补充尼古丁。可是警方赶赴别墅后,居然没有找到烟灰缸。理由自然不用我说,无疑是启太在美土里小姐死亡后,清理了现场,带走了证物,抹掉了她留下的痕迹。但这样一来,新的疑问又出现了,那就是他为什么唯独没有处理那一缸梅子酒呢?他都意识到酒杯和烟灰缸上有她的指纹了,那么按说也会想到酒缸吧,可他甚至连擦都没去擦一下。确实,从结果上来看,美土里小姐并未在那只玻璃缸子表面留下指纹,可这不能说明任何问题,不是吗?

"所以,那几件本该留在现场的物品就意义非凡了。考虑到当时的场景,我认为,启太带走的不仅是酒杯和烟灰缸,还有他们两人喝过的那瓶毒酒。

"自家酿梅子酒时,需要花费一定的时间等待熟成。虽然各家有各家的习惯,不过通常说来,至少也得等一年才行。而梅子树一年只结一次果,所以在新酿期间,正好可以喝前一年酿好的酒。

"听说峰岸老人就有这个爱好,每年都会摘院子里的新鲜梅子来酿酒。这说明,他于去年去世时,别墅里应该有去年六月新酿的酒和前年酿完的酒。

"今年三月朱实太太去世后,您前往了案发现场,也就是峰岸家的别墅。当时您看到厨房一角正放着一只盛有梅子酒的大玻璃缸,便向暮叶女士确认了这是否是家里自酿的酒。她给出了肯定的回答,还

第三章 对决

说梅子正是从别墅院子里采来的。您又问她那是不是朱实太太酿的,她则表示那是她父亲的杰作,而且会用白兰地来酿,所以颜色和用烧酒酿出来的不同,但朱实和谅一夫妇俩只是喜欢喝,却从不动手酿造。

"那只玻璃缸里的酒无疑是用去年六月摘来的梅子酿的,那么,前年的梅子酒去哪了?厨房只有六平方米大小,但单单一个玻璃柜子就占了整面墙,里面整齐地摆着各种容器和酒坛,因此我推断——前年的梅子酒就装在那些瓶瓶罐罐里,对吗?"

"嗯,因为峰岸老人性格非常认真。"

衣田开口了,脸上还是一派淡然,不过看得出他认同了上述说法,且不打算继续说下去了。于是榊原接过了话头:"另外,谅一先生死后,警方调查了现场,发现厨房的柜子里虽然有各种威士忌和白兰地,但全都没有开过封。总之,前一年的梅子酒就这样突然不见了。

"考虑到任何人都会先喝已经酿完的酒,凶手在下毒时当然毫不犹豫地选择了装有梅子酒的瓶子,而且还谨慎地戴上了手套,不像上次那样在玻璃缸上留下指纹。

"到这一步为止,一切都很完美。

"启太也仔细确认了现场,看到那瓶毒酒就和威士忌酒杯一起放在客厅的桌上,便认定了美土里小姐是拉着谅一先生一起死的。考虑到决定自杀的人根本不怕留下指纹,因此必须把它们都处理掉,以免暴露真相。

"然而，他又突然想到，过一段时间，警方应该会来到别墅。届时他们只会发现中毒并坠楼的谅一先生，却找不到毒酒在哪，这就很不自然了。幸好厨房里还有一大缸子梅子酒，于是他赶紧把缸里的酒倒进了下水道，又把瓶子里的毒酒倒进了那只玻璃缸。如此一来，警方肯定会认为毒酒一开始就在那里面。

"即使如此，犯人听到详细的调查结果时，想必也很惊讶，完全没料到事态居然会演变成这样，还出现了新的投毒者，且对方才是真凶。不难想象，犯人在大吃一惊的同时，也打心底松了一口气。不过接下来，就势必会琢磨到底是谁往那只大玻璃缸里下了毒，并由此产生新的不安——为什么被自己下过毒的那瓶酒不见了。

"之后的事就不用我再说明了吧？律师您在案发前和启太通过话，所以断定他和谅一先生的死有关。这下，您便生怕他喝下从现场带走的毒酒。

"回头想来，若是您没有给启太打那通电话，我或许不会怀疑到您头上。可是您的电话实在太不寻常了——假设他已经喝下了那只大玻璃缸里的梅子酒，那么他中毒甚至死亡的消息早就传到您耳朵里了，您提醒得也太晚了。既然他接到您的电话时还很精神，可见没碰过那缸酒，您也不必特地提醒他。由此看来，您真正担心的其实是那瓶被他带走的毒酒。

"您在电话里问他喝不喝梅子酒，接着又说，'不喝就好'。由于那时候谅一先生真正的死因尚未公开，启太很可能不知道真相，您这才不得不提前提醒他。"

"那时候，长野县的刑警们来找过我，我认为往那只大玻璃缸里下毒的人是暮叶女士，真没想到是启太把瓶子里的毒酒倒进缸里去了。可他明明烧了谅一先生的车，为什么不把别墅也一起烧了呢？那样不就真的不留一点儿痕迹了吗？"

衣田喃喃自语着，神色沉静，好像两人之间从未交谈过一般。

榊原平静地答道："因为峰岸老人的死给他留下了心理创伤吧？他以为老人不在家才放了火，结果却把对方活活烧死。而如今，即使知道别墅里没人，那份恐惧感也让他下不了手。"

"啊……也是。他真的太可怜了。"

衣田点了点头，表示理解。

"榊原先生，听完您完美的推理，我真的一点儿反驳的余地都没有。可是以前人们常用亚砷酸来驱除白蚁，现在却基本上买不到了啊。"

他的语气依然波澜不惊，瘦小的身子散发出几近豁达的从容感。他虽已不打算再找借口，但也确实没必要立刻就无条件投降。

"启太说是他从网上买的。"

"原来如此。这年头买东西真方便，只要上网搜索一下，大概什么都能弄到手。遗憾的是，我已经老了，完全学不会这些新鲜事物。不过只要警方认真调查，总能找到购买记录吧？"

衣田有些许疑惑。

"这就不清楚了。但是关于这一点，请您听听我的假设。"

榊原似乎不怎么在乎这个问题，语气几乎没有任何变化，随即继续说了下去："您也知道，毒杀和绞杀、刺杀不同，它的特点在于弱小或者没有暴力倾向的人也能轻易实施。一旦提前做了充分部署，凶手本人便不必在案发时出现在现场，但相对地，作为凶器的毒药也会残留在被害人体内，追溯起来相当简单。现代社会，科学搜查技术飞速发展，只需根据毒药成分的检测结果，就大概率能锁定凶手的身份。

"包括谅一先生的案子也是。经鉴定，警方掌握到它有一个显著的特点，那就是年代久远，而且是某种经过加工处理的药品。总之，凶手大概率没有抱着明确的目标去物色纯度更高的药物，只是用了手边的旧货。"

"嗯，原来是这么回事。"

"于是我稍微调查了一下，发现亚砷酸的危险性一直以来都是公认的，但直到不久之前，它还作为一种药品而受到广泛应用。具体说来，在青霉素尚未问世时，医生用它治疗梅毒和一部分热带病；而麻醉后再抽取牙神经的疗法也不过出现了数十年，原先基本都靠'砒霜糊'，也就是复方三氧化二砷糊剂[1]来使牙髓失活。那些比我们更年长的人肯定都还记得呢，只要将它填入牙根管，等二十四至四十八小时后，牙神经就会被麻痹，被抽走时也不会感到剧痛。当然，这种

---

1 复方三氧化二砷糊剂别名复方亚砷酸糊剂、亚砷酸糊剂等，是一种牙髓失活剂。——译者注

糊剂有毒，万一误入口腔就糟了，因此牙医一定会在外部做好封层处理。

"包括现在，这种失活剂都还没有遭到彻底禁止。毕竟有些患者对麻药过敏，还有些患者患有循环系统疾病[1]，不适合注射麻醉剂，这时候'砒霜糊'就派上用场了。

"此外，杀死一名成年人大约需要三百毫克的砷，而'砒霜糊'里，亚砷酸的浓度高达百分之四十五，毒性可谓相当之高了，一般说来肯定会受到严格管理。然而，要是有人碰巧持有这种糊剂，又暗中对某人抱有杀意，那么想试一下也没什么好意外的。"

"嗯，有道理。"

衣田适时地应和道。他虽从刚才起便将整个背部都靠在沙发上，双眼紧闭，但看来还是认真地听着。

"亚砷酸本身无臭无味，可'砒霜糊'并非如此。要是掺进日本酒等普通的酒中，肯定会被人发现。从这一层意义上来看，峰岸老人酿的梅子酒倒是非常符合凶手的理想。它香气浓郁、味道甜蜜，作为基底的白兰地酒又是深琥珀色的，可以盖过药品本身的怪味和颜色。

"其实，我还尽可能地收集了您成为注册律师后的经历，发现您曾为一家倒闭的牙科医院提供服务，漂亮地解决了他们的麻烦。

---

[1] 循环系统疾病指心脏、血管、调节血液循环的神经体液装置等的疾病。——译者注

"那家医院的院长——牙医猿谷光喜死后留下了大量债务,您接下了遗属的委托,最终顺利地完成了任意整理手续,避免了破产清算的下场,委托人和债权人都非常感谢您。您也是通过这起委托才获得了大量客户,从原本工作的律师事务所里独立了出来。而这件事引起了我的注意。"

"不愧是私家侦探,调查得很全面。"

衣田缓缓坐直了,睁开眼睛看向榊原,不过话语中并没有嘲讽的意思。

"这是我的工作。"

榊原简短地答道。

活用手中的人脉是搜查工作的基本。而律师事务所相关人士的人面尤其广。衣田作风稳健、为人诚实,很多人都为他说了好话。

"我拜访了猿谷光喜医生的遗属。他的太太已经去世了,女儿还健在,对我说了许多当年的往事。您也知道,她不是牙医,而是作为父亲的助手负责财务工作,有时会在治疗时旁观。她告诉我,亡父的医院确实用过'砒霜糊',倒闭时还有不少库存。

"任意整理环节中,她把能卖的备用品和库存都卖了,'砒霜糊'却找不到买主。于是便将它和卖剩下的东西一并交由您处置。"

衣田点了点头,接话道:"我穷惯了,虽然把大部分东西都当垃圾扔了,不过还是觉得没开封的药浪费了可惜,就收在了自家的库房里。反正它们体积也不大。"

第三章 对决

"原来如此。"

"您明明从一开始就全都看透了,怎么一副恍然大悟的样子呢?唉,算了。我原先还没什么把握,心想着这药那么旧,可能已经失效了。当然,我其实也希望它失效。可是上天实在是太残酷了,我虽然如愿杀了谅一先生,想不到却害了美土里小姐。我真的太懊悔了。"

"您就没想过有可能会殃及池鱼吗?"

榊原追问道,衣田的脸色却沉了下来,答道:"当然想过。但是启太已经走投无路了。我十分焦虑,认为必须在他犯下无可挽回的罪行之前行动。说来惭愧,我当时想着,反正倒霉的也会是谅一先生的同伙,结果没能做出冷静的判断。我实在是太肤浅了!"

"您是什么时候去现场的?"

"启太是周五给我打的电话,我第二天就对妻子说,要临时去朱实太太的死亡现场做一下搜查见证工作,随后坐新干线和巴士去了别墅。当时正好是旅游季,到处人山人海,只要戴上眼镜,稍微乔装打扮一下,便没人会注意到我了。"

"您用了放在信箱里的备用钥匙吗?"

"是的,这些行动其实不难。"

衣田爽快地承认了。两人一时相顾无言。

这时,衣田又开口了,似乎是为了打破这磨人的沉闷。

"我已坦白了罪行,您也了解了我的全部动机,接下来没什么可问的了吧？而且您本来就都猜到了。

"说真的，您可以认为我是因为被委托人耍弄，一怒之下策划了一场拙劣的谋杀。但我只能这么做。毕竟法律已经奈何不了谅一先生了，而将免罪金牌交给这种恶徒的正是我，所以我必须承担最起码的责任，亲手惩罚他。"

他自嘲地说道，语气中浸满了苦涩。

"可这不仅仅是您的问题啊，检方、法官以及搜查人员的责任比您大多了。"

听到榊原的劝解，衣田轻轻地牵了牵嘴角，说道："没关系，您不用安慰我。我们确实都被骗了，可他正是看穿了我的无能和浅薄，才指名要求由我来辩护。换作是您站在我的立场上，还能若无其事，觉得责任不在自己吗？……唉，不过您肯定不会上那种人的当就是了。"

榊原无话可说。

衣田迅速地瞥了他一眼，继续说道："根据我的经验，光凭恨意是杀不了人的。如果这是我的私人恩怨，我肯定不敢把想法付诸行动。但他甚至想让启太一再犯错，我绝对不能允许。

"启治是我最重要的挚友，启太是他的独生子，我看着那孩子出生。在他母亲生病的时候，还有因为父亲再婚而学坏的时候，他都一直很亲近我。从某种意义上来说，我对他的关心已经超过了自己的孩子，更何况他是死去的启治在世上唯一的牵挂，所以我无论如何都不

第三章　对决

能放着他不管。"

他脸上依然透着深深的悔恨，却已不再为自己的所作所为感到羞耻。

他的自白也到此为止，并不像一般律师那般口若悬河，滔滔不绝。

"对了，榊原先生，我还是不明白您到底想让我做什么。您需要先和委托人谈过之后再告发我吗？"

这个问题很合理，但榊原却静静地摇了摇头。

衣田见状，松了一口气，说道："我从律师朋友那里听说，您以前是刑警吧？不过人的行动是由立场决定的，检察官和律师也是同样呢。"

"世事并不是非黑即白的，我们很难断言什么是绝对正义的，什么是绝对错误的。"

"也是。那么，我究竟要怎么办？"

"我之前已经说过自己的想法了，我只希望启太不要因为自己没有犯过的罪而走向毁灭。而能阻止他的只有您了。这是我唯一的请求。"

衣田重新叹了一口气。

"我也不可能眼睁睁地看着他背上我的罪行，我把他当作自己的儿子，比谁都更希望他走上正途。可是您为什么要如此袒护他呢？"

尽管只有短短一瞬，但榊原确实露出了一丝犹豫。他答道："因为我也挺喜欢他的，还有就是……我欠了他人情。"

他的声音透出了几分忧郁。

语言已经无法承载那翻涌的思绪,压抑感充满了这间窄小的接待室,令人连呼吸都觉得困难。

榊原和衣田就这样无言地对视着。

Epilogue
尾声

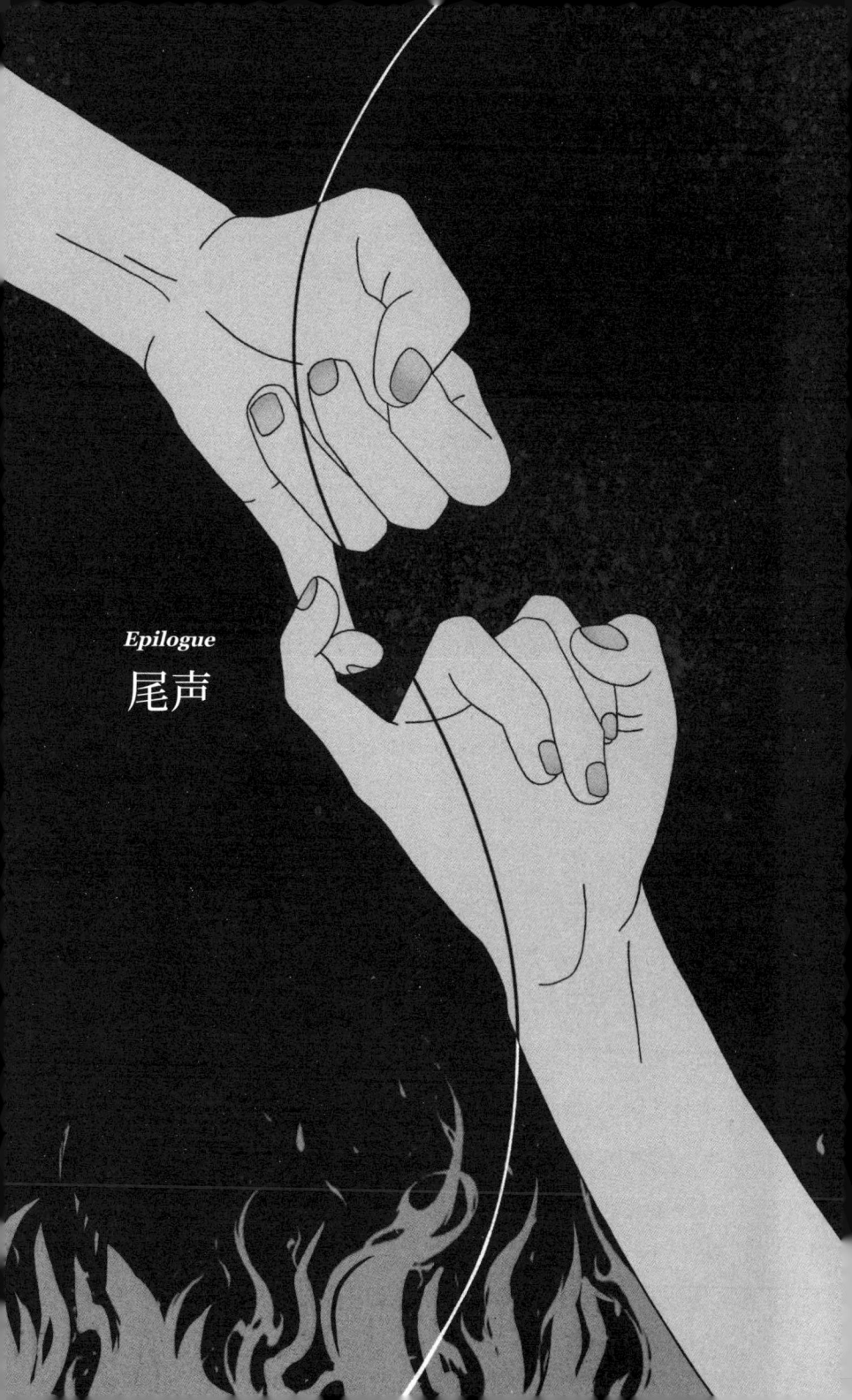

今村家位于某栋旧公寓楼的一角。

灿烂的阳光穿过蕾丝窗帘,射入了朝东的客厅。

榊原接下委托后就没有再踏入过这间房间,距今已经一个多月了。

一位芳名"美土里"的沉默少女,从改姓今村起,便在这里度过了一段既短且长的岁月,直到成长为一个女人。

榊原的委托人此刻坐在他的对面,两人中间隔着一张简朴的木制餐桌,桌上有两杯红茶,已经放凉了,茶水正静静地呈现出一片暗红,然而他们从头到尾都没有喝过一口。

这个家里只住着一个女人,因此收拾得非常整洁。不过此处原本也没有任何显眼的家具或装饰品。不知是由于家计拮据,只能选择廉价的摆设,还是因为她单纯想要通过布置房间来转换心情,总之她曾经"淘"过不少便宜又可爱的小玩意儿,把家里装点得漂漂亮亮的,但从今以后,她或许再也不会有这份巧心思了。

"结果,你还是不知道美土里在哪,是吧?"

漫长的沉默过后,佳苗再次确认道:"原来你也有做不到的

尾　声

事啊。"

她的话里带着刺，但榊原没有反驳，唯有向她致歉："辜负了你的期待，我很抱歉。"

"你不用道歉，我并不认为你怠慢了调查，而且这件事我也只能拜托你……其实我不见她也没关系，她在哪里做什么都行，我只是想确认她是不是没事。不过，我真的不用担心警察会逮捕她吗？要是她被通缉了，我可怎么办啊……"

她心中满是悔恨，已经说不下去了。

她一定是觉得自己为人父母，却亏欠了孩子。榊原对这种心情简直感同身受。

他的女儿已经成年了，他却一次都没见过长大后的她。因此"女儿"对他而言，仿佛只是记忆中的一抹幻影。

"我早就是平民百姓了，能力确实有限。说实话，我也不知道警方到底查到了多少东西。但至少他们不可能得到任何确凿的证据，能证明美土里杀了谅一。"

"也是，我想再多也没用。"

佳苗坦率地点了点头。

事到如今，榊原还是无法相信自己确实和她共同生活了一段岁月。眼前的她，似乎也像他俩的女儿美土里那样，让他分不清是否真的存在于世上。

"你已经找很多人打听过了吧？我讲了前夫很多坏话，你不生气吗？"

"不。"

"可即使我说了离婚真正的理由，也没有任何人能理解我的心情。而别人一旦知道你的工作，只会提高警惕心。"

"这些都已经过去了。"

是的，佳苗曾为了博取世人的同情与启治的欢心，编造了一个不幸的故事。"在不动产公司上班的烂人丈夫"只是她虚构出来的形象。尽管他们的女儿还不了解父亲真正的样子便去世了，榊原却仍觉得自己是个不称职的父亲。

警察和税务人员都属于让人敬而远之的职业，因此他们经常对儿女、相识的人，以及小酒馆的女招待们说自己在普通公司上班。虽然无奈，但这却是他们的命运。

"你当时是个刑警，有属于自己的世界，工作在你心里占了九成，家庭只有一成……不，或许还不到一成……而我只是你的妻子和美土里的母亲，除此以外我什么都不是。所以我渴望着有一个男人能把我当成一个独立的'人'来看待。但现在回想，我实在是太天真了……"

这番话她已经反复讲了好几次，榊原终于打断了她："我只能说，我和你都不配有孩子。我们把工作和自己看得比孩子更重，这样怎么能当父母呢？"

佳苗答不上话。

尾　声

"好了，我先回去了。"

他站起身来，向佳苗告辞，随后径直地向玄关走去。

"账单呢？我得付你委托费。"

"说什么傻话呢！这世上哪有人会在找自己的女儿时还收钱？！"

这是他第一次粗声说话。

"对不起，我不是这个意思……"

佳苗低下了头。榊原也是第一次见到前妻这么坦率地认错。她接着说道："如果美土里联系我，我会告诉你的。"

"嗯，拜托了。"

"你要是查到了什么，也要立刻通知我。"

"我明白。"

他和佳苗做了一个永远不可能实现的约定，而要是他有朝一日再次踏入这里，那么一定是在她陷入更大的不幸时。

他深深吸了一口气，头也不回地打开了门。

北京市版权局著作合同登记号：图字 01-2023-5125

《SATSUI NO KOZU》
© Akiko Miki 2016
All rights reserved.
Original Japanese edition published by Kobunsha Co., Ltd.
Publishing rights for Simplified Chinese character arranged with Kobunsha Co., Ltd.
through KODANSHA BEIJING CULTURE LTD. Beijing, China.

图书在版编目（CIP）数据

恶意的构图：侦探的委托人 /（日）深木章子著；
邢利颉译. -- 北京：台海出版社，2023.11
ISBN 978-7-5168-3699-6

Ⅰ.①恶… Ⅱ.①深… ②邢… Ⅲ.①推理小说 – 日本 – 现代 Ⅳ.① I313.45

中国国家版本馆 CIP 数据核字（2023）第 213956 号

恶意的构图：侦探的委托人

著　　者：[日] 深木章子	译　　者：邢利颉
出 版 人：薛　原	插画绘制：王文敏　胧月望
责任编辑：员晓博	封面设计：李宗男

出版发行：台海出版社
地　　址：北京市东城区景山东街 20 号　邮政编码：100009
电　　话：010-64041652（发行、邮购）
传　　真：010-84045799（总编室）
网　　址：www.taimeng.org.cn/thcbs/default.htm
E – mail：thcbs@126.com

经　　销：全国各地新华书店
印　　刷：北京盛通印刷股份有限公司

本书如有破损、缺页、装订错误，请与本社联系调换

开　　本：880 毫米 × 1230 毫米	1/32
字　　数：202 千字	印　　张：10
版　　次：2023 年 11 月第 1 版	印　　次：2024 年 6 月第 1 次印刷
书　　号：ISBN 978-7-5168-3699-6	

定　　价：56.00 元

版权所有　翻印必究